어항에 코이가 없다

어항에 코이가 없다

차례

1. 블랙홀　　　　　　　　　　　　*7*

2. 어항에 코이가 없다　　　　　　　*28*

3. 태백 횡단기　　　　　　　　　　*55*

4. 코스모스 동굴　　　　　　　　　*74*

5. 유리 벽　　　　　　　　　　　　*95*

6. 정신의 그믐　　　　　　　　　　*117*

7. 죽음의 문　　　　　　　　　　　*194*

강물에 비친 초상–「죽음의 문」
변명과 문제 제기의 사이에서–「어항에 코이가 없다」

1
블랙홀

버드나무 그늘이 드리운 저수지에서 T가 발견되었다. 저수지는 둘레가 4킬로미터였다. T가 사는 아파트의 탁월한 조망인 저수지는 새벽과 저녁에 걷기 운동 장소였다. 출발점에서 백 미터마다 하얀 페인트로 표시하였는데 출발점으로부터 2킬로미터 지점에서 발견되었다. T의 아파트에서 가장 먼 곳으로. T의 아파트에서는 잘 보였다.

T는 늘 국방색 점퍼를 입고 다녔다. 여름에는 소매를 걷어서 입었고 겨울에는 목깃을 세웠다. 국방색 점퍼로 발견되었을 때 T는 물에 잠긴 벤치에 걸터앉아서 오수에 빠져 있었다. 행인이 없는 한낮의 벤치에 햇살이 조물조물 놀고 있었다. 물속은 더욱 평온했다. 집에서 나간 지 십오 일이 지났고 실종 신고 후 칠 일이 되는 날이었다. 실종 신고가 있기 전 팔 일 동안 T는 세상에서 지워진 존재가 되었다. 새치가 희끗희

끗한 마흔다섯 살. 국방색 점퍼를 가족이 확인했다. 저수지 둑에 조팝
꽃이 하얗게 피었다. 조팝꽃 독한 향이 발견을 방해하였다고 구경꾼
틈에서 말했다. 고개를 끄덕이면서도 허튼소리라는 표정을 지었다. 춘
추복을 입은 고등학생 딸이 택시에서 내렸다. 구급차에 실리는 T를 보
고 자리에 푹 쓰러졌다. 교실에서 책갈피를 넘겨야 할 손으로 입을 틀
어막고 울었다. 끄덕이던 얼굴들의 눈시울이 젖었다.

　십오일 전. T와 술을 마셨다. T가 비둘기 굵은 눈알을 굴리며 게슴
츠레한 눈으로 말했다.
"너도 내 입술 갖고 싶니?"
T에게 쓰고 있는 편지를 계속 써야 하는가.

　아홉 편의 단편을 묶은 창작집 출간기념식이 사월의 토요일 오후
다섯 시? 그 흥분이 여진으로 잔물결치고 있겠군. 편지를 써야 한다
는 통증에 시달리다가 아스피린을 복용하듯 펜을 들었네. 전자메일이
나 카카오톡이 아닌 편지지라며 고리타분하다 비웃어도 괜찮네.
　스마트폰으로 세상의 모든 것을 보고 듣고 체험한다고 해서 사람
까지 디지털화해야 한다는 당연성은 없지 않은가? 이윤과 손실의 셈
은 디지털화됨이 효율적이겠지. 0이 아니면 1이라는, 이진법이 되어서
는 안 되는 남편과 아내의 관계처럼 세상 누구와도 아날로그 관계를
고집하고 싶네. 0과 1 사이에 만리장성보다 더 무한한 관계가 가능한
것이 사람과 사람의 관계가 아닌가. 당신의 소설이 아날로그 신호의

범주를 벗어나지 못한 것처럼. 이제부터는 당신이 아닌 모든 사람에게 편지를 쓰기로 했네. 전자메일이 꼭 필요할 때는 어쩔 수 없지만, 당신이 아닌 다른 사람에게도 봉투에 담긴 흰 종이에 주장과 포용을 담아 보내기로 하였네. 디지털의 급류에 허우적이는 것이 요즘 세대가 부르짖는 행복의 보편이라고 하지만 아날로그를 고집하려네.

자네는 소설을 쓰고 있잖은가. 노트북에다 글 문서로 소설을 쓴다고 해서 그것이 디지털일까?

T가 잠적하던 날. 햇빛이 T의 뇌에서 잔주름으로 출렁였다. 주름은 이랑을 만들었다. 현란한 녹색의 싹이 와드득 와드득 돋았다. 싹은 통제할 수 없는 방향과 줄기로 엉금엉금 자랐다. 싹을 비집고 들어온 햇빛은 가시엉겅퀴 몸피로 사마귀 앞다리로 T의 의식 세포를 갉았다. T는 어지러워 비틀거렸다. 시력이 초췌해졌다. 햇빛은 칼 든 어린 미친년이었다. 미친년이 봄 들녘으로 비칠비칠 뛰어다녔다. 칼날이 번득였다. T의 뇌리 모서리가 마모되고 시선이 칼부림에 싹둑싹둑 잘렸다. 토막난 시선이 허공에서 빛 여울로 반들거렸다. 사월 햇빛은 감당할 수 없는 점령군이었다. 빛을 과식한 개나리가 노랗게 짓밟히더니 태도를 새파랗게 바꾸어 저항했다. 조팝꽃은 더미로 뭉쳐서 빛을 오물오물 삼켰다. 삼켜진 햇빛은 향기로 지독하게 피어났다.

"세상이 간지러워."

T가 갈퀴손으로 허공을 긁었다.

"눈동자가 빙빙 돌아. 추락하고 있어."

T가 미친 듯이 웃었다. 이십 층 아파트 옥상에서 떨어지는 순간에 눈은 뜨고 있을까. 죽었어도 부릅뜬 비둘기 굵은 눈이 떠올랐다. T가 눈을 찡그렸다. 허공을 바라보았지만, 시선이 닿는 목표점이 없었다. 그래도 T는 허공을 계속 바라보았다.

T는 눈을 깜박일 수도 감을 수도 없게 되었다. 시선의 끝점에 사물을 달고 있는 것이 아니라 사물이 T의 동공으로 박쥐 떼가 되어 들어왔다. T가 비틀거렸다. 소주병으로 누구에게 보내는지 모르는 수신호를 휘저었다. 뭉툭한 소주병으로 허공에 칼질했다. 햇빛은 조금도 놀라지 않았고 오히려 T의 몸이 기우뚱거렸다. 빛이나 하늘은 상처가 나는 존재가 아니었다. 무적의 존재에 칼질하는 무모함에서 상처는 비롯되는 것이었다. T의 어리미친 광기도 같은 맥락이었다. 오월 햇빛으로 더욱 드러난 T의 상처는 T가 만든 것이었다.

"조팝꽃향에 취했어."

조팝꽃향기 때문에 버티고 있는 중이라고 말해야 옳았다.

"술이 너를 먹은 거야. 네가 술에 먹혔어."

T를 바라보는 망막에 어물어물 이물감이 느껴졌다.

"술이 사람을 어떡게 먹니?"

T가 히죽 웃었다. 진짜 병신처럼. 정신이 적어도 육십 퍼센트쯤 이탈된 모습이었다. 바람이 녹색 잎을 흔들었다. 조팝꽃향이 코로 아뜩하게 들어왔다. 꽃향에 취했다는 T의 말은 과장이 아니었다. 놓아버린 정신의 절반은 꽃향기가 역할을 했다고 나름 판단했다. 소주 한 병으로 비틀거릴 T가 아니었다. 옆구리에 둘러맨 가방에 소주가 두 병이나 아직 남아 있었다. 노을이 깔리려면 네 시간은 더 있어야 할 오후 한낮

이었기 때문에 알코올과 생체리듬이 엇물린 탓도 있어 보였다. 노을이 깔리기 전에 가방 지퍼를 열고 머리를 삐죽인 소주 두 병을 마저 비울 것이고 때맞추어 어두워지면 약간 비틀거리는 정도의 취기로 회복될 것이라 예측되었다. 술과 어둠이 동시에 어울리면 T는 취기를 지연시키며 즐길 수 있는 섭생을 터득했다.

T는 내장이 환히 드러난 빙어처럼 파닥거렸다. T를 조립하고 있는 나사가 헐거워졌다. 이죽이죽 웃으며 햇빛을 감히 쳐다보지 못하면서 T의 몸이 해체되고 있었다. 이때 어둠이 왔어야 했다. 어두우면 헐거워진 부품이 조립되었고, T는 죽지 않았다.

"술이 너의 몸속에서 꿈틀거리고 있어."

"술이 기생충이니? 어정어정 걸어가면 항문으로 몸통 흔들며 나오겠네?"

"너를 조종하고 있어."

"조종? 너나 나나 조종당하며 살아왔는데 새삼스러울 게 무어 있니?"

T가 시무룩해졌다. 조종당하며 살았다는 말을 뱉고서 혀에 이물질이 버석거렸다. 카악ㅡ 침을 뱉었다. 끝맺지 못한 편지가 떠올랐다. 곧 T가 조종당할 것임을 어떻게 알았을까.

"세상이 주술을 읊고 있어. 와글와글 광신도들의 주절 주절거림."

꽃의 흐드러지기가 닭벼슬 같으니 모르는 사람이 없을 것이며 더구나 학창시절 화단에 꼭 있어야 할 화훼가 봉선화와 맨드라미와 국화와 채송화가 아니었던가? 꽃을 본 적은 있지만 씨를 보지 못했다면,

지금 화단에 나가서 눈으로 확인하는 것도 색다른 느낌의 시발점이 될 것이네. 갑자기 씨를 눈으로 확인하라니 생뚱맞다고 생각하겠지. 씨를 본 사실이 없다면 이 편지로 주장하는 것을 포용할 수 없네.

씨앗은 왜 있는 것일까. 물론 본능의 소산이지. 수컷이 암컷을 만나 교미하는 것은 종족 보존 본능이라는 것쯤은 다 아는 사실이지. 사람은 영악하고 간사하고 동물을 압도하는 능력을 보유해서인지 종족 보존 본능보다 쾌락과 사기와 처세의 방편으로 섹스를 한다네. 그런 범상치 않은 현상을 탐닉하는 일도 당신 같은 소설가가 아닌가. 동물 세계에서 강간은 존재하지 않지만, 인간은 그렇지 못하네. 늙은 나무를 톱으로 절단하면 겉은 연륜과 웅장함과 괴력이 멋들었지만 속의 절반은 썩었어. 영험의 이면에 추악함을 감춘 인간이 얼마나 많은가? 문득 소설은 톱날이며 소설가는 인간을 감히 재단하려 톱니를 휘두르는 집행자라는 섬뜩함이 감도네.

알갱이가 작은 곡물을 좁쌀이라고 말하지만, 맨드라미 씨앗에 비하면 거대한 존재라네. 좁쌀에 비할 수 없을 만큼 작은 알갱이라는 뜻이지. 닭볏처럼 흐드러진 꽃잎 아래 손바닥 펴고 꽃대를 가볍게 흔들어 보게. 여름 한낮 오수를 훼방하듯 기척만 주어도 되네. 꽃잎 깊숙이 숨은 씨앗이 손바닥에 비로소 모습을 보일 것이네. 좁쌀은 손바닥에 닿는 느낌이 있지만, 씨앗은 촉감마저 만들어 낼 수 없는, 어찌 보면 존재라는 단어를 부여하기가 무색하다네.

좁쌀보다 깨알보다 그 어떤 존재보다 작은 본능의 소산. 시력을 돋구어 자세히 보게. 까만빛이 영롱할 것이네. 여름날 무더위가 압축된 광채. 요망하게 육감적인 꽃잎으로 팔월의 긴 한낮을 버티며 영글어

낸 소산이지. 그 작은 개체가 발아하여 일 미터는 족히 넘는 줄기를 만들고 흐드러진 꽃을 피울 수 있다니. 맨드라미 씨앗을 처음 보았을 때 불가능과 가능의 경계에 홀로 선 느낌이었다네. 그때의 내 기분을 지금 느낄 수 있다면 뇌리에 영롱한 광채가 생겨나고 결코 지울 수도 외면할 수도 없는 평생의 반려자를 얻을 것이네.

햇빛이 T의 볼에서 꼼지락거렸다.

"내숭 떨 거 없어. 소설 쓰면 다 젠틀맨이니?"

알코올 삭는 얼굴에 햇빛이 이글이글 끓었다.

T는 십일 년 전에도 저수지에 빠졌다. T는 시를 쓰다가 저수지에서 실족하였다. 지방의 일간지에서 목요일에 독자의 시를 게재하였는데, T가 투고를 하였고 다섯 차례 선택되었다. T를 아는 문학회 총무가 입회를 권유했다. T의 시가 주옥같아서일까? T의 입회비와 연회비를 얻고자 함이었을까. 삼 년 후 총무의 안내로 서울 계간 문예지 신인상에 당선되었다. 백일장 예심도 하였다. 지방 일간지의 청탁으로 시가 게재되었다. 신춘문예와 상금이 걸린 신인문학상에 칠 년 동안 투고하였는데 단 한 번의 예심도 통과하지 못했다. T는 자신의 시가 심사장 쓰레기통을 채우는 한낱 종잇장임을 자각했다. 어제의 시를 이튿날 읽자 시가 아니었다. 이미 뱉어 버린 말처럼 거두어들일 수 없는 단어가 수만 마리 허리 잘록한 개미가 되었다. 저항도 변명도 못 하는 자신을 깨닫게 되었다. 자각의 모서리에 이마를 찧는 그즈음. 사십 대 주부 신입회원이 T에게 적극적이었다. 신입은 모임을 마치고 노래방 가는 소수

에 낄 수 있음이 긍지와 기쁨이었다. T가 노래방에서 신입과 만취가 되었다. 신입은 T를 노래방에 버려둘 수 없었다. 자정이 넘은 시각에 모텔로 갔다. 신입은 얼굴이 작은데 몸이 오동통해서 귀여웠다. 마주 앉아 조곤조곤 대화를 나누면 만두가 생각나 침이 저절로 고였다. 침대에 흐트러진 신입의 알몸은 겉과 확연히 달랐다. 뽀얀 살에 검은 것이 뚜렷하게 도드라져서 침대에 놓인 전등처럼 눈부셨다. 마흔 살이 넘은 몸인데 방금 바람을 넣은 풍선처럼 매끄럽고 탄력 있었다. T는 취중에 겁이 났다. 감당해야 할 것이 갑자기 커져서 자신감이 작아졌다. 새로운 자각의 모서리가 생겼다. 이튿날 술에서 깬 T는 자신이 총체적으로 부실함을 알았다. 시를 쓰지 않기로 했다.

할미꽃 만발한 묘지에 걸터앉아 시집 한 권 분량의 시를 가방에서 꺼냈다. 가방 바닥에서 맑은 액체가 찰랑거리는 소주병이 뒹굴었다. T는 시 뭉치를 가방에 넣고 소주를 꺼냈다. 정오를 지나는 햇살이 정수리에 죽창으로 꽂혔다. 소주를 마시고 덤불 꽃다지를 바라보았다. T는 속과 겉이 다른 조립용 장난감 로봇이었음을 깨달았다. 시를 불태웠다.

저녁노을이 엄지손톱만 한 살구를 붉게 물들였다. 신입은 아침이면 파랗게 매달려 있을 살구였다. T와의 만남은 밤이기 때문에 징검돌에서나 마주친 오발탄이었다. 시를 태운 T는 홰를 치며 기지개를 틀었다. 그건 위세였다.

이듬해 신년 아침. 조간신문에 T와 모텔에서 지냈던 신입의 시가 당선작으로 게재되었다. 당선작은 방금 바람을 넣은 풍선처럼 매끄럽고 탄력이 있었다.

아홉 편의 단편을 묶은 창작집을 출간했던 유월의 토요일 오후 다섯 시. 출판기념식 자리에서의 그 흥분이 아직도 가슴에 남아 있는가? 시선이 집중된 얼굴이 맨드라미 꽃잎처럼 흐드러지게 상기되었지. 입문 과정을 보아온 나로서 식이 진행되는 동안 소설집을 펼쳐보았네. 작가의 표정을 살피는 것도 게을리하지 않았네. 평을 쓴 선배 소설가의 축사를 들을 때와 문학회에서 주는 축하 패를 받을 때와 교회 중창단이 축가를 부를 때와 마지막으로 하객에게 답사를 할 때는 이 나라의 대표 소설가가 된 모습이었지.

사회를 맡은 L 시인이 약력을 간단히 소개할 때는 좀 어색한 표정이었음을 부인하지는 못할 것일세. 단편소설로 지방신문에서 공모한 문학상을 받았음이 전부였으니 사회를 맡은 L 시인도 어쩔 수 없는 상황이 아닌가. 축사에서 돈이 되는 장편소설에 주력해야 한다는 말이 터져 나왔을 때 어금니를 물었어. 장편소설이 베스트셀러에 오르고 서점마다 다투어 상단에 진열하고 문화부기자가 취재를 구걸하는 광경을 상상했겠지.

표정이 갑자기 돌조각처럼 굳어버린 것을 놓치지 않았다네. 돈이 되는 장편소설을 말하는 순간 가족석에 앉은 아내를 바라보았고. 아내도 약속이나 한 듯 바라보았지. 부부의 시선이 맞닿는 그 순간. 재빨리 두 표정을 주시하였네. 응고되는 파라핀처럼 경직되는 순간을 놓치지 않았어. 예상이 빗나가지 않았다는 확신을 잡고 잠깐의 환희에 젖었네. 아내에게는 절대 달갑지 않은 환희였네. 중학생을 집으로 불러서 과외를 하며 생계를 꾸리는 아내. 소설을 써서 가족을 부양

하겠다며 선언한 전업 작가. 둘 사이의 드러내놓지 못하는 갈등이 교차하는 그 순간을 외발 든 고양이 시선으로 놓치지 않았네. 단편소설 아홉 편을 묶은 창작집 출판기념회를 거행하는 의도에 아내도 기꺼이 동참하였을까?

여하튼 오월의 토요일 오후 다섯 시부터 일곱 시 사이에 최고의 소설가가 된 황홀감에 젖었음은 분명하네. 아내의 눈초리를 애써 외면하면서. 실망스럽겠지만 출간기념회에 다녀온 후로 한동안 언짢아지는 심정을 어찌할 수 없었네. 술에 취하면 입버릇처럼 말하는 사랑의 대상에 대한 의구심을 떨치기 어려웠거든.

T가 블랙홀에 함몰되었다. 문학회 총무가 T에게 고민의 고깃덩어리를 던져 주었다. T보다 고깃덩어리로 살이 통통해진 애완견이 육 개월마다 고정적으로 순산하는 연회비가 필요했다. 시를 죽인 T에게 시의 부활을 말할 수 없었다.

T는 백일장 예심원이 되어 어린 학생의 이십 퍼센트가 산문을 선택하는 것에 나름 생채기가 생겼다. 산문의 탄탄하고 너른 바다에 그물을 치고 잔챙이는 걸러내고 씨알 굵은 황금 잉어를 건져 올린 것이 운문이며, 운문만이 세상이라는 바지랑대에 자신을 널어 말려야 독자의 군소리와 불평과 과도한 요구가 없다고 믿었다. 칼날에 맨발로 올라선 심장이 미세하지만 절박한 고동을 낼 것이며 날숨마다 향기가 나올 것이라고 믿었다.

T가 치유되지 않는 변비를 털어놨다. 믿었던 출판사에서 출판을 꺼

려 애물단지가 된 원고를 서랍에 넣지도 못하고 책상에 펼쳐두지도 못하고 있다고. 도무지 시집을 가지 않으려는 혼기 훨씬 지난 딸을 곁에 두고 사는 느낌이라고. 애물단지를 넘겨다보는 아내의 시선에 자존심의 뿌리까지 흔들리고 있다는 것도. 출판사가 괘씸했다고. 시간이 지나면서 괘씸해야 할 이유가 성큼성큼 밝아지는 아침처럼 없어지더라고. 새로운 괘씸한 상대를 찾기로 했다고.

"변비 특효약이 세상에 왜 없는 거야?"

T의 인내심이 짤똑짤똑 깎이는 몽당연필로 작아졌다. 며칠 전에 썼을 소설의 부분을 소주병에 주절주절 낭독했다. 끝머리를 기억하지 못한 T가 눈을 부릅떴다.

"소설이 열등감에서 시작된다는 말을 어떻게 생각하는가?"

겨울비가 추적추적 내리는 이월의 토요일 오전. 출판사가 거부한 애물단지를 꺼내 주절주절 읽으면서. 스토리가 뒤죽박죽 헝클어진 것을 새삼 깨닫고서. 일부러 쓰기도 어려운 애물단지를 창조하였다는

"자괴감을 느껴 본 적은 없…었…는…가? 한 편의 소설을 탈고하고서."

T와 모텔에 간 사실이 있는 신입은 방금 바람을 넣은 풍선처럼 매끄럽고 탄력 있는 시를 연달아 내놓았다. 더 이상 신입이 아니었다. 모텔에 알몸으로 함께 누웠던 사실은 비밀이 되어야 한다는 눈빛으로 T를 바라보았다. 후로 T는 모임에 나가지 않게 되었다.

둥글고 화려하였으며 더구나 정신까지 초췌하게 하는 빛을 쏘아내기 때문에 블랙홀의 존재를 목격할 수 없을 뿐. 검은 숯덩이에서 이글이글 환희와 광란이 춤을 추듯 자근자근한 숨소리로 다가오는 자의 뒷모

서리에 블랙홀은 존재하였다.

　빛의 소리를 듣고 산다. 이렇게 말하면 미쳤거나 좀 모자란 사람으로 치부하겠지. 분명히 빛의 소리가 들려. 빛을 구성하는 입자인 빛 알갱이가 굴러다니거나 엄청난 속도로 날아가는 소리가 낚싯줄처럼 팽팽해. 장난기 잔뜩 머금고서 바닥에 앉아 조물조물 놀고 있을 때의 소리는 은은하기도 하지.

　빛은 발성도 하고 장난기를 머금는 혀가 있음을 아는가? 심지어 표정도 있으니 살면서 보아 온 존재 중에 영악하기로 으뜸이 아닐 수 없지. 빛이 그렇게 한 곳에서 조물거릴 때 시간은 둥글기도 하다는 여유로움, 여울에 씻기는 자갈처럼 모서리를 깎아내며 하루를 소진해 내는 힘찬 파동, 헬륨이 가득 들어차는 것처럼 팽배해지는 생기. 기막힌 순간의 감지가 부럽지 않은가?

　빛의 알갱이가 만드는 소리를 청각으로 감지할 수 있다는 것은 눈으로 빛을 볼 수 있는 감각을 소유하고 있다는 의미가 아닐까? 노랗게 흩뿌린 점으로 산수유가 꽃피었을 때 영암 월출산을 횡단하였네. 해발 팔백구십 미터 천왕봉에서 구정봉에 이르는 줄기에서 바람은 살인적이었고, 영암에서 불어오는 바람은 육십칠 킬로그램의 몸을 강진 방향으로 마치 싹둑 벤 나락처럼 꺾어 뉘려 했으니 걸음마다 사투였지.

　바람을 눈으로 본 후 시력이 급격하게 좋아지더군. 물론 수정체의 탄력이 떨어져 눈 가까이 있는 아주 작은 물체나 글씨를 보려면 돋보기가 여전히 필요하지만 갓 따낸 천혜향을 베어 물었을 때 입안에 퍼지는 향처럼 시력에도 비슷한 것이 생겼으니, 그것을 뭐라 할까. 세상에 말로 표현하기 어려운 것이 곳곳에 널려 있으니 요즘에 새롭게 생긴 그것을 표현하지 못하고 있네. 갖가지 단어를 조합하여 비슷하게 얼버무리는 정도로 표현할 수도 있지만, 뜻밖에 찾아온 그것을 무의미하게 정리하고 싶지는 않다네. 빛의 소리를 듣는 신의 감각 기능이 있음을 깨닫게 한 그것을 간단히 얼버무리고 싶지 않아. 흠집 없이 동그란 것을 찌그러진 모습으로 왜곡하고 싶지 않아.

횡재하려는 놈과 이에 대항하는 자가 불행의 늪으로 동반 추락하는 주말 드라마를 보고 잠든 자정이 넘은 시각. T로부터 느닷없이 전화가 왔다. 소풍 날 달뜬 소년의 또박또박한 목소리가 전해왔다.

"빙어 인간 사냥 가자."

짜증이 났다. 잠자다가 전두엽에 우박이 우두둑 떨어졌냐고 핀잔을 주었다.

"산 채로 포획해야 해."

햇살이 저렇게 세상을 도드라지게 밝히고 있어도 숨어 있을 것은 꼭 숨어 있다고. 햇살에 내장까지 적나라하게 드러난 빙어 인간을 뒤집으면 숨겨 놓은 것이 있더라고. T가 캄캄한 밤에 햇빛과 도드라진 세상을 들먹였다. 깊은 밤중에 T는 오월 환한 세상을 켜 놓고 허공의 파란 캔버스에 조팝꽃을 피우고 소주병을 휘저었다. T의 전두엽은 저수지로 걸어가던 오월 한낮이었다.

"거칠게 다루어서 뇌를 다치거나 입술이 찢어지면 안 돼."

빙어. 빙어 인간. T가 돌팔매로 던진 지느러미가 파닥거려 밤새 잠을 설쳤다. 날이 밝고서 초췌해진 눈을 간신히 뜨고 있는 중에 T가 찾아왔다. T는 정신이 또렷했다. 소주에 취해서 전화했을 것이라는 짐작은 옳지 않았다. 술에 취한 것이 아니라 빙어 인간 사냥을 위한 철저한 준비로 밤을 보냈다고 말했다. 손에는 돋보기가 들려있었다.

"빙어 인간. 그게 로또야. 조합만 잘하면 횡재하는 게야."

T의 마른 입술이 버석거렸다.

"무엇이 로또인데?"

침을 입술에 바르며 물었다.

"문학상."

짧게 뱉은 T는 흥분을 억제하지 못해 혀가 말랐고 음색에 쇳소리가 묻어났다. 어젯밤에는 빙어 인간을 말하더니 문학상을 로또라고 말했다. 흥분의 열기가 내장에서 뭉글뭉글 뭉쳐 전두엽이 바글바글 끓고 있는 것이 아닌가? 생각의 타래가 엉클어진 것이 아닌가? 의심이 들었다.

"빙어 인간의 내장에 새긴 부호를 풀어야 해."

'빙어 인간을 사냥해서 해부라도 하잔 말이냐?' 핀잔을 주고 싶었지만, T의 형언하기 어려운 표정 때문에 참았다. 핀잔을 주었다면 즉시 미쳐서 정신병원으로 후송해야 할지도 모른다는 생각이 들었다. 전두엽에 엉클린 타래를 풀려면 그의 뜻에 동조하는 척해야 한다고 판단했다.

차라리 미쳐라. 미쳐야 문학상을 탈 것이라는, 어젯밤에 급조된 T의 신념이 옳은 것인지도 몰라. T의 미친 의도에 동조해 주기로 했다.

빙어 인간을 인정할 수 없기 때문에 T의 의도에 동조하지 않았다. 빙어 인간 사냥을 가자는 T와 동행할 수 없었다. 문학상을 해독하는 부호가 빙어 내장에 있다는 말을 믿을 수 없었다.

횡재의 사전적 의미로는 '뜻밖에 재물을 얻음'이다.

아홉 개의 트집일지, 아홉 번의 간섭일지, 아홉 작품에 대한 평일지. 분간하기 어렵네. 평이라는 말에 기분 나쁘게 생각하지 말게. 평론가에게서 평론을 얻는다는 것, 우리 수준의 소설에서 쉽지 않음은 동감하겠지? 김윤식·홍기삼·유종호·정호웅·김화영, 쟁쟁한 평론가의 눈독을 받아 본 작품이 이 나라 소설가의 몇 퍼센트나 될까. 트집이든 간섭이든 내가 관심을 가졌다는 자체에 고마워해야 하지 않을까?

문득 소설집을 읽기로 했네. 읽어야 한다고 나를 옭았다고나 할까. 읽지도 않고 트집 잡는다는 것은 사람을 뜨문뜨문 봄이 아니겠는가. 최근 오 년 넘게 동인지에 나란히 소설을 발표하지 않았는가. 고백하건대 자네 소설, 읽지 않았네. 매월 쏟아져 나오는 월간지, 계간지를 모두 탐독하기도 어려운데 동급이거나 하급의 소설을 읽어 줄 마음이 애초에 없었지. 소설가는 이기적인 존재이고 나 역시 그런 부류라고 생각하네. 동인지에 발표된 소설을 모두가 당연하게 읽었다는, 중생대 암모나이트 화석처럼 고루하고 딱딱한 생각에 갇혀 살고 있다는 자괴감이 들지만, 우리만 그런 것은 아니지 않은가?

무엇을 말하고자 함인가. 이런 스토리를 왜 만들었는가? 물음표를 찍어놓고 읽었네. 스토리와는 곁도는 문장이 페이지 곳곳에 발목지뢰로 묻혀 있기를 내심 바라고 있었음은 부인하지 않겠네. 이런 면에서 아홉 편에 대한 평보다는 아홉 개의 트집이라는 것이 자연스럽게 정돈되더군.

예감대로 실망시키지 않았어. 줄거리만 간신히 이어가는 초보 번역가의 번역소설처럼 매끄럽지 못한 문장들이 누덕누덕한 어설픔. 자신의 글을 쓰면서 어찌하여 다른 사람의 말을 옮기는 비루함을 자초하였을까?

누덕누덕한 어설픔도 삶의 한 조각임에는 분명하지. 허술한 옷을 입으려는 자 과연 몇이나 될까?

T가 서점에서 문학상 수상 작품집을 사 왔다. 산 채로 잡아서 해부하지 않아도 파닥이며 내장을 드러내는 빙어 인간이 어디쯤 서식하는 것일까. 서점에서 사오지 않아도 T의 책장에는 이미 문학상 작품이 꾸러미로 꽂혀 있었다. 신인상부터 문학 본상에 이르기까지 작품집이 분류되어 있었는데 T의 눈빛이 덕지덕지 묻어 있었다.

친구와의 여행길에서 들었던 말이 가물가물할 때 기억을 되살리며 적었더니 신춘문예에 당선이 되었다고. 기억이 생생한 상태에서 썼더라면 소설이 아니라 기사가 되었을 텐데. 사실을 왜곡하는 기법을 터득했기 때문에 당선되었다고. T는 당선작의 뒷얘기도 줄줄이 꿰고 있었다.

T의 책장에서 서성거리다가 빙어 인간의 서식처를 어슴푸레하게 짐작해 냈다.

"해독된 부호는 가치가 없어."

창밖으로 폐지를 수집하는 허리 꼬부랑한 노인이 지나갔다. 책은 나름의 두께로 꽂혀 있었다. T는 책을 마구 뽑아서 버릴 태세였다. 곧 버림당하는 순간이 온다 해도 책장에 온순히 갇힌 채로 책들은 나름의 글자와 색깔로 부릅뜬 눈을 깜박이지 못했다.

신입에서 완전히 탈피한 그녀가 문학회 총무가 되었다. 저수지가 내려다보이는 찻집에서 총무와 모임에 나오지 않는 T가 마주 앉았다. 눈이 오지 않은 이월 초입의 한낮이었다. 사과 과수원의 검붉은 땅으로 메마른 바람이 지나갔다. 바람은 어디에서도 습기를 얻지 못했다. 저수지 얼음에서 서릿발처럼 얼어붙은 눈을 훑어도 메마르기는 마찬가지였다. 실내 가운데 피워 놓은 난로에서 주전자의 수증기가 곤두섰다.

올이 보송보송한 셔츠의 총무는 바라만 보아도 따뜻해 보였다. 얼굴도 온기를 가둔 풍선처럼 팽팽했다. 국방색 점퍼를 입은 T가 총무의 포동포동하고 말갛던 몸을 잠깐 생각했다.

"어쩔 수 없는 벽이라며 바라만 보고 있을 때 담쟁이는 말없이 오르고 있는데요."

T의 생각을 쥐어뜯으며 총무가 말했다.

T는 도종환의 시 「담쟁이」를 떠올렸다. '시인이 되기 위해서 시인의 속을 해부하였구나.' T가 속으로 중얼거렸다. 시인을 빙어로 볼 수 있는 마술이 있어야 시인인 것.

둘이 마주 앉았지만, 지난날 비밀의 껍질이 깨진다는 각자의 의미는 달랐다. 총무에게 비밀은 뿌리가 뽑히지 않는 종기가 되었다. 의식할 때마다 통증이 도졌다. 총무는 T가 껍질을 없애겠다고 선언할까 봐 조바심이 돋았다. 시종 부드럽게 웃어주었다.

"한 뼘이라도 꼭 여럿이 함께 손을 잡고 올라간다. 푸르게 절망을 다

덮을 때까지."

T가 화답했다. 총무는 조바심을 조금 거두었다.

총무는 T처럼 잠적한 회비를 거두어들이는 첫 번째 시도에 성공했다. 지난날 알몸을 드러냈던 총무는 빙어가 된 기분에 사로잡혔다. 회오리가 느닷없이 불어 와서 총무를 불끈 들어올리는 충격이었다. 총무는 찻집에서 나오다 저릿한 가슴에 손바닥을 얹었다. 올가미에 걸린 것처럼 목덜미가 가려웠다. 덜 녹은 눈을 버석버석 밟는 T의 주먹을 바라보았다.

먹고 사는 돈이 간절히 필요하다고 토로하게나. 아내의 경직된 눈빛에서 해방되어야 한다고 부르짖게나. 왜 맨드라미 씨앗을 손바닥에 얹어 보라고 하였을까? 맨드라미 씨앗을 보아야 편지지에 담긴 주장을 깨닫고 포용할 수 있다는 괴설을 풀어놓고. 무엇을 주장했고 무엇을 포용하란 말인가? 소설은 허구의 세계이니 있음직한 사실의 전달까지 영역을 확장할 수 있어 이야기꾼의 입담이 더 자유로운 게 사실이지. 세상의 사실이 좀 많은가? 평생 귀를 열고 듣고 혀가 닳도록 말해도 그 끝을 다 할 수 없는 것이 세상일. 이보다 더한 영역을 가지고 있는데 쓰기가 쉽지 않음은 무슨 궤변이란 말인가.

인간을 심심해서 못 견디는 존재라고 하였더군. 심심해서 못 견디는 존재라니. 원시시대 모닥불 곁에서도 그랬고 유비쿼터스 시대인 지금도 그러하다고. 인간은 심심하면 소멸되는 존재라고.

생계수단으로 삼고 있는 소설쓰기란 무슨 행위인가. 원시시대 모닥

불 오두방정을 책갈피에다 차곡차곡 숨겨두는 암호화 작업일까. 암호를 해독하는 과정에서 독자의 오두방정을 돌아보게 하여 자존심을 해부하게 하고 행동의 일부를 변모시키는 작업일까. 거짓말과 과대포장과 악의의 음모와 반역을 서슴지 않는 상상의 창조일까, 소설가를 신과 같은 존재로 여겨도 무리가 없을까? 생각의 모서리에서 불면증이 모락모락 타오르더군.

소설이 입술이 되어서는, 난봉꾼의 음경이 되어서는, 청첩장이 되어서는 아니 된다는 것. 아니 된다는 것을 잘 알지만, 처음에는 아니 된다는 것을 하루나 닷새쯤 망설이고 양심의 가책을 생각하고. 한 번이라는 한 번쯤이라는 자기와 타협이라는 어불성설을 용납하고 '나는 타인이 아니야. 나는 영혼의 세계를 창조하는 예술가야. 내가 하는 것은 괜찮아.' 그렇게 한 번 저질러지면 뻔뻔한 일상이 되고 정의가 되는 것이 사람이니까. 소설을 입술로도 읊고 음경으로도 휘갈긴다는, 알량한 변신이 당신 자신의 판단으로는 가능은 하지만.

소설이 바람둥이의 혀에서 줄기로 술술 풀려나 러브체인이 되고 난봉꾼의 음경에서 끈적끈적 분출되어서는 아니 된다는 것. 축하객에 둘러싸인 순간은 모든 것을 망각하고 싶을 게야. 소설가는 소설로 말하고 소설로 고백하고 소설로 사랑하고 소설로 교감한다고? 축하의 패를 주던 소설가나 답례 인사도 그렇게 요약되었어. 혀가 아니라 거짓말이고 고백이 아니라 사기이며 사랑이 아니라 간통이며 교감이 아니라 쾌락과 맥이 닿아 있다는 것을 부인할 수 없음이네.

소설은 신체기관이 될 수 없어. 먹고 배설하고 늙고 죽는 유기체가 아니야. 유기체는 분해될 수 있어. 소설은 일단 세상에 놓으면 불사조

보다 더한 영원을 부여받는 것이야. 죽어도 오늘 출판된 소설집 갈피에 촘촘하게 박힌 것은 남아 있어. 독자들이 외면하고 있다는 서글픈 사연도 행간에 기록되어 있지만. 소설은 소설가를 흥분하게 하고 서럽게 하고 아프게 하고 자포자기로 이끄는 것도 사실이고. 독자에게 아픔과 서글픔과 기쁨과 심지어 자포자기의 쇼킹을 주어야 할 소설이 부메랑이 되어 소설가의 목을 조이고 있지 않은가.

맨드라미 씨앗. 좁쌀보다 깨알보다 그 어떤 존재보다 작은 본능의 소산. 까만빛의 영롱함, 압축된 광채, 요망하게 육감적인 꽃잎. 긴 한낮을 버티며 영글어낸 소산. 그 작은 개체가 발아하여 일 미터는 족히 넘는 줄기를 만들고 흐드러진 꽃을 피울 수 있다니. 맨드라미 씨앗을 처음 보았을 때 불가능과 가능의 경계에 홀로 선 느낌이었다고 말했지?

단어를 조합하여 비슷하게 얼버무리는 비루함. 타인의 말이나 주워꿰는 비루함에서 벗어나기에는 너무 왜소해졌어. 세상일 뭐든 가리지 않고 하마처럼 먹어대는 식성이 있다면 배설도 엄청나게 쏟아내며 다시 눈을 뜰 텐데. 경계에서 홀로 선 자존심.

빛이 내는 소리를 듣기 전에 빛의 알갱이를 눈으로 보았던 기억은 없을까. 물체가 눈앞에 없어도 그 모습을 표현할 수 있는 능력인 표상능력이 생겨난 다섯 살쯤부터 요즘까지의 기나긴 기억을 더듬었네. 빛의 알갱이를 보여 준 기억의 회상이 가능할까? 기억이 내림차순으로 줄줄이 떠올랐고. 어떤 기억은 오 분 전에 있었던 상황처럼 생경하더군. 생경할수록 배경이나 사물은 빛이 바랬어. 스펀지에 먹물이 퍼진 것처럼 회색이었고. 사물과 나무와 사람은 흙바닥에 터진 홍시처럼 선명했다네.

T가 저수지에서 발견되었다. 소식이 없는 하루만에 가족이 찾아냈다. 저수지에서 발견된 이력이 있기 때문에 가족은 쉽게 찾았다. 오월이 아니었고. 조팝꽃 더미가 화사한 것도 아니었다. 폐부로 아뜩하던 꽃향도 없었다.

T가 발견된 저수지 나무는 거친 바람에 허리를 꺾지 않았다. 조팝꽃 향기가 그윽하던 날. 햇살이 어리미친년으로 세상을 할퀴던 순간에 허리를 굽혔던 것들은 이미 쓰러졌다.

T가 다시 왔다. 오월에 쓰러지지 못한 T가 호수로 어정어정 걸어갔다. 바람이 T를 밀었고. T는 이제 존재도 아니었다. T를 바라보거나 환영의 손짓이거나 바람에 흔들리며 시선을 보내거나 하던 봄날이 아니었다. 언 손은 흔들리지 않았으며 눈들은 감겼거나 외돌아 있었다. T가 걸어가며 보낸 시선은 차디차게 되돌아왔다. 그동안 누군가로 또는 어딘가로 보냈던 것들은 결국은 자신이 감내해야 할 것임을 깨달았다. 저수지에서 T는 혼자가 아니었다. 어느 날 바람 몹시 부는 날 T는 자신은 자신뿐이었다. 독자에게 주어야 할 아픔과 서글픔과 기쁨과 심지어 자포자기의 쇼킹이 부메랑으로 돌아왔다.

"입술이 얼었어."

T가 갈퀴손으로 허공을 긁었다.

"나를 보는 눈동자가 없어."

T가 미친 듯이 소리 질렀다.

2
어항에 코이가 없다

생각이 하얗다. 생각의 벌레가 숨을 쉬게 하는 신경을 갉아먹은 것일까. 베란다에서 생각의 이마를 짚었다. 맷돌이 가슴에 얹힌 듯 숨이 가쁘다. 깊은 동굴이 열리고 바람이 아뜩하게 지나간 사선으로 새가 날아올랐다. 머리와 몸통과 너울대는 날갯짓이 뭉그러지면서 새는 작은 점이 되었다. 위태로워지는 존재. 숨을 뚝 멈췄다. 작은 점으로 작아져 소멸되는 순간의 끝점, 새가 소실되는 순간에 끊고 있던 숨을 후우 뱉었다. 아파트가 예각으로 기울고 신작로가 용으로 승천하는 시점을 목격할 수 있을까.

"우리… 한 번쯤은 만날… 수 있잖아?"

우46은 전화로 우리란 단어를 사용할 수 있는 남자를 생각했다. 그럴만한 남자가 생각나지 않았다. 한 번쯤은 만날 수 있는 관계의 남자는 더욱 생각나지 않았다. 코이가 살았던 어항에 모래가 하얗다. '한 번쯤은 만날 수 있잖아?' 남자의 말이 뇌리에서 모래알로 흩날렸다. 현무암 숭숭한 구멍으로 뽀글거리는 기포에 유영하던 코이 무리처럼 생각이 고요하게 퍼졌다. 우46이 머뭇거리자 정적이 흘렀다. 숨소리를 애써 낮추고 입술을 깨무는 느낌이 전해왔다. 남자는 꽤 긴 시간 망설였고 막상 전화를 걸어놓고는 또 망설였다. 우46도 전염되었다. 사실 딱히 할 말이 없었다. 기억세포에서 한 번쯤은 만나도 괜찮은 남자의 존재를 찾지 못했다.

"이…십… 년 전 조팝꽃향을 설마…잊지는 않았지?"

우46은 남자를 알아차렸다. 조팝꽃향? 이십 년 전? 띄엄띄엄 건네온 단어가 송곳날로 기억세포를 후볐다. 남자의 음색도 완전하게는 아니지만 기억해냈다. 이십 년 전 이십대의 음색이 사십대 중반의 음색과 같을 수는 없었다. 코이가 없는 어항에서 어지럽게 흩어지던 남자의 존재가 빠르게 조합되었다.

남자가 이십 년 전이라고 말했다. 정확하게 이십오 년 전이다. 이십오 년 전 남자가 빛바랜 사진으로 떠올랐다. 전화가 끊겼다. 마침표도 없는 종료. 남자가 찍지 못한 마침표를 뇌리에 남겨놓고 전화를 기다렸다. 어항에 코이가 없다. 작은 어항에 넣어 두면 손가락 크기밖에 자라지 않는다. 아주 커다란 수족관이나 연못에 넣어 두면 적어도 어른 손만큼은 자란다. 강에 방류하면 유치원 아이만큼 몸집을 키운다. 숨 쉬고 활동하는 공간의 크기에 따라 조무래기가 될 수도 있고 대어가 된다. 두 마리가 살았던 어항에 물이 없다.

예고 없이 배달된 소포처럼 신영이 현관에서 환하게 웃었다. 우46은 반가움도 냉랭함도 아닌 뭉텅한 시선으로 바라보았다. 굽이 높은 구두를 벗고 걸어와 ♀46을 포옹했다.

전화벨이 울렸다. 뇌리에 남겨둔 마침표가 가슴으로 철렁 떨어졌다. 액정의 발신자는 산으로 간 남편 ♂48이었다. 등산로 입구에 도착했으며 예상보다 한가하며 햇살이 하얗게 닿는 두부모를 보고서 ♀46과 동행하지 않았음이 후회된다 했다.

신영의 목덜미에서 체인 목걸이를 보았다. 짧은 호흡으로 샴푸와 향수의 냄새를 맡았다. 언제나 그랬던 것처럼 신영이 ♀46의 시선을 받으며 스커트와 블라우스를 벗고 운동복 바지와 셔츠를 입었다. 호박 덩굴손보다 급하게 성숙이 진행되었음을 간파했다. 교실과 교과서와 평가 문항에서 벗어난 변화는 경사 급한 계곡물처럼 빠르고 명쾌했다. 좁은 틈으로 굽이치다가 너럭바위를 만나고 낮은 바닥을 쓸고 수심 깊은 소를 지나서 강의 본류와 합류하며 숙녀가 되어가는 중이었다.

바다에 가고 싶어. 신영이 단어마다 표정을 요리조리 바꾸었다. 시선을 어디에 두고 있어야 매력이 있어 보이는지와 그때마다 어떻게 미소를 지어야 하는지 터득하는 중이었다. 여고생의 굴레에서 대학생의 마당으로 옮겨간 변화는 분명했다. 갯바위 보러 가자. ♀46이 동의했다. 신영은 챙이 긴 하얀 모자를 쓰고 파도가 보고 싶다고 중얼거렸다. ♀46은 갯바위에서 수평선으로 조물조물 내려앉는 햇살을 아득하게 생각했다.

"나는 엄마에게 뭐야? 아빠에게 나는 어떤 존재야?"

신영이 물었다. 고등학교를 졸업하고 대학생이 된다는 것이 부모로부터 한걸음 벗어나는 것이라 예감은 했다. 고등학교 교과서에서 벗어난 변화의 흐름이 이렇게 바삐 진행되었단 말인가? ♀46은 딸에게 변화를 안겨 준 사람이 누구일까 궁금했다.

"아빠와 엄마는 부부니까 너를 낳아야 할 숙명을 가진 것이고 넌 운명적으로 딸이 된 거야."

우46은 차분한 목소리로 조합한 말이 서툴고 어줍고 논리적이지 못함을 깨달았다. 서툰 화술이 우46의 세상을 살아온 방식의 전부라는 서글픈 생각도 빠르게 스쳐 갔다….

"엄마와 아빠를 묶어 주는 역할. 운동화를 살 때 켤레가 섞이지 않도록 묶어 둔 끈. 한 짝만 살 수 없도록 운동화를 묶어 놓은 끈이 나란 존재겠지."

신영이 고개를 가로저었다. 우46의 콧날이 시큰해졌다.

"너… 남자 친구 생겼니?"

신영이 배달된 소포처럼 현관에 섰을 때 가슴에 고였던 말을 꺼냈다.

"아빠와 엄마는 서로에게 배반하는 생각이나 어긋나는 강요에 무디어졌어. 감정이 상하고 자존심이 구겨지는 일이 생겨도 무관심한 상대가 되었어."

신영이 말을 끊었다. 무관심이란 단어를 선택한 자책일까. 무관심해졌다고 서로 사랑하는 것은 아니라고 변명했다. 서로에게 생채기를 만들지 않는 삶의 방식을 터득하였는데 무관심을 가장하고 있다고 변명에 대한 변명을 덧붙였다. 그렇다고 젊은 시절의 관심과 연민과 동정이 없어진 것은 아니라고 했다. 다만 이런 감정이 오래된 볼트의 조임처럼 닳고 헐거워지고 느슨해졌다고 말했다. 그렇기 때문에 다투거나 심지어 이별을 할 열정이 소진되었다고도 거침없이 말했다.

"황혼이혼이란 말 듣지 못했니?"

♀46이 신영의 논리에 빗장을 질렀다.

"무관심 때문에 이혼하는 거 아냐. 돌이킬 수 없을 만큼의 틈이 생기면 바위도 갈라져야 해. 서로에게 비수를 겨누고 살았기 때문에."

♀46의 차분한 목소리로 눈을 맞추며 말했다. 신영의 논리가 기우뚱 흔들렸다. 이성 친구 며칠 사귄 감정의 그물로 이십 년 부부의 삶을 포획하려던 얼굴이 붉어졌다.

"인생은 나팔꽃이래."

신영이 겸연쩍게 웃었다.

"나팔꽃을 보기나 했니?"

♀46은 부드럽게 응답하여 신영의 흠집 난 마음의 언저리를 토닥였다.

"트럼본처럼 생긴 꽃 아냐?"

신영이 머뭇거림 없이 대답했다.

"나팔꽃이 빠악빠악 트럼본 소리라도 낸다니?"

신영이 나팔처럼 생긴 꽃이라고 대답했다던가. 꽃잎이 나팔처럼 생겼다라고 대답했다면 ♀46은 더 묻지 않았을 것이며 신영은 흠집이 난 마음의 언저리를 조금은 더 안고 있어야 했다.

"나팔꽃은 새벽이나 햇빛이 잘 비치치 않는 그늘에서만 꽃잎을 펼쳐."

♀46이 신영의 어깨에 손을 얹었다.

"그늘에서만 사는 인생이 되지 마."

등산로 오르막 중턱이라며 ♂48이 전화했다. ♂48의 음색에서 ♀46과 산행에 동행하지 못해 무척 아쉬워하고 있음이 묻어났다. ♀46은 상수리나무 우거진 잎에 멍든 햇살이 ♂48의 가슴을 적셔 애잔한 본성이 드러났다고 판단했다. 두려움이나 무섬증과는 전혀 무관한 통화였다. 남자의 일반적인 통화로 흩어졌던 생각이 다시 결집되어 머리가 맑아졌다.

　외모가 보통의 범주에서 벗어난다는 것은 단순히 겉모습만 외돌아지는 것이 아니었다. 포장지가 빛에 바래 너덜너덜해지듯 사람의 감정도 묵으면 닳거나 쇠잔해졌다. ♂48의 머리칼이 낡은 오라기처럼 풀려나갔다. 정수리 주변에 반질반질한 속살이 드러났다. 탈모가 진행되면서 ♂48의 행동방식도 변했다. 무관심으로 구경꾼을 자처하면서 삶의 촉수가 무디어졌다. 무디어짐은 상실이었다. 거미줄처럼 정돈되어 있어야 할 주변과의 관계가 끊어지고 있었는데, 더욱 우려가 되는 것은 그러한 사실을 알면서도 방관하고 있다는 사실이었다. 거미줄의 동심원을 붙들고 있는 방사선이 삭아 끊어지듯 주변과 이탈되고 있었는데 치명적인 것은 자신이 관계의 중심에 있다는 착각이었다. 방관과 착각은 가치 상실이었다. ♂48의 종착점이 삶의 경계선 밖으로 조준되었다. 도구가 점차 낡아지듯이 사람도 사람이 쓰는 도구와 다를 수 없는 존재였다. 낡아지는 것은 곧 보수적임을 여실히 드러냈다. ♂48은 선거 때마다 보수 후보에게 표를 던지겠다고 노골적으로 말했다. 보수는 곧 안정이라는 것이 ♂48의 논리였다. 보수가 아닌 것은 혼란과 불안정으로 뭉뚱그려 단정되었다. ♀46에게도 은근히 강요했다. 변화를 청산가리처럼 기피하게 하는 낡음의 위력. ♂48에게서 일어나고 있는 육체적 정신적 낡음의 끝은 무덤이며 그 캄캄한 속은 변화가 있을 수 없는 영원한 안정일 터였다.

"이십 년만이야. 한 번쯤은 만날…수 있잖아?"

만나야 하는 당위성은 이십 년만이기 때문이고 만남의 정도는 한 번
쯤임을 남자가 또 전화했다. 이십오 년이나 만나지 않았는데 한 번쯤의
만남이 필요 있을까? ♀46은 한 번쯤의 단어가 서운했다. 이십오 년을
이십 년으로 오산함은 ♀46을 생각하는 진정성의 결여였다. 이십오 년
만에 나타나서는 고작 한 번쯤의 만남을 제의했다.

"이십 년이나 만나지 못했으니 오늘은 꼭 만나고 싶어."

남자는 이십오 년을 거부하고 이십 년을 고집했다. ♀46이 그러자고
아주 쉽게 대답했다. 남자가 장소를 말했다. 장소는 아파트에서 가까운
거리였다. ♀46은 그곳을 알고 있다고 대답했다. 만남의 장소에 나가겠
다는 말이 되었다. 남자가 요청한 삼십 분 후의 열 시는 촉박했다. 만
남의 시각을 오전이 아닌 오후로 요구했다. 시각의 변경을 요청했으니
남자는 ♀46과의 만남에 대한 확신을 가졌을 터였다.

♂48이 두부모에 쏟아지는 햇살을 바라보다 발걸음을 돌릴 가능성
을 염두에 두었다. 등산을 지속한다면 오후 다섯 시는 넘어야 돌아올
터였다. 이 때문에 만남은 오후 두 시가 적당했다. ♂48과 남자는 아
는 사이였다. 남자가 열두 시로 수정을 요구했으나 거절했다. 마주 앉
아 허리가 두툼해진 뱃속에 음식을 넣고 싶지 않았다.

빛이 투명한 갈기로 세상을 마구 후려치고 있었다. 은사시나무 흰 몸
통을 앙칼지게 휘어잡고 칼날을 휘저으며 달려왔다. 바람과 물과 나무

와 꽃잎에 갈퀴손을 뻗는 저것이 기어이 미쳤다. 빌딩과 아파트와 단독주택이 어초처럼 한낮을 건너고, 낮잠에서 깨어나 먹이를 줍는 뱀장어처럼 자동차가 느릿느릿 기어갔다. 소외되었던 것들이 엉금엉금 모습을 드러내는 일요일 한낮의 마법. 잊고 있던 것들이 돌연 상형문자를 어지럽게 휘갈겼다. 주차장은 어젯밤에 품었던 차를 절반은 보내고 그 빈자리를 새롭게 채우는 중이었다. 결국엔 잎을 털어내기 위해 연푸른 잎사귀를 달고 느릿느릿 행군하는 단풍나무. 까만 점이 되어 소멸한 새. 생각의 이마를 괴지 않았다면 알아차리지 못하는 느릿하고도 까마득한 움직임. 아주 짧은 시각에도 새삼스러운 것들을 깨닫는 인간의 감각. 그래서 동물은 생각도 하지 못하는 이혼을 꿈꾼다.

몇 대 남지 않은 차의 정수리를 바라보았다. 원판이 스물네 조각으로 나뉘어서 회전하듯 어제의 그 조각이 오늘 또 돌아왔다. 지루하고 더디게 도는 분침을 떠밀며 냉장고도 열어보고 텔레비전 채널을 돌렸다. 아파트가 예각으로 기울고 나무가 용이 되어 승천하는 상황을 목격한다면 어떤 느낌일까? 평범하고 지루하고 숨 막히게 고요한 아파트에 늘 묻혀 있는 이 상황의 중심을 으깨어 버릴 만큼의 섬뜩한 느낌은 과연 어떤 맛일까? 이십오 년이 익혀낸 향기는 어떤 느낌일까.

♂48이 정상에 올랐다며 전화했다. 골뱅이 소면 무침을 먹고 싶다고 했다. 조금씩 햇살이 강렬해지고 있어 생미역을 무치고 오이 냉채를 만들었다. ♂48은 식탁에 차려놓은 음식을 보고 타박을 해본 적이 없다. ♀46의 음식 솜씨가 썩 좋은 것도 아니었고 끼니마다 식단을 짜는 것도 아니었으며 온전히 ♀46의 판단으로 식탁이 차려졌다.

밥과 반찬의 구색이 어색하게 차려지는 날. 이를테면 아침에 먹다 남은 조기구이가 냉장고에 있어 저녁 식탁에 놓고 점심에 먹고 남은 국수를 육수에 말아 밥을 대신하는 국수와 조기구이라는 전혀 어울릴 수 없는 식탁으로 ♀48이 어정어정 걸어와 군소리 없이 그릇을 비웠다. 좋게 보면 음식을 가리지 않는 무던한 성격이라지만 여물을 끝까지 먹어치우는 미련한 소를 연상케 했다.

마트에서 골뱅이 캔과 오이와 쑥갓과 참기름을 샀다. 상가의 일 층에는 미용실, 세탁소, 문구점, 치킨 호프, 비디오대여점이, 이 층에는 피아노학원과 소아과의원이 간판을 걸었다. 마트에서 나와 다섯 걸음 걸었을 때 슬리퍼를 끌고 왔음을 알았다. 슬리퍼는 베란다에서 신던 것이었다. 베란다 물청소하면서 현관에 옮겨놓은 것이었다. 갑자기 슬리퍼가 부담스러웠다. 변기에 걸터앉았다가 걸어 나온 철딱서니 없는 주부로 보일까 봐 낯이 화끈거리며 부끄러워졌다. 마주 지나가는 사람 중에 슬리퍼에 시선을 주는 사람은 없었다. 실내에서나 신어야 하는 슬리퍼를 끌고 밖으로 나왔다는 스스로의 부끄러움 탓에 보폭이 주춤거려졌다. 운동화를 신은 것처럼 가장하며 태연하게 걸었다. 슬리퍼로 집중된 신경 때문에 발걸음이 흔들렸다. 슬리퍼는 제 짝이 아니었다. 오른발에는 베란다용 슬리퍼가 왼발에는 낡아서 구석에 밀쳐둔 거실 슬리퍼가 신겨져 있었다. 베란다 슬리퍼는 엷은 분홍색이었고 거실 슬리퍼는 하늘색이었다. 낡고 색이 엷어져서 언뜻 보아 같은 색깔로 보였다.

세탁소 여자가 미용실에 와 있었고 세탁소에는 문구점 총각이 놀러

와 잡담을 주고받는 모습이 보였다. 미용실에 온 세탁소 여자는 미용 의자에 앉았고. 세탁소에 온 문구점 총각이 헤실헤실 웃으면서 무슨 말인가를 하고 있었고, 마흔 중반은 되어 보이는 세탁소 남자가 담배를 빨아들이고 뱉기를 반복했다. 미용실 내부가 보이기 시작하면서 세탁소 내부까지 드러나는 오 미터를 걸어가는 동안에 엿보인 풍경이었다. 세탁소 아줌마가 미용 의자에 앉아 수명이 다한 형광등이 까막까막 명멸하는 것처럼 눈을 빠르게 깜빡거렸다. 문구점 총각이 헤실헤실 웃으며 무슨 말인가를 계속했고, 세탁소 남자의 담배는 필터에 근접하게 타들어갔다.

미용실과 세탁소의 경계점을 우46이 지나가는 순간. 세탁소의 문이 우46의 가슴을 칠 듯 급박하게 열렸다. 우46이 놀라 주춤하는 사이 세탁소 남자의 거친 숨소리가 스쳐지나갔고. 우46의 가슴을 칠 듯 열렸던 세탁소 문이 닫히는 똑같은 시간에 미용실 문이 거칠게 열렸다. 우46이 기우뚱 넘어지는 몸을 가누면서 바라본 세탁소 여자가 콘크리트 구석에 던져진 야구공처럼 미용 의자에서 튕겨 나왔다. 두어 걸음 물러나다가 세탁소 남자에게 머리칼이 잡혔고 미용실에 있던 또 다른 두 명의 여자가 뒷문으로 달아났다.

세탁소 여자가 머리채를 잡혀 끌려 나왔다. 우46이 황급히 물러나다 슬리퍼가 벗겨졌다. 슬리퍼를 신고 바라본 문구점 총각은 헤실헤실 웃던 웃음이 급작스레 굳어지고 얼굴색이 까맣게 죽었다. 미용실에서 미용사와 뒷문으로 달아났던 여자가 용수철처럼 튕겨져 나왔다. 치킨을 튀기던 남자도 나왔고 여자도 치킨 종이상자를 들고 나왔다. 비디오를 고르던 사십대 남자가 나왔고 계산대를 지키던 아르바이트 학생도 나왔다.

상가 사람들이 모두 나오기를 기다린 세탁소 남자가 세탁소 여자의 뺨을 후려쳤다. 세탁소 여자의 고개가 거칠게 젖혀졌다. 맞은 여자가 용수철처럼 곧바로 고개를 돌려 세탁소 남자를 노려보았다.

"이년이? 어따 눈깔을 부릅뜨고 지랄이야?"

머리채를 잡힌 세탁소 여자가 길바닥에 패대기를 당했다. 거친 길바닥에 얼굴을 박은 세탁소 여자의 입술이 터졌다. 피가 입술에 빨갛게 흘렀다. 문구점 총각 얼굴이 창백하게 굳었다. 세탁소에서 나와 문구점으로 들어갔다. 입술이 터진 세탁소 여자는 울지도 괴성도 지르지 않았다. 세탁소 남자를 노려보았다. 쓰러진 몸을 지탱하려 짚은 손이 낙지발처럼 꿈틀거렸다. 손가락이 오므라들어 호두알처럼 뭉쳤다. 주먹 쥔 손등에 힘줄이 돋고 부들부들 떨었다. 영사기 필름처럼 세탁소 여자의 눈동자가 돌았다. 콧구멍에서 피식 바람이 빠져나왔다. 눈물이 그렁하고 입술에 핏물이 번진 얼굴에 웃음이 피었다. 세탁소 남자의 자존심을 송두리째 흔드는 비웃음이었다. 곰처럼 몸이 커다란 세탁소 남자에 비해 세탁소 여자는 다람쥐처럼 척추를 오므리는 습성이 있어 작아보였다. 세탁소 여자를 동글게 말아 쥐면 세탁소 남자가 멀리로 던져버릴 공처럼 체구의 차이가 컸다.

"곰 같은 덩치랑 살대고 밤마다 어떻게 살았을까?"

미용실 여자가 낮게 말했다.

"큰 바위 밑에 사는 가재가 안전하게 산다잖아?"

치킨점 남자가 낮게 맞장구를 쳤다. 더러는 킥킥 웃었고 또 일부는 얼굴을 발갛게 붉혔다. 세탁소 남자의 시선이 문구점 총각에게 향했다. 문구점 총각이 몸을 파르르 떨었다.

"보약 먹고 기운 좀 생기면 술이나 처먹고 여편네나 패는 주먹으로 나를 죽여라."

세탁소 남자의 시선을 잡아채며 세탁소 여자가 소리 질렀다. 세탁소 남자는 문구점 총각의 멱살을 잡아서 세탁소 여자에다 패대기를 칠 기세였다. 세탁소의 여자의 눈동자가 빠르게 돌았다. 세탁소 남자의 주먹이 부르르 떨었다.

"차라리 주먹에 맞아 죽자!"

세탁소 여자가 소리를 바락 질렀다. 세탁소 남자가 어금니를 물었다. 세탁소 여자가 세탁소 남자의 종아리를 움켜잡았다. 세탁소 남자의 발이 문구점으로 걸음을 딛자 세탁소 여자가 끌려갔다. 세탁소 여자를 끌고 가는 세탁소 남자의 얼굴에 혈기가 넘쳤다.

우46은 물론 치킨점 부부와 미용실에서 잡담을 떨던 여인들과 걸음을 멈춘 행인의 시선은 교미하는 잠자리처럼 엉겨 붙은 세탁소 부부와 오금을 바들바들 떨고 있는 문구점 총각 사이를 바삐 오갔다. 우46은 실내화를 신고 나왔음을 잊었고. 치킨점 부부는 기름 솥에서 닭이 시커멓게 타고 있는 것을 잊었고. 미용사는 가위와 빗을 손에 쥐고 있는지도 몰랐고. 수건을 머리에 두른 여인은 파마 약을 씻어낼 시간이 지나가고 있음을 까마득히 잊었다.

세탁소 남자가 세탁소 여자를 끌고 한걸음 옮기자 문구점 총각이 뒷걸음쳤다. 세탁소 여자의 애절한 눈빛이 문구점 총각에게 향했다. 문구점 총각이 세탁소 여자의 애절한 눈빛을 읽었다. 세탁소 남자가 문턱에 오른발을 얹는 순간 문구점 총각이 뒷문으로 황급하게 달아났다. 문구점 문을 채 닫지도 못하고 줄행랑쳤다. 황당해진 사람은 천원 지폐를 들고 문구점으로 들어가려던 초등학교 일 학년쯤의 남자 어린이였다. 사냥감을 시야에서 잃은 세탁소 남자가 우우─ 괴성을 질렀다. 세탁소 남자가 문구점 총각이 달아난 골목을 허탈한 눈동자로 바라보았다. 과녁이 갑자기 없어진 화살이 하강 곡선을 그리듯 세탁소 남자의 화기가 가라앉았다. 멱살을 잡아 패대기를 쳤지만 결국 둘은 부부였다. 둘러싼 구경꾼을 머쓱한 눈초리로 응시하다가 세탁소로 들어갔다. 치킨집 남자는 싱겁다는 표정을 감추지 못했고 세탁소 여자는 문구점 총각이 달아난 골목을 한참 바라보았다. 세탁소 남자는 세탁소 여자의 뒷덜미를 바라보며 담배를 뻑뻑 빨았다.

"머리 맞대고 앉아 양파 껍질을 까도 손발이 척척 맞으면 그것이 사랑이고 부부가 아닌가?"

미용실 아줌마가 모두 들으란 듯 크게 말했다. 그녀는 사십을 겨우 넘긴 몸에 도톰하게 살이 올랐다. 입술도 두툼했고 눈자위도 검었다. 눈이 커서 겁이 많아 보였다. 손목에 고무줄을 감은 것처럼 주름이 졌고 손가락이 뭉툭했다. 그래서 한눈에 보아도 성격이 무던하다는 짐작을 하게 했다. 그녀의 손에는 바닥을 쓸던 빗자루가 들려 있었는데 그런 사실도 잊었다. 벼린 칼을 쥐고 어리미친년처럼 조팝꽃 더미에서 뛰어나온 햇빛이 어디로 갔을까.

남자와 만나기로 한 두 시가 저벅저벅 걸어왔다. 상가건물과 진입로와 놀이터 모래와 그네와 측백나무와 주차된 차들이 호수에 가라앉은 수몰도시로 보였다. 바람이 측백나무 잎을 흔들면 도시가 물속에 잠기며 어지럼증이 돋았다.

성격이나 습관이 일단 굳어지면 죽을 때까지 절대 불변인 줄 알았다. 그런데 ♂48에게 화석화되었다고 믿었던 것들이 가변성 물질로 변하고 있음을 감지했다. 볕이 잘 드는 창턱에 얹어두고서 잊고 있던 종이처럼 어느 날 변색해 있음을 알았다. 목소리가 변했다. 급하게 터져 나왔다가 싱겁게 끝을 얼버무리는 충청도 억양의 높이가 하향 평준화되어 얼핏 들으면 배터리가 방전된 녹음기 소리였다. 꿈도 희망도 미래도 또 열정과 미움과 환멸이 반죽되어 삶의 의미를 통달한 늙은 광대가 되는 것은 아닐까 염려되었다.

눈에 보이지도 않고 손바닥에 얹어 그 무게나 질감을 만지작거려 볼 수도 없고 누군가에게 표현했다 해도 뒷맛이 개운치 않을 것 같은 사랑이라는 것. 죽기 전에 꼭 한번은 만난다는 저승사자처럼 죽음에 임박해서 경험하거나 어쩌면 이미 경험을 했는데 깨닫지 못한 것이라고 ♀46은 마음의 가닥을 잡았다. ♂48과의 사랑이 있었다면, 집 안 어디엔가 잃어버린 바늘을 찾듯 돋보기를 들이댄다면, ♂48의 '점점 말이 없어짐' 외에는 존재하지 않았다. 밥을 먹으면서, 텔레비전을 보면서, 심지어 침대에서 ♀46의 의도와 행동에 빗장을 걸던 '말의 점점 없어짐'이 ♀46을 배려하고 자유를 주는 것. 그것이 곧 사랑일까.

♂48과 ♀46 사이에 나누었던 말들을 이리저리 둥글려보고 뒤집어보고 매만져도 도드라지게 생각나는 단어가 없었다. 함께 살고 있기 때문에 자신의 편의를 위해 상대방에게 권고한 말을 빼고 나면 벙어리로 산 것이나 다름없었다. 서로 의식하지 않았는데 같은 곳에 시선을 보냈던 기억은 더러 있었다.

"나 조금도 변하지 않았지?"

남자가 강과 도로가 보이는 창가에서 일어났다.

"변하지 않는 것은 없어."

우46이 웃어주었다. 검댕이가 새까맣게 그을린 솥뚜껑을 가슴에 대고 있는 압박감. 그 압박감이 무너지면 엷은 떨림을 동반하는 설렘과 흥분이 가슴에 팽배해질 것 같았다. 발끝에 힘을 모았다. 남자가 알아채지 못하게 자신을 옭아맸다. 바스락 부서지는 뻥튀기 과자처럼 가슴에 부풀었다.

"이십 년이 넘었어. 우리가 서로를 잊고 산 시간이."

남자가 이십 년만에 다시 만난 감회를 쓸쓸한 웃음으로 흘렸다. 우리가 서로를 잊고? 우46이 속으로 중얼거리며 웃었다.

우46과 남자는 입학 동기였다. ♂48이 군복무를 하는 동안 우46의 주변에서 집요하게 서성거렸다. ♂48을 밀쳐내겠다는 의도였다. 남자는 아주 중요한 시기의 인생 항해에 오류를 범했다. 재학 중에 군복무를 마치고 복학했어야 했다. 우46에게 어정거리다 졸업을 맞았다. 어정거리던 바를 얻은 것도 아니었다.

"나 정말 변했어?"

남자가 손바닥을 가슴에 대고 물었다. 우46을 향한 구애가 손톱만큼도 손상되지 않았다는 항변이었다.

"십 킬로그램쯤은 부풀어 보인다. 막걸리를 섞어서 아랫목에 익혔다가 쪄낸 술 빵."

턱살이 늘어져 도톰하게 굵어진 남자의 목덜미를 노골적으로 응시하면서 우46이 싱겁게 웃었다. 남자가 창틀에 머리를 기댔다. 실망하는 빛이 역력했다. 나이가 들면서 느슨해지는 열정만큼 늘어나는 몸집을 달가워하는 남자는 없을 터였다.

"조팝꽃 동산 잊지 않았지?"

남자가 ♀46의 자두 빛 입술을 바라보았다. 남자의 관심은 ♀46의 입술에 칠해진 립스틱의 색깔이나 브랜드가 아니었다. 자신의 입술을 자귀날로 만들어 ♀46의 입술을 물어뜯듯 잡아당긴다면 무슨 맛이 나는지, 피가 터지지 않을 만큼만 빨아본다면 무슨 맛이 입안에 가득 채워지는지. 남자의 입술이 하얗게 마르면서 갈증이 돋았다.

"치매가 오지 않고서야 잊지 않았지."

조팝나무 얘기만 들어도 조팝나무를 생각만 해도 조팝꽃향이 콧속에서 아득해지는 환각에 휩싸였다. 철분 결핍성 환자처럼 갑자기 어지러워지고 세상이 빙글빙글 돌았다. 독한 담배를 폐부 깊숙하게 빨아들였을 때 하늘이 돌고 나무도 돌고 땅까지 매달려 돌며 울렁거리는 어지럼증이 돋았다.

"그 황홀함 잊지 못하고 있어."

남자의 눈동자가 반들거렸다. 이십오 년 만에 나타난 남자의 의도가 확연하게 드러났다. ♂48이 군대에 가 있는 동안 집요하게 서성거리며 혼자 달구던 그 열기를 음흉하게 품고 왔다.

"라텍스 콘돔으로 씌워진 성기, 피임약. 시험관에서 배양되는 아기들. 성을 바꾸는 전환수술, 비아그라. 섹스는 이제 조물주의 손아귀를 벗어났어. 섹스는 생식만을 위한 의미를 벗어났어."

남자가 이글거리는 덩어리를 토했다. 이십오 년 만에 나타나서 욕정을 노골적으로 구걸하다니. 중년이 되면 뻔뻔스러워져도 용서가 되는 것인가. 나이를 먹어 데면스러워졌다 해도 감정과 윤리의식이 세파에 닳았다 해도 선배의 부인이 된 여인의 면전에서 욕정을 구걸할 수 있을까. 설렘과 부끄럼이 엉긴 감정을 가슴에 다독거리던 ♀46은 급기야 불쾌감을 느꼈다. ♀46이 일어났다. 남자도 당황하여 일어났다. ♀46의 손목을 잡았다. 이글거리는 욕정의 열기가 손목에 닿았다.

"손목을 잡은 느낌이 어때? 조팝꽃 더미에서 잡았던 그 느낌이 아직 살아 있다고 거짓말을 하지는 못하겠지?"

♀46이 잡힌 손을 뿌리쳤다.

"이십대만이 세상의 중심에 서 있는 게 아냐. 미스보다는 미시가 거리에서 더 육감적인 몸짓으로 활보하는 세상이라는 거 몰라?"

남자가 아이의 손을 잡고 지나가는 미시에게 손짓했다. 미시가 남자의 손짓에 잡고 있던 아이의 손을 놓았다.

"저 미시에게나 가 봐."

♀46이 돌아섰다. 다섯 걸음 걸어가서 뒤를 돌아보았다. 정말로 남자가 미시가 걸어간 방향으로 걸어가고 있었다. 가슴에서 와르르 무너지는, 공들여 조립한 장난감 블록이 와르르 무너지는 소리가 났다.

세탁소에서 남자가 다림질을 하고 있었고 여자는 더 안쪽에 앉아 바느질을 하고 있었다. 문구점도 열려 있었고 총각도 어린 손님에게 물건을 파는 중이었다. 미용실에도 머리를 손질하러 온 여인들이 자리를 채웠다. ♀46은 코이가 살았던 어항에 물을 넣었다. 하얗게 말랐던 모래가 물에 젖고 기포가 어항에 퍼졌다. 코이를 사야겠다고 다짐했다.

등산 가방을 메고 나갔던 ♂48의 차가 진입로에 나타났다. 주차장을 바라보던 ♀46이 소스라치게 놀라 입을 주먹으로 막았다. 차에서 내린 사람은 ♂48 혼자가 아니었다. 위에서 내려다본 몸집으로 보아 두 시간에 전에 헤어진 남자였다.

♂48이 근무하는 영업장과 남자가 근무하는 영업장의 모기업이 같았다. 세상의 소소한 사실들이 도처에서 비밀리 생성되었다가 아무것도 아닌 존재로 공개되고 더러는 소멸되는 것처럼 ♂48과 남자가 아파트에 들어오는 동안 나눈 몇 마디가 같은 기업에 근무하고 있다는 사실을 드러냈다. ♂48은 지점장이 되지 못하여 명퇴 압박에 시달리는 중이었고 남자는 지점장이 되어 느긋한 상황이었다.

술상이 차려지는 동안 전화번호를 어떻게 알았는지 ♂48이 남자에게 물었다. 남자는 그저 빙그레 웃었다. ♀46의 얼굴이 발갛게 달았다. 두 시간 전에 남자에게 일러 준 전화번호가 황당하게 다가올 줄을 예감하지 못했다. 식탁에 둘러앉아 술잔이 돌면서 ♀46은 평정심을 찾았다. 남자가 어항을 바라보았다. ♂48는 어항에 물이 채워졌음을 보았다. 남자와 ♂48의 대화는 건조하고 단조로웠다. 코이가 아직 없는 어항으로 시선이 닿는 시간이 더 많았다. ♀46이 이십오 년 전 빛바랜 얘깃거리를 꺼냈더라면. 술자리가 길어지고 대화도 알록달록하게 색감이 들었을 터였다. ♀46는 건조대에서 마르는 빨래처럼 자신을 다독였다.

남자가 돌아갔다. 이혼한 친구의 우울증이 갑자기 걱정되었다. 그녀에게 전자 메일을 썼다.

"거울은 보고 사는 게니? 거울에 기쁨도 슬픔도 없어. 궤도에 이끌려가는 마차에 앉아 있는 느낌이랄까. 겨울 저수지 둑에 나가본 적이 있니? 씽씽한 칼바람에 조각조각 갈라져 흩날리기만 하는 마른 풀잎 같아서 서글퍼진 날이 있니? 그날이 그날이고 그날이 또 그날인 밍밍함에 젖어 본 적이 있니? 드라마에서 유부남 애인이 돌아섰다고 울고불고 우울증 환자 행세를 하고 있더라? 혼인도 안 한 처녀가 돌아선 그놈만이 세상의 남자인 것처럼 요란을 떠는, 어쩌면 정신이 나간 미친년을 보면 울화가 치밀어. 사랑 때문에 울어본 적도 없고. 우울해 본 적도 없고. 그렇다고 좋아 본 적도 없이 첫 남자 만나 애기 낳고 사는, 처음부터 기쁨이고 슬픔이고 그런 거 없었어. 어떤 이는 그냥 평범한 삶이라며 쉽게 말하더라? 만나서 저녁 먹고 차 마시고 헤어져 집으로 돌아갈 때 웃으며 돌아서는 너의 어깨에 내려앉는 연민이나 동정심이 아예 없다고는 말할 수 없지만. 이혼녀이기 때문에 불쌍하다고 여기고 싶지 않아. 배려할 줄 모르고 잔인하고 타인의 입장을 생각하지 않는 냉정한 사람이라고 욕해도 어쩔 수 없어. 남편과 헤어졌다고 삶의 궤도 밖으로 추방된 것은 아니니까. 태어나면 놓아서는 안 될 밧줄을 쥐고 경험을 엮는 거야. 기쁨과 슬픔과 고통과 쾌락과 지루함을 섞으면 추억이 엮어지겠지. 기뻤던 일이 고통이나 슬픔의 근원으로 돌변할 때도 있더라? 사카린같이 달콤함이나 쓸개처럼 시린 것들이 삶의 종점으로 가는 정류장이 아닐까. 너처럼 이혼하면 재혼이라는 단어가 자연스럽게 떠오르는 것이 단순한 현상이 아닐 거라고 믿어. 달리는 궤도열차는 이혼이라는 삐걱거림도 있을 수 있고 재혼으로 평정을 되찾기도 하는 것이니까. 다시는 내게 말하지 마. 이혼해서 행복은 이제 영영 떠났다는 말. 나는… 나는… 네 자리에 하루만이라도 서 있고 싶어.

그녀의 남편이 그녀가 가장 가깝다는 그녀의 친구와 불륜에 빠졌다. 주변의 사람이 아는 사실을 그녀만 반년 동안 몰랐다. 아무도 말해주지 못했다. 그녀가 나타나면 입을 다물었다. 그녀의 뒷모습에 연민과 동정의 시선이 닿았다. 그녀는 자신도 모르게 바보가 되었다. 그녀의 친정 오빠의 아내, 올케가 찾아와서 사나흘 고민한 표정으로 말했다. 그녀는 믿지 않았다. 올케보다 더 차분한 말로 달래서 돌려보냈다. 그녀는 평정심을 잃었다. 반년 동안 그녀에게 쏟아지던 시선의 의미를 알게 되었다. 이혼을 결심했다. 남편이 불륜을 저질렀다는 사실보다 반년 동안 자신만 몰랐다는 모욕감과 불륜 여자가 어제도 찾아와 웃으며 차를 마신 친구였다는 배신감을 지울 수 없었다.

신영의 사흘은 짧았다. 친구를 만난다며 하루를 소진했다. ♀46은 신영과 바다로 가는 버스를 탈 생각이었다. 아침 식탁에서 전화를 받은 신영이 방으로 가서 통화했다. ♂48과 ♀46은 수저를 놓고 신영의 통화가 끝나기를 기다렸다. 통화가 끝나고 신영이 식탁으로 왔다. 신영은 아침을 먹지 않았다. ♂48과 ♀46이 식은 아침을 먹는 동안 샤워를 했다. ♀46이 설거지를 하는 동안 화장을 하고 텔레비전 리모컨을 쥐고 있는 ♂48에게 돈을 얻어 외출했다. 바다에 가지 못했다. 여름이 오기 전에 바다에 갈 것이라고 위안했다. 가슴에서 다짐이 싹을 틔우고 잎을 열면 나팔꽃으로 트럼본 가락을 빠악 빠악 연주할 그날. 꼭 바다에 가야겠다고.

새순을 돋운 초목이 햇빛을 꿰어 초록의 덧옷을 깁고. 연노랑과 진

노랑, 연분홍과 분홍, 연록과 초록의 꽃이 함초롬히 피었다. 바닷가에서 육지의 거친 숨소리가 들리다니. 생수가 목구멍으로 꿀떡꿀떡 넘어가는 생동감이었다. 토끼풀과 질경이와 며느리밑씻개와 이름이 가물가물한 풀이 햇살을 과식하고 키 다툼하며 활기가 넘쳤다. 바다에 왔음을 말해주고 싶은 충동이 생겼다. 드넓게 살아 움직이는 바다의 흥분에 동조해 줄 사람이 필요했다. ♂48에게 전화했다. ♂48이 밤길 운전 조심하라고 말했다. 운전 조심하라는 내면에 오늘 꼭 돌아와야 한다는 강요가 서릿발처럼 돋았다.

　모텔에서 본 등대는 출항하지 못한 고깃배와 비에 흠씬 젖었다. 수평선이 도토리묵 모서리로 굳었다. 먼 바다는 움직임이 없었다. 쉼 없이 출렁거려야 할 바다가 창백하게 굳었다. 바다 끝선에서 공포가 조물조물 움직였다. 깊은 잠에 빠져들 수 있도록 침대가 정돈되었다. 드라이기와 일회용 화장품과 다방전화번호가 새긴 휴지 박스와 콘돔이 담긴 비닐봉지와 돌돌 말린 수건과 스프레이 모기약과 리모컨이 질서 있게 놓였다. 리모컨을 쥐었다. 벽면에 걸린 잠옷이 보였다. 비를 뿌렸던 검은 구름이 엷어졌다. 비는 더 오지 않을 것이라는 예감이 수평선에서 조심조심 다가왔다. 모텔에서 나왔다. 바다가 저렇게 드넓은데 넓다는 생각을 왜 하지 못했을까. 바다 끝에서 배는 점이었다. 꾸물거리다 공깃돌처럼 커졌다가 배가 되어 항구로 돌아왔다.
　남자에게 전화했다. 거기가 어디냐고 물어왔다. 바다에 있다고 대답하자 침묵이 흘렀다. 돌발 상황에 자신을 정리하는 순간이었다. 생각의 방황이 불규칙한 숨소리로 들렸다. 갯바위를 비켜나는 파도가 넘실거렸다. 조팝꽃이 다닥다닥한 꽃을 꺾어 냄새를 들이키던 남자의 입술 씰룩임. 꽃향기에 실신하던 그날 남자의 입술에 손가락을 가만히 얹듯 파도의 거품을 쥐었다.

"냄새가 들려."

방황을 접은 남자의 목소리가 버석거렸다.

"냄새?"

거품에 젖은 손가락을 보며 ♀46이 물었다.

"끓는 조갯국 냄새가 들려."

남자의 콧바람이 수화기에서 씨근덕거렸다.

"식당이 아냐. 갯바위에 있어."

파도가 갯바위로 급하게 올라왔다가 미끄러졌다.

"거기 꼼짝 말고 있어. 남자가 갯바위의 위치를 물었다."

포구 콘크리트 제방에 갈매기가 굵은 점으로 앉았다. 경사가 급한 나지막한 산 정수리에 등대가 있었고 절벽에 자귀로 찍은 듯 작게 형성된 평지에 처마 낮은 집 네 채가 층층으로 똬리를 틀었다. 멈출 수 없는 존재도 오래 바라보면 멈춰 있는 순간이 목격되곤 하였다. 부는 바람을 보고 있으면 바람 줄기가 줄에 걸린 미역처럼 정지했던 기억이 있었다. 시간도 골똘하게 바라보면 시간의 연속이 엿가락처럼 툭 부러지는 순간도 있었다. 종일 쏟아지는 볕도 빨간 신호에 맞닥뜨린 자동차처럼 멈추는 순간도 문득문득 관찰되었다. 어둠이 바다를 장악하는 것일까. 바다가 어둠의 뿌리를 물어뜯는 것일까. 약간의 침범을 양보하며 참을 수 있는 고통을 공유하며 서로에게 이입하는 것일까.

휴대폰 벨이 울렸다. 남자가 도착했다고 말했다. 도착점에서 ♀46을 찾을 수 없다고 불평했다. 우46은 의도적으로 그곳에서 벗어났다. 생각의 변화였다.

"지금은 바다와 어둠을 감시해야 해."

우46의 말을 남자가 알아듣지 못했다.

"어둠과 바다가 고싸움을 벌이고 있어. 어둠이 승자인지 바다가 승자인지 아님 무승부가 될 것인지 심판을 해야 해."

우46의 해명에 남자의 숨소리가 높아졌다. 황당하고 어이가 없는 표정으로 우46처럼 바다를 바라보며 복잡하게 얽히는 심정의 복판에서 조난당한 어선처럼 출렁이는 소리였다.

모텔로 들어갔다. 뜨거운 물을 정수리에 쏟았다가 차가운 물을 쏟았다. 샤워를 마치고 컴컴한 침대에 앉았다. 창에 붙었던 어둠이 바다로 차례로 날아가듯 밖이 조금씩 밝아졌다. 휴대폰 벨은 더 울리지 않았다. 남자의 구속에서 벗어났다는 안도감이 생겼다. 침대에 누워 잠을 청했다.

비 개인 아침 바다는 어제 갯바위에서 바라본 그 바다였다. 바다를 비롯한 사물의 본질은 변할 수 없다. 바다를 보는 심정과 바다를 둘러싼 자연조건이 바다를 다르게 보이도록 할 뿐이다. 정자와 난자가 수정이 되고 세포분열을 반복하면서 만들어진 척추를 몸에 박고 태어난 것처럼 일단 심어진 영혼은 변할 수 없는 존재다. 다만 그 영혼을 흔들며 이물질을 덧칠하려고 달려드는 무리가 있어 조금씩 흔들릴 뿐이다. 우46의 영혼에 남자의 의도를 채색할 권한은 없다. 혹여 덧칠을 허락하였다 해도 그것은 구름처럼 어느덧 벗겨지는 더께에 불과하다. 바다는 나팔꽃 잎을 열지 않았고 빠악 빠악 울지도 않았다. 가까운 기억부터 오래된 기억이 만국기로 펄럭이는 내공이 있었다.

코이가 없는 어항. 기포만 살아 있는 모래에 외발로 선 허전함. 한 번쯤은 만날 수 있잖아? 남자의 말이 뇌리에서 모래알로 흩날렸다. 현무암 숭숭한 구멍으로 뽀글거리는 기포에 입질하며 유영하던 코이가 바다로 흩어졌다.

스물두 살의 그해 오월. 참꽃 진 산자락에 조팝꽃이 하얗게 덤불을 이루었다. 남자가 여자의 자취방으로 왔다.

"너 동물 아냐? 날이 이렇게 좋은데 동굴에서 뭐하니?"

남자가 문지방에 엉덩이를 얹었다. 방으로 들어올 기세였다.

"밀폐된 방에서 너와 있으면 내가 타락해져 그러니까 나 어디로든 나가야 해."

여자가 방에서 나왔다. 구두를 신을까 운동화를 신을까 생각의 갈피에서 주저하는 여자를 바라보며 남자가 담벼락에 기댔다.

"저 조팝꽃 좀 봐."

남자가 손짓하는 산에 꽃 무덤이 어우러졌다.

"정말 하얀 꽃들이 무리를 졌네?"

여자도 목소리를 비틀었다.

"조팝꽃 숲이야. 저속에 들어가면 아마 기절을 하고 말걸?"

"기절을 해?"

"그래 향기가 독해서 쓰러지고 말아."

남자의 손에는 샴페인이 들려 있었다. 여자는 발목까지 오는 통 넓은

치마에다 하얀 운동화를 신었다. 가까이서 본 조팝꽃 더미는 하얗게 눈부셨다. 조팝꽃으로 지붕을 인 집들이 옹기종기 들앉은 마을 같았다. 조팝꽃이 사방을 가려 준 곳에 자리를 깔았다. 묏자리였다. 감꽃이 우수수 떨어진 외진 고샅길에 앉은 느낌이 들었다. 바람이 불어올 적마다 향기가 폐부로 흘러들어갔다. 마약을 하면 이런 기분일까? 여자가 숨을 연신 들이마셨다. 가슴이 커다랗게 들먹거렸다.

"샴페인 마시자."

남자가 샴페인을 쳐들었다.

"찬란한 봄을 위해?"

여자가 종이컵을 들어올렸다.

"미친년 같은 꽃향기를 위해."

남자가 샴페인을 터트렸다.

"미친년 같은 꽃향기?"

여자가 몸을 비틀며 웃었다. 바람은 꾸준히 조팝꽃향기를 묻혀다 줬다. 하늘은 파랗게 멀어졌다. 몸이 땅으로 자꾸 꺼져 들었다. 의식이 희미해졌다. 여자가 묘에 상체를 기댔다. 볕이 눈부셔 눈 감았다. 얼굴이 붉게 달았다. 남자가 여자의 가슴에 손을 얹었다. 여자가 눈을 떴다. 이건 불가항력으로 맞닥뜨린 상황이야. 남자가 가슴에 얹었던 손으로 여자의 목을 감아 안았다. 여자가 눈을 감으면서 몸을 기댔다.

"너의 바람기에 내가 걸려들었어."

여자의 목소리가 남자의 귓불에서 떨었다.

"샴페인 때문이라고 말해."

"아냐. 너의 바람기에 내가 휩쓸린 거야."

52

남자가 여자를 아주 천천히 자신의 몸 위로 끌어올렸다. 여자의 둥글고 풍부하면서도 단단한 젖가슴이 남자의 가슴에 포개어졌다.

"조팝꽃향기에 취했다고 말해."

여자의 귓불을 깨물었다.

"아…냐. 너의 바…람기에 내…가 몸…을 못 가…누는 거야."

아주 천천히 여자의 치마를 무릎 위로 걷어 올려 남자의 하체를 덮게 했다. 여자의 맨 허벅살이 남자 바지 위에 올라앉았다. 여자는 저항도 호응도 안 했다. 남자가 정성 들여 입을 맞추었다. 조팝꽃향이 콧속을 아득하게 후볐다. 머릿속에 하얗게 비는 떨림이 몸으로 자지러졌다. 눈을 감았다. 해가 눈자위에 홍등을 켰다. 홍등이 뎅그렁뎅그렁 흔들렸다. 목덜미로 엄습하는 기침을 참듯 단발마적인 신음을 거칠게 뱉었다.

"누구에게도 말하지 마."

여자가 조팝꽃더미에 숨어 오줌을 누었다.

남자에게서 전화가 왔다. 바닷가에 달려와서 혼자 잠을 잤다며 지금 어디 있냐고 대뜸 물었다. 화가 난 음색이었고 쌔근거리는 숨소리도 들렸다.

"제비꽃 밟고 있어."

우46의 시퉁한 대답을 남자는 얼른 이해하지 못했다. 우46도 왜 제비꽃을 밟게 되었는지 몰랐다.

"조팝꽃 더미에서 가쁜 숨 몰아쉬고 있는 거 아냐?"

남자의 말에 능글맞은 웃음이 붙어왔다. 조팝꽃향을 먼저 생각해 놓고 전화했음이 틀림없었다.

"제비꽃이 비명을 지르고 있어."

비명이라는 단어를 왜 갑자기 생각했을까. 제비꽃을 바라보았다. 비명이 아닌, 작은 꽃잎으로도 아주 기쁜 미소를 짓고 있었다.

"가슴에 쇠구슬로 박힌 그날의 기억 때문에 마음이 아픈 거겠지?"

수화기에서 능글거리는 남자의 콧바람 소리가 들렸다. 우46은 몸피에 엉겅퀴 잔가시가 돋아 팔을 문질렀다.

"바람 소리가 나 가슴에서. 이대로 서 있다가는 내 몸에 구멍이 나서 피리가 될지도 몰라."

우46은 전화를 끊고 오줌 누듯 앉았다. 제비꽃이 언제 밟혔냐며 말갛게 웃고 있었다.

"꽃잎이 너무 작아 그러니까 밟혀도 웃음을 잃지 않아."

우46은 꽃잎을 만지려다 그만두었다. 코이가 살지 않는 어항. 기포가 숨 쉬는 하얀 모래에 외발로 서서. 아파트가 예각으로 기울고 나무가 용으로 승천하는 시점을 목격할 수 있을까.

3

태백 횡단기

고한에서 고향을 만났다. 전혀 예기치 않은 상봉이었다. 1박 2일의 동해안 여행길이 고한을 지나리라고는 태백시에 이를 때까지도 예상하지 못했다. 태백시도 당초 여행 경로에 없었다. 고한읍을 지나리라는 짐작은 꿈에도 없었다. 고한이라는 이정표를 보는 순간까지 우리나라에 고한이 있다는 사실도 몰랐다. 탄광 사고로 뉴스에 가끔씩 나오는 사북이 여기 어디쯤에 있음은 알았다.

동해안으로 뜬금없이 떠나게 되었는데, 사연이랄 것도 없지만 연유는 이러했다. 중학교 교사인 우리는 겨울방학이 하루씩 잘려나가는 상황에 공포증까지 갖고 있었다. 여름방학이 끝나면 겨울방학이 기다려졌다. 12월에 접어들면 학생들처럼 손꼽아 방학을 기다렸다. 방학 첫날 아침의 긴 새벽잠. 그것처럼 달콤하고 맛있는 것도 세상에 없을 터였다. 방학의 정점을 넘어서 꼬리로 내달릴 때면 하루하루가 제 살을 깎아 내는 통증이었다. 통증으로 가슴이 부석해진 우리끼리 모여서 술을 마시다가 누군가 제안했다. 너도나도 쌍수를 들어 동해안을 찾았다.

물에 놀란 경험이 있는 나는 넘실대는 물 앞에 서면 가슴이 딱 한 계단씩 내려앉는 아득함에 사로잡혔다. 바닷가에 서는 일이 유쾌한 편은 못됐다. 스티로폼 조각, 비닐조각, 박카스 병, 농약병, 나무 조각을 앞세워 밀려 오르던 그날의 황토물에 놀란 가슴이 십오륙 년이 지난 지금도 물을 유쾌하게 받아들일 수 없었다.

소백산에서 월악산으로 맥이 이어지는 중간 지점. 제법 가파르고 높다랗게 솟은 제비봉 기슭에 장회리가 있었다. 구담봉을 낀 절벽에 감겨 옥순봉으로 휘돌아가는 남한강 상류의 완만한 흐름 탓에 장회리는 비옥한 땅이 넉넉했다. 높은 산자락에 앉은 장회리는 새벽처럼 늘 정갈했다. 수면에서 피어오른 물안개를 타고 흰 새떼들이 무리 지어 활강하는 곳이었다.

제비봉 기슭에 독한 향기를 풍기며 어우러지던 조팝꽃. 땡볕에 해종일 주눅이 들던 강 건너의 정밀한 고요. 강둑으로 야광처럼 빛을 뿜어내던 쑥국. 불현듯 생각이 나서 찾아가면 장회리는 수몰되어 흔적이 없고 마을을 병풍처럼 에워쌌던 제비봉으로 등산하는 관광객이 붐볐다. 장회나루 휴게소가 생겼는데 그곳에 서면 가슴이 한 계단 내려앉았다. 수몰민만이 감내해야 하는 평생의 지병이었다.

죽령을 넘고 불영계곡을 지나고 울진을 거쳐 죽변으로 올라가 하룻

밤을 잤다. 골고루 맛보자는 누군가의 제안에 광어 우럭 농어 해삼 바 닷장어 멍게 회를 안주로 소주를 거나하게 마셨다.

이튿날 일어난 시각은 9시가 넘었고 행선지를 논의한 끝에 동해까 지 올라가기로 했다. 이십 분쯤 북쪽으로 바닷가를 타고 거슬러갔을 때 허기를 느꼈고 식당을 찾아 차를 세웠다. 원덕읍 호산리였다. 황량 한 바람만 심술부리는 해수욕장을 둘러보고 잡어 매운탕으로 허기를 재웠다. 동해까지 얼마를 가야 하는가를 지도에서 가늠해보다가 새로 운 길을 알아냈다. 동해까지 70여 킬로미터를 올라가서 궁극적으로 가 야 할 곳인 충주에 닿기 위해서는 내륙으로 영월까지 80여 킬로미터를 다시 내려와야 할 코스인데 지름길을 지도에서 찾아냈다. 출발 시점인 호산과 북쪽의 동해와 내륙의 영월을 연결하면 이등변삼각형의 꼴이 되는데, 계속 북진을 하면 삼각형의 꼭짓점을 돌아서 영월에 닿는 경로 였다. 새롭게 찾아낸 길은 삼각형의 밑변을 타고 가서 영월에 닿는 경 로였다.

출발에 앞서 망설여졌다. 전날 영주에서 불영계곡으로 빠져나가는 내 륙횡단 36번 국도에서도 응달에 남아 있는 빙판 때문에 적잖이 고생 했다. 중간거점인 태백을 지나 영월에 이르는 길도 순탄치 않을 것이라 는 예감은 당연했다. 태백산맥의 등허리를 가로지르는 고갯길에 혹여 나타날 수도 있는 빙판이 염려되었다. 날도 포근해졌고 햇빛도 겨울답 지 않게 강렬해서 우리는 강행하기로 했다.

내륙으로 태백시를 향해 20분쯤 들어와서 경북 봉화 쪽으로 갈리는 풍곡 삼거리까지는 매봉이라 불리는 응봉산 계곡을 따라 국도가 오르 막이 없었다. 남쪽으로 계곡물을 두고 북쪽 산기슭으로 도로가 있어서 빙판 또한 만나지 않았다. 풍곡 삼거리를 지나 북쪽으로 접어들자 신리의 너와집이 있다는 안내판과 맞닥뜨렸다. 고갯길과 빙판을 예감했다. 빙판은 산허리를 돌 때마다 나타나긴 했어도 오르막은 없었다. 신리삼거리에서 너와집을 보고 갈 것인가로 잠시 멈칫거렸다. 도로 상황이 불확실하므로 너와집 방문은 다음 기회로 미루었다. 신리에서 태백시로 방향을 전환하자 고개가 나타났다. 왼쪽으로는 해발 1,259미터의 백병산이 버티고 있었다. 오른쪽으로는 1,244미터의 육백산이 받치고 있어서, 백병산의 북쪽 자락과 육백산의 남쪽 자락이 겹치는 고비덕재를 넘어야 했다. 고비덕재를 넘어 태백으로 내려가는 하늘은 유난히 푸르렀는데 땅은 검었다. 소나무가 드문드문 선 갈참나무 군락이 퇴색된 나목으로 햇살을 부수고 있었다.

태백에서 영월로 가는 길이 두 갈래였다. 함백산의 북쪽 어깨를 넘어 정선 쪽으로 가다가 영월로 향하는 38번 국도가 있었고, 함백산의 남쪽으로 돌아 태백산의 북쪽 자락을 스쳐 가는 31번 국도가 있었다. 지도로 보아 두 길의 거리는 같았다. 문제는 빙판과 고개였다. 호산에서 태백시까지 31번 국도의 연장으로 보아 함백산 남쪽의 길이 본줄기였다. 북쪽의 38번 국도를 택했다. 31번 국도에는 1,174미터의 태백산과 1,408미터의 장산이 버티고 있었다. 호산에서 예감했던 빙판과 가파른 고갯길이 아직 없으므로 곧 나타날 것이라는 지레짐작도 한몫했다. 또 연유를 붙이자면 같은 거리의 길을 지날 바에야 아라리의 정선 땅도 스쳐 지나보자는 의도가 있었다.

황부자와 황지못의 전설이 있는 황지를 지나서야 길을 잘못 선택했

음을 알았다. 대덕산 함백산 장산으로 이어지는 백두대간이 앞을 가로
막고 있었다. 낙동정맥의 종조산인 태백산을 맞닥뜨리지 않으려다 더
한 복병을 만났다. 남동으로 산자락이 누워서 오르막에 눈은 한 점도
없었다. 우려했던 빙판이 없음은 다행이었다.

1,573미터의 함백산과 1,307미터의 대덕산이 어깨를 맞댄 곳으로
고갯길이 보였다. 함백산 자락을 휘돌아 대덕산 자락을 훔치고. 함백
산 자락으로 돌기를 수차례 반복해서 길이 오르고 있었는데 느티재 정
상은 1,200미터에 달했다.

깎아지른 절벽이나 기묘한 바위나 맑은 폭포수의 절경은 없었다. 엄
청나게 커다란 덩치와 밋밋한 산자락의 흐름만으로도 장관이었다. 자
태 웅장한 소나무는 고사하고 상록수 한 그루 없이 굴참나무가 군락
을 이루고 있었는데, 잎이 진 굴참나무의 색깔이 쇠털과 같아서 산은
황소잔등이었고 우리를 태운 소나타는 영락없이 빈대 한 마리였다.

느티재에서 우리는 잠시 쉬기로 했다. 생애에 차를 몰고 오른 가장
높은 지점이라는 흥분을 좀 더 끌어보자는 의도였다. 바람이 내륙 쪽
에서 강하게 불어왔다. 외투를 머리로 올려 입고 지나온 황지를 바라
볼 수밖에 없었다. 산이 첩첩으로 모여들어 강물이 발 디디지 못한 곳.
잔등을 촘촘히 뒤덮은 굴참나무 뿌리 설키는 소리가 바람 소리인 듯
귀로 잦아들었다.

해발 1,200미터의 길에서 뜬금없는 생각을 했다. 이곳에 집을 지으
면 수몰 걱정은 없겠다는 우스꽝스런 생각이었다. 윽박지르듯 밀려오
던 물에 대한 공포. 충주댐의 건설로 수몰민이 되었던 아픈 기억 탓이
었다. 이곳에 집을 짓는다면 한반도를 수몰시킨다 해도 최후의 수몰민

이 될 것이라는 생각을 들고 후후후 웃었다.

　수몰선. 밀폐된 창고의 문을 열었을 때 그어지는 흑과 백의 경계선.
장회리에 수몰선이 그어지던 회상을 하면 아직도 가슴이 저릿저릿했
다. 이장이 수몰 사실을 확성기로 알렸다. 붉은 깃발을 꽂아 수몰의
선을 그었다. 수몰선이 장회리를 제비봉과 분리시켰다.

　가을에서 겨울로 이어지는 바람을 타고 활기 있게 나부끼던 수몰 깃
발에 사람들은 가슴을 쓸어내렸다. 수몰선은 엄청난 위력을 갖고 있
었다. 수몰선 아래에 있는 것들은 유죄를 언도받은 것과 다를 바 없었
다. 낮은 곳에 위치했다는 죄목으로 건물이 가차 없이 허물렸다. 나무
도 베어졌다. 움직일 수 있는 것들은 수몰선 밖으로 옮겨져야 했다. 강
을 내려다보며 산기슭으로 주저리주저리 열려 있던 장회리가 몽땅 없어
지고 사람들은 떠나야 했다. 반듯하고 기름진 논은 수장되고 남은 것
은 꽁치 배때기 같은 천수답과 산허리로 버짐처럼 엉겨 붙은 밭뙈기였
다. 이 때문에 가파른 제비봉 기슭에 집을 짓고 살 수도 없었다.

　느티재에서 가파른 길을 내려오니 고한읍이었다. 폐광이 먼저 우리를
맞았다. 폐허가 된 집과 광부 사택이 도로 양쪽으로 게딱지처럼 붙었
는데 빈집이었다. 사람이 살았던 흔적이 저렇게 초라할 수 있음을 목
격한 우리는 형언키 어려운 감정으로 빠르게 빠져들었다. 시간이 폐가
로 빨려들어 공간과 합일한 풍경. 오래전에 알려진 폐허를 이제야 목격
하고 색 바랜 감정으로 가슴을 적시고 있었다. 함부로 달릴 기분이 아
니었다. 운행속도를 늦췄다. 슬레이트 지붕이 깨지고 벽이 허물어지고

문이 바닥에 떨어진 모습을 바라보는 가슴에 통증이 들어찼다.

남정네들이 갱도에 들어가 있을 때. 아낙과 어린애들이 가슴을 졸이고 있었을 빈집들을 바라보면 그때의 아낙이 된 가슴이어서 함부로 말하지 않았다. 빈집에서 사람이 혹여 쓰러진 문을 일으켜 세우며 나오지 않을까. 누구든 사람이 나타나길 고대하는 눈초리를 던지면서 십 분쯤 내려갔다.

북으로 지역산과 노목산이 남으로는 백운산과 수위봉이 맥을 잇고 있어서 남과 북으로의 이탈을 허락하지 않는 형상이었다. 느티재에서 내륙의 문곡리의 평지로 이어지는 협곡에 고한읍과 사북읍이 길게 촌락을 이루었다.

폐허의 골짜기에서 우리는 삶의 흔적을 발견해냈다. 빨랫줄에 이불이 묵직한 중량을 얹고 있음을 목격하고 차를 멈추었다. 사람을 확인하고 싶어서였다. 차에서 내려 집으로 걸어갔다. 집은 보잘것없었다. 블록으로 벽을 쌓고 슬레이트로 지붕을 덮었는데 슬레이트가 군데군데 삭아서 비닐이 덧씌워졌고 돌과 각목쪼가리가 지탱하고 있었다. 가까이 가서 본 집은 사람의 거주를 포용하기에는 형편이 없었는데 다른 폐가보다는 괜찮은 편이었다. 비닐조각 문풍지를 달고 닫혀 있는 출입문과 창문 때문에 사람이 있으리라는 예감이 왔다. 문 앞에서 기척을 집 안에 넣기 전에 더 확실한 삶의 흔적을 확인하고 싶었다. 집 뒤로 돌아가 보니 수북하게 쌓인 연탄재 더미가 있었다. 코끝으로 스미는 연탄 냄새로 누군가의 삶을 확신했다.

"누굴까?"

"늙었을 거다."

"노인이니까 이런 곳에서 살겠지."

"여자일까?"

"남자일 가능성이 커."

"두 경우가 다 가능성이 있어. 갱에서 죽어 간 남편을 못 잊는 미망인일 수도 있고, 반대로 갱을 잊지 못해서 떠나지 못하는 광부일 수도 있어."

"갱을 못 잊어서가 아니라 누군가를 하염없이 기다리는 것이 아닐까? 이를테면 갱 속에 있을 때 집 나간 아내나 아들 또는 딸을 무작정 기다리고 있다든가."

허물어가는 집 안에 있을지도 모르는, 빨랫줄에 널린 이불의 주인을 추측해서 소리죽여 말했다. 토끼를 잡기 위해 굴 입구에 선 기분이었다. 문고리를 잡고 열리지 않을 정도로 슬쩍 당겨보았다. 슬쩍 당기는 힘에도 문이 움직였다.

"계십니까?"

대답이 없었다. 더 크게 다시 불렀다.

"안에 누구 계십니까?"

산등성에서 쏟아져 내려온 고요에 숨을 죽이고 안에서 누군가의 기척을 기다렸다. 확신대로 안쪽에서 누군가, 아니 움직이는 어떤 것이 있었다. 움직이는 것이 사람이라면 아직 삶이 폐허에 남아 있는 것이었다. 문으로 다가오는 기척을 감지한 우리는 서로의 눈을 맞췄다. 눈동자에는 호기심과 연민이 섞여 있었다.

문이 열렸다. 문턱에 나타난 사람은 우리의 예상을 일순간에 뒤엎었다. 모습을 나타낸 사람은 노인도 아니었다. 우리와 같은 또래인 삼십

후반의 여인이었다. 우리는 일제히 한걸음 물러섰다. 잔뜩 기대했던 대상이 예상치 않은 여인이라는 점 때문만은 아니었다. 이 정도 나이의 여자가 이런 곳에 혼자 살고 있을 가능성이 희박하다는 빠른 판단 때문이었다. 여인이 나온 집 안의 어디쯤엔가 그녀의 남자가 있을 거라는 짐작 때문에 일제히 한 걸음씩 물러섰다.

여인이 가엾다는 생각이 몸서리치게 생겨났다. 저 안에 있는 놈은 여인의 피나 빨아먹는 건달이거나 불치의 병을 온몸에 끼얹은 놈일 것이라는 생각이 스치듯 지나갔다. 언뜻 본 여인의 얼굴에도 그런 그림자가 깔려 있었다.

"누구신데요?"

불러 놓고 입을 열지 못하는 우리에게 두리번거리다가 그녀가 말했다. 그녀를 자세하게 보게 되었는데, 소리를 지를 뻔했다.

그녀는 내가 아는 여자였다. 턱의 중앙에 검은 점이 있는 영주가 분명했다. 문영주. 시선이 그녀의 턱을 더듬고 있음을 알아차린 그녀도 나를 잠깐 응시하더니 시선을 찔끔거렸다. 내가 누군지 알아차린 것이었다.

"혹시 영…주 아니니?"

한 걸음 다가갔다. 그녀가 한걸음 물러섰다. 갑자기 안에 있을지도 모르는 사내가 생각나서 그녀에게 다가갈 수 없었다. 사내가 안에 있다면 박영만일지도 모른다고 생각했다.

"영만이도 여기 있니?"

그렇게 묻자 그녀가 고개를 가로저었다. 그녀가 문영주임이 증명이 됐다. 영만이는 부자이자 친구이자 그녀의 남편이었다. 물론 그녀도 나와 영만이와 장회리에서 자랐다.

"어떻게 여길?"

영주가 물었다. 내가 묻고 싶은 말이었다.

"동해안에 놀러 갔다가 돌아가는 길이야. 너는 어떻게 이런 데서…."

"갈 길이 멀 텐데 빨리 가."

영주가 우리의 길을 재촉했다. 돌아보니 일행은 어느새 차에 올라 있었다.

"아냐. 시간 넉넉해."

"빨리 가. 저분들 기다리잖아."

나를 떼어내려고 영주가 손사래를 쳤다.

"조심해서 잘 가."

영주가 말해놓고 방으로 들어갔다. 문고리를 잡고 잠시 서 있다가 문을 쾅 닫았다. 닫힌 문을 바라보다가 차에 올랐다.

댐 건설이 시작되었다. 강물이 역류하고 마을 사람이 고향으로부터의 버림을 강요받았다. 마을은 혼란과 설움의 고통 속에서 영주에게 냉혹한 버림을 가중시켰다. 그때의 그 냉혹함으로 십이 년의 징역형을 선고받은 문영주가 이곳에 살고 있다니.

고지대에서 저지대로 내려가면서 기압이 달라진 탓에 귀가 먹먹해졌다. 갖은 생각들이 날개를 달고 나를 붕붕 띄웠다.

일행이 영주를 물었지만 말할 수 없었다. 고향에서 함께 자란 여자라고만 말했다. 어째서 그녀가 저렇게 살고 있는지 물었지만 궁금하기는 마찬가지였다. 영주의 과거를 얘기한댔자 그녀에게 다시 구정물을 끼얹는 꼴이었다.

사북에 도착했다. 허기를 느꼈던 탓에 점심을 먹기로 했다. 건물은 고사하고 읍을 에워싸고 있는 색깔조차 썩 내키는 것이 아니어서 탐탁한 식당을 찾기도 어려웠다. 사북읍도 폐가가 점점 늘어났다. 오래지 않아 고한읍과 같은 상황일 것이라는 추측을 낳게 했다. 아래로 좀 더 내려갔더니 집들이 반듯해졌고 아파트도 있었다. 학교도 있었다. 영월까지 내차 달려서 점심을 먹자는 일행을 억지로 붙잡아 주저앉혔다. 점심을 먹으면서 이들을 이곳에 하룻밤 머물게 할 방도를 궁리했다. 십오 년 만에 스치듯 만난 영주를 그냥 두고 갈 수 없었다. 어째서 그런 구차한 삶에 몸을 맡기고 있는지 알아야 했다. 영만이 소식도 궁금했다. 고향이 수몰된 수몰민에게는 고향 사람을 만나는 일이 고향의 품에 안기는 것과 다름없었다. 고향이 수몰된 실향민에게는 고향 사람이 고향이었다. 설움 잠시 잊고 있는데 불쑥 맞닥뜨리는 고향 때문에 가슴앓이의 지병은 살아 있는 한 치유될 수 없었다.

일행은 하룻밤 머물자는 제안에 펄쩍 뛰었다. 넌지시 짚어오는 머물어야 할 이유를 말해줄 수 없었다. 절경이 있는 관광지도 아닐뿐더러 폐가가 점점 늘어가는 공허의 공간에 머물러야 할 약간의 마음도 없다고 그들이 말했다. 그들은 아까 두고 온 영주를 목젖까지 올려놓고 있으나 함부로 말하지 않았다. 영주를 들먹이지 않는 그들에게 속으로 감사했다. 그들은 끝내 떠나기로 마음을 합일했다. 어디까지나 이곳에 남는 연유는 나 혼자 국한되는 것이라서 그들은 그런 결정을 당연히 내려야 했다. 혹여 폭설이 쏟아진다 해도 태백선을 타고 제천에 가서 충북선으로 충주에 귀향할 수 있음을 그들은 가늠하고 있었기 때문에 나를 군이 소나타에 태우고 가려는 고집을 부리지 않았다. 일행은 청령포를 향해 떠났다. 그들이 떠나고 혼자 사북의 거리에 섰을 때는 오후 세 시 반이 넘었다.

집이 군데군데 헐려 나가고, 땀을 묻던 들밭에 잡초가 무성해지는 것을 보면서 장회리 사람들은 아주 사소한 것에도 감정을 다스리지 못했다. 성난 황구렁이처럼 삼켜오는 물의 역류에 질린 마을 사람에게 영주의 부정이 납득될 수 없었다.

영만이와 혼인 후 불과 이 년을 못 넘기고 영주가 구속됐다. 건축업자를 살해한 것이었다. 처음에 사람들은 업자를 죽여야만 하는 영주를 동정했다. 수사과정에서 영주가 업자와 통정했다는 사실이 밝혀졌다. 화간이었는지 강요에 의한 간음이었는지는 분간하지 않았다. 업자와의 통정 때문에 동정은 멸시로 바뀌었다.

영만이는 영주를 각시로 맞이하고 수몰이 가져다준 새로운 꿈을 가지고 있었다. 물려받은 전답이 있어서 수몰보상비가 많았다. 새롭게 건설되는 이주단지의 목 좋은 곳에 택지도 추첨이 돼 있어서 겨울이 가면 곧 착공할 작정이었다.

외지인들이 꽃을 만난 벌떼처럼 장회리로 몰려왔다. 밤거리를 휘황하게 밝히면서 젊은 계집들을 닭 모이처럼 흘어놓고 보상비를 탐하기 시작했다. 영만은 한 푼이라도 자신들의 꿈에 덧쌓기 위해 공사장으로 막노동 일을 다녔다. 겨울이 깊어갈수록 영만과 영주의 꿈은 제비봉만큼이나 자라고 있었다.

간판과 책상만 가지고 온 건축업자도 있었는데 영만은 사기꾼에게 꿈의 완성을 의뢰하고 말았다. 영만이 낮에는 공사장에 있었기 때문에 업자는 영주와 접촉을 했다. 영주는 업자를 만나봐야 필요 없는 얘기만 오갈 뿐이었다. 업자의 칠칠 녹는 웃음 앞에 술을 거부할 수도 없었고, 생전 처음으로 으늑한 드라이브를 하다가 제비봉의 기슭에 세운 차 안에서 방향제에 몽롱해진 채 업자와 통정을 하고 말았다. 영주에게 씻을 수 없는 오점을 안긴 업자는 공사대금의 명목으로 수몰보상비와 영주의 몸을 차례차례 챙겨갔다. 업자에게 야금야금 털린 빈 통장을 아궁이에 태워버린 영주가 작심하고 업자의 차에 올랐다.

　그날은 눈이 많이 내렸다. 영주의 뒤에 품어진 비수를 모르는 업자는 입가에 흡족한 미소를 흘리면서 그녀를 눕혔다. 업자가 몸을 겹쳐 올 때 영주는 품은 칼이 들키지 않도록 자세를 고쳐 잡는 데 열중했다. 차의 흔들림에 같이 흔들려주며 영주는 뿌옇게 흐려지는 차창 밖으로 눈이 내려앉은 소나무 가지가 중량을 이기지 못하고 찢어져 내림을 보았다. 영주는 칼자루를 힘껏 쥐었다. 모아 쥔 힘이 칼끝으로 몰려 부르르 떨었다. 눈을 질끈 감고 칼끝을 업자의 옆구리에 푹 박아 떨림을 멈추게 했다. 업자가 눈을 부릅뜨고 영주를 노려보다가 시뻘건 핏물을 울컥 토하고 축 늘어졌다. 천지가 하얗게 순결했는데 영주의 앞가슴에는 업자가 토해놓은 오욕의 핏물이 물들었다. 아직 손에 잡혀있는 칼로 자신도 찔렀다. 죽음의 목전에까지 갔던 영주는 병원에서 교도소로 옮겨져 12년의 형을 선고받았다. 영만은 장회리에서 종적을 감추었다.

오전 동해안에서의 강렬했던 태양이 두위봉 너머로 꺾어졌다. 어둠의 그림자가 산허리로 내려앉고 있었다. 계곡을 타고 불어내리는 바람이 매서웠다. 눈이 오려는지 느티재 상공에서 잿빛 구름이 넘어왔다. 보리 빛 하늘이 영월로 밀려나고 있었다.

느티재를 넘는 버스를 기다렸다. 스쳐온 길이기 때문에 어두워지면 영주를 찾지 못할 것이라는 생각이 들었다. 십오 년 만에 만난 나를 보내려던 영주를 만나러 가는 가슴에 슬픔이 차갑게 차올랐다. 애벌레가 사각거리는 배춧잎을 뇌리에 덮은 듯 혼란스러웠다. 골똘한 생각의 틈을 비집고 버스가 왔을 때는 다섯 시가 넘었다.

버스가 느티재로 올라갔다. 고한읍에서 미끄러지듯 버스가 내려오고 있었는데 승객이 몇 사람 되지 않았다. 삼십 분쯤 올라갔을 때 영주의 집이 나타났다. 영주와 마주할 것이라는 생각에 걸음이 떨렸다. 수몰되어 없어진 또 다른 고향을 만나는 것이었다. 사북에서 올라오는 어둠과 느티재에서 불어오는 바람이 영주가 있을 폐가에서 맞서는 중이었다. 눈썹에 눈이 묻었다. 눈이 오고 있었다.

방문을 두드렸다. 응답이 없었다. 쾅쾅 두드리기를 몇 차례 반복해도 안에서 인기척이 없었다. 그제야 안에서 나오는 불빛이 없음을 깨달았다. 문고리를 잡고 당겼다. 문이 힘없이 열어졌다. 저항 없이 열린 문이 가슴을 서늘하게 했다. 캄캄했다. 신발이 있었고 부엌과 방이 있었다. 부엌에서 연탄이 타는 냄새가 났다.

"영주 있니?"

캄캄하게 들어찬 어둠을 잡아내듯 나지막한 목소리로 영주를 불렀다. 인기척이 없었다. 방문을 열었다. 방안에 더한 어둠이 들어차 있었는데 누군가 이불을 덮고 누워 있었다. 온기가 느껴짐으로 보아 영주가 잠들었다고 생각했다.

덮어쓴 이불을 젖힐 때까지 누워 있는 자는 움직이지 않았다. 라이터 불로 실내를 밝혔다. 누워 있는 자가 영주가 아님이 간파되자 갑자기 황당해졌다. 라이터 불을 끄고 이곳에서 어서 벗어나야겠다는 빠른 판단이 일었다. 닫힌 방문을 다시 삐걱 열어도 누운 자는 미동도 않았다. 다시 라이터 불을 켜고 방안을 살폈다. 방 어디에도 전등은커녕 스위치도 없었다. 구석에 등잔이 있어서 심지에 불을 댕겼다. 심지가 위태롭게 살아나더니 빛 알갱이를 퍼트렸다.

누워 있는 자를 자세히 보았다. 영주의 피를 빨아먹는 놈. 불치의 병을 온몸에 끼었고 있는 그놈이 놀랍게도 영만이 아닌가. 캄캄한 폐허에 죽은 듯 누워 있는 이놈도 나의 또 다른 고향이었다.

얼굴을 흔들어 깨웠다.

"너 왔구나. 수면제 먹었어."

영만이 수면제가 펼쳐놓은 잠의 나락에서 간신히 허우적거리면서 나를 알아봤다.

"영주가 말했구나?"

"그래. 그냥 간 줄 알았는데… 왔구나….."

"어디 아프니?"

"여기 살았던 사람치고 아프지 않은 사람 없어."

영만이 눈을 감았다. 여전히 누운 채였다.

"움직일 수 없니?"

"지금 일어나면 잠을 놓쳐. 그럼 또 수면제를 먹어야 해. 미안하다.

나 이렇게 누워 있을게."

눈동자가 꿈틀거렸다.

"영주는?"

"일하러 갔어. 조금만 일찍 오지 그랬니?"

느티재에서 마주치던 버스를 떠올렸다. 잠 속으로 서서히 함몰되는 영만을 보면서, 잠들기 전에 무슨 말을 어떻게 해줘야 하는지 종잡을 수 없었다. 등잔불이 미치지 못하는 구석에 웅크린 어둠이 내 몸으로 다투어 들어오는 느낌이었다.

영만의 숨소리가 가녀리게 들리기 시작했다. 잠든 것이었다. 가녀린 숨소리에 신음이 섞이기 시작했다. 어딘가 아파서 내는 소리 같았다.

우연히 맞닥뜨린 고향이 이렇게 꺼져가는 것이었다면 차라리 찾지 말았어야 했다는 후회. 일행에서 이탈해 이곳에 온 것에 대한 뉘우침이 몰려왔다. 바람이 문풍지를 흔들었다. 나뭇가지 휘어지는 소리와 폐가의 지붕에서 슬레이트 조각 떨어지는 소리가 들렸다.

조팝나무 꽃이 하얗게 어우러지던 제비봉 기슭. 나와 영만이 조팝꽃 숲의 아뜩한 향기에 묻혀 쓰러지면 제비봉에서 남한강으로 정밀한 고요가 깔렸다. 하늘에서 푸른 즙액이 고요에 질린 눈으로 뚝뚝 떨어질 때 영주가 다가왔다. 나와 영만이 다투어 조팝꽃을 영주 머리에 찔러 주었다. 영주는 귓불까지 발갛게 달아올랐다. 대학을 진학한 내가 서울로 가 있는 중에 영만이 영주를 신부로 맞이했다.

한 시간쯤 영만은 신음을 토해냈고. 영만 옆에 돌조각처럼 굳어 앉아 있었다. 신음이 갑자기 커지더니, '헉-.' 잠에서 깼다. 악몽을 꾼 것이었다.

"왜 여기까지 왔니?"

잠에 빠졌던 영만에게 망을 씌우듯 말했다

"글쎄. 무슨 이유가 있어서였겠니. 고갯길로 자꾸 오르면 물은 없어질 것만 같았는데… 갱에 들어갔더니 더 무서운… 시커먼 물이 있더라? …죽탄이 쏟아졌어. 갱 사고가 나서 오른쪽 몸을 이틀이나 짓눌려 있다가 구조됐는데 이렇게 됐어."

"…그랬구나."

반신이 엉망인 영만을 향해 한숨을 쏟아낼 수 없었다. 한숨도 사치스럽다는 생각이 들었다. 영만이 눈을 감고 있음이 다행이었다.

"영주가 함께 있어서 다행이다."

"사고가 나고 연고자를 물었어. 장회리도 이미 없어진 지 십여 년이 흘렀고… 영주밖에 없더라? …다신 만나지 않으려고 이를 깨물었는데… 영주가 왔어. 형이 조금 남았는데 가석방을 해 준 거지."

"사북에 내려가서 살지…이런 외딴집에서?"

영만이 눈을 떴다. 영만의 눈을 바라보는 가슴이 무거웠다.

"내가 원했어. 조용하고 캄캄한 게 좋아. 영주가 오르내리는 게 힘들지만."

물을 피하려다 바람에 꺼져가는 불꽃. 영만이 눈을 감았다. 표정이 얼굴에서 걷히고 있었다. 잠의 나락으로 또 함몰되고 있음이었다. 십오 년의 회포를 밤새워 말하려 했지만 그를 잠속으로 놓아주어야 했다.

"또… 올… 게."

일어서면서 등잔불을 껐다. 삽시간에 어둠이 채워졌다.

"사북으로 가봐. 제비봉 간판을 찾으면 돼."

영만이 곧 죽은 듯 잠들었다. 성능이 다한 기계처럼 폐기될 날짜를 기다리고 있었다. 인간도 산업 폐기물이 될 수 있는 세상. 서서히 녹이 슬고 있는 인간들.

눈이 바닥만 살짝 가려놓고 그쳤다. 예약해 둔 여관까지 가야 할 내게는 큰 다행이었다. 9시가 넘은 이 시각에 느티재를 넘어올 버스는 없을 터였다. 길은 오로지 오름과 내림만을 강요하는 36번 국도였다. 느티재를 잠시 바라보다가 아래로 걷기 시작했다. 딛는 발놀림에 눈이 흠칫 놀라 튕겨났다. 눈꽃이 발걸음에 흠칫 피었다가 흩어졌다.

조선낫 같은 초승달이라도 보고 싶었다. 하늘에는 뙤록이는 별 한 점 없이 어둠만 끼얹혀 있었다. 저 아래 사북에서 부옇게 발산되는 빛이 나를 잡아끌었다.

영주가 있을 제비봉으로 가고 싶었다. 만나서는 안 된다는 생각도 만만치 않았다. 낮에 만났던 고향을 또 만난다는 것이 내게는 메마른 가슴팍에 단물을 칠하는 것처럼 좋겠지만, 영주에게는 그럴 수 없을 터였다.

불빛이 스며 나오는 건물이 보이자 도로만 보고 걸었다. 예약해 놓은 여관은 도로가 굽이치는 길가에 있었다. 이렇게 걸어가면 여관만 발견될 터였다. 도중에 영주의 제비봉이 있을지 몰라서, 영주의 아픔을 더 후비지 않으려는 결심에 흠이 생길까 땅만 보고 눈이 나풀거리는 발동작만 계속했다. 한 시간 걸어 내려왔을 때, 여관이 나타났다. 여관으로 곧장 들어갔다. 이불을 머리끝까지 덮어쓰고 잠을 청했다. 밤이 깊어갈

수록 정신이 토끼 눈알처럼 또렷해지는 것이 아무래도 뜬눈으로 밤을 새워야 할 것 같았다.

수면제가 펼쳐놓은 잠의 나락으로 함몰되면서 영만이 겨우겨우 했던 말이 뇌리에서 애벌레처럼 기어 다녔다. '…장회리에…가…고…싶…'

이튿날 창문을 열었다. 아— 영주의 제비봉은 여관과 소방도로를 사이하고 내가 묵은 방의 정면에 있었다. 옷을 걸치고 뛰어나가 제비봉 앞에 섰을 때, 어젯밤의 결심이 생각났다. 다행히 문은 잠겨있었다.

기차를 타려다 버스를 기다리기로 했다. 밤 사이 내린 눈을 잠깐의 아침 햇살이 말끔하게 거두었기 때문에 곧 느티재에서 버스가 내려올 터였다. 열한 시에 영월로 향하는 버스에 올랐다.

단종에게 애절한 갇힘을 강요했던 청령포로 가고 싶었다.

4

코스모스 동굴

우윳빛 수면제가 팔뚝 정맥으로 주입되었다. 연분홍 꽃잎이 고요와 버무려지는 향기가 뭉글뭉글 피어났다. 의식이 이탈되면서 항문으로 내시경 렌즈가 삽입되었다. 몸피에 소름이 돋으며 진저리가 났다.

주먹으로 입술을 맞아 부러진 앞니가 물에 잠겼다. 대야에 물을 담아 놓고 울고 있는 윙호아. 입술이 터져서 붉은 피가 대야로 뚝뚝 떨어졌다. 붉어지는 물에 앞니가 차츰 가려지는 것을 바라보며 울었다. 분홍과 하양의 꽃이 섞인 코스모스를 우악스럽게 뽑아든 주먹으로 언니의 눈빛이 으르렁거렸다. 파키스탄 노동자에게 윤간당한 정신지체 소녀가 길섶으로 고꾸라졌다. 좌판 생선이 갑자기 짓물러지고 코시안 타운 시장 사람들이 유령처럼 흔들리며 사라졌다. 생피 냄새가 났다. 작달비에 여린 꽃잎이 무참하게 찢어지는 비릿함이 섞였다.

"그만 일어나세요."

간호사가 어깨를 흔들었다. 상체를 일으키면서 우엑 헛구역질을 쏟아냈다. 스리랑카 노동자가 침입하였던 자정의 부패한 세균이 트림으로 확 치솟았다.

윙호아가 죽었다. 마취에서 혼미하게 깨어난 내게 언니가 전화로 말했다.

윙호아. 엄마가 죽었다. 방문하기로 예정했던 곳으로 떠났다는, 잠깐 다녀와야 할 곳으로 출발하였다는. 죽을 것을 이미 예감하고 있었는데 그것이 이제 성사되었다는, 아주 평온한 언니의 말투. 엄마는 하필 왜 프로포폴로 의식이 정지된 사이에 돌아가셨을까.

하제로 대장을 비우며 선잠 든 어젯밤 꿈을 퍼뜩 떠올렸다. 윙호아가 물을 담아 놓고 울던 대야는 고무로 만든 색감이 탁한 붉은색이었다. 새벽 네 시에 일어나 하제를 마저 복용하면서 과거의 기억이 꿈으로도 재생된다는 것을 깨달았다. 일곱 살에 마당에서 보았던 장면의 재생이었다. 주먹질한 아빠가 꿈에 나타나지 않았기 때문에 완벽한 재생은 못 되었다. 시간이 흐른 만큼의 그럴싸한 재생이었지만 질감이나 동작은 또렷했다. 어젯밤 전화로 들었던 윙호아의 목소리가 분명했다.

사물과 공기가 질감 효과 촬영의 작은 알갱이 조합으로 나타났다. 이런 배경 탓에 통곡하는 윙호아의 우는 모습이 도드라지는 효과를 발했다.

렌즈로 촬영한 동굴을 의사가 모니터에 확대했다. 하제로 청소해 낸 대장은 붉은 주름이 잡혔다. 배설물이 지나는 대장이라는 선입감이 없다면 코스모스 꽃길 아름다운 꽃길이다. 끼니마다 먹고 마신 것이 붉은 주름을 통과하며 더러는 생명이 되었고 배설되었다.

"종양을 두 개나 제거했습니다."

처마에 매달린 벌집같이 대롱대롱한 종양을 보여주고 제거된 상처도 보여주었다.

"악성인지 아닌지는 일주일 후에 알 수 있습니다. 스트레스를 받는 것은 대장 내벽에 악성 종양 덩어리를 재배하는 것과 같습니다."

좀처럼 없어지지 않는 얼굴의 기미를 바라보며 의사가 마침표를 찍지 못하고 머뭇거렸다.

"산부인과 진료를 받아보세요."

부재중 전화가 아홉 번 찍혔다. 수면 내시경 중에 언니는 윙호아의 죽음을 알리려 아홉 번이나 통화를 시도했다. 언니는 기억의 오류를 범했다. 아홉 번의 부재중 통화로 윙호아의 죽음을 세세하게 전달했다고 스스로 믿었다. 윙호아가 죽었다. 언니가 그렇게 말했는데. '햇빛이 싫다.' 중얼거렸다. '자외선 차단 크림은 바르지 마.' 언니가 했던 말이 후렴으로 들렸다. '피부가 뽀얀 사람이나 바르는 거야.' 출구 계단을 내려오는데 햇빛이 동공을 후볐다. 징을 쇠망치로 때리는 환청. 고개를 급히 꺾었다. 목덜미에 통증이 욱신거렸다. 마취에서 깬 몸이 낯설었다. 수분이 증발한 열매를 매단 나무처럼 몸이 푸석푸석했다.

엄마는 윙호아의 이름으로 베트남에서 성년이 되었다. 아빠를 만나서 장미화로 개명하였다. 한국에서 삼십일 년 살아 쉰한 살. 어제 생을 마감했다. 이름이 장미화로 된 것은 베트남어로 호아가 꽃이기 때문이라고 아빠가 말했다. 윙호아는 장미과에 속하는 해당화를 좋아했다.

아빠가 심어놓은 해당화가 봄부터 여름까지 담벼락에 발갛게 피었다. 윙호아는 나팔꽃같이 오목하게 예뻤다. 피부가 가무스레했지만 눈이 도드라졌다. 봉긋한 이마가 빚은 얼굴 윤곽선이 방금 뽑아낸 달걀처럼 따끈하고 매끄러웠다.

언니로부터 또 전화가 왔다. 아빠와 연락이 닿지 않는다며. 남은 평생도 여자의 등이나 뜯어 먹을 아빠의 연락처를 알고 있는지 물었다. 허리가 휘청 꺾이며 아랫배가 아릿했다. 언니에게 알려주지 않은 아빠의 연락처로 전화했다.

"엄마가 돌아가셨대요."

언니로부터 전해 온 말을 옮겼다.

"승용차에 치였다니? 트럭에 깔렸다니?"

아빠가 다짜고짜 물었다. 일흔다섯 살의 음색으로 아무리 카랑카랑하게 목청을 뽑아도 노쇠함을 위장할 수 없었다. 갑자기 돌아가실 만큼 윙호아는 허약하지도 병을 앓지도 않았다. 아빠의 씨근덕거리는 숨소리가 들렸다. 아빠의 목에서 가래가 갸릉갸릉 끓었다. 호흡도 불규칙했다.

"몰라요."

짧게 대답했다.

"춘영이 전화했었니?"

아빠는 언니가 엄마의 죽음을 알려왔다고 믿었다. 언니는 음력 삼월에 태어났다. 봄은 무엇보다 꽃봉오리가 예쁘다며 봄춘에 꽃부리영의 한자를 붙여 춘영이라고 아빠가 이름 지었다. 그런 아빠는 언니가 꽃대를 내밀기도 전에 다른 여자의 남편이 되었다. 자라면서 그런 사실을 알게 되었을 때 다른 여자아이의 아빠가 되었다. 나중에 안 사실이지만 아이는 여자의 전남편 딸이었다.

윙호아의 죽음이 있는 대전으로 곧장 갈까. 코시안 타운 좌판으로 가야 할까. 생각의 갈림길에서 잠깐 주춤거렸다. 내시경이 헤집은 대장에 까슬까슬한 이물감이 생겼다. 항문에서 치골로 통증이 옮겨왔다. 렌즈의 삽입으로 들어간 공기가 방귀로 피실 새나왔다.

코시안 타운에서 살겠다고 말했을 때 언니는 극구 반대했다. 불법 체류 외국인 노동자의 부녀자 대상 범죄가 득시글거리는 곳으로 가야 하는 이유를 알 수 없다며 눈물을 글썽였다.

언니와 통화를 시도했다. 윙호아의 죽음을 살아있는 사람들에게 퍼뜨리고 있는 것일까. 통화 중 신호를 들으며 아릿한 하체를 손으로 문질렀다. 무릎이 꺾이며 하늘이 기우뚱 흔들렸다. 발신 버튼을 누르고 전봇대에 어깨를 기댔다. 윙호아의 죽음을 알아야 하는 사람은 많지 않았다. 후앙꽁과 통화 중일 것이라는 생각이 들었다. 후앙꽁이 윙호아의 죽음을 애도하러 올 것이란 확신은 강했다. 아빠는 애도의 마음은 없을지라도 자매가 감당하기에는 버거운 장례식장에 나타날 것이라 믿었다. 아빠에 대한 믿음의 근거는 뚜렷하지 않았다. 윙호아에게 후앙꽁이 왔을 때 나는 열다섯 살이었다. 아빠와의 시간이 후앙꽁과의 시간보다 길었다. 아빠가 올 것이라는 막연한 믿음을 자의적으로 만들었다.

아빠는 사십대 징검돌에서 위태롭게 흔들리는 중이었다. 가족 없이 삼십대와 사십대를 건너는 것은 캄캄하고 음습하며 출구가 보이지 않는 터널을 걷고 있는 것과 다름없었다. 육순의 몸에나 찾아오는 고혈

압과 당뇨를 누더기로 걸치고 있었다. 게다가 우울증이 아빠의 심신을 야금야금 갉았다. 겉보기에 직립보행이 가능한 육신 멀쩡한 장년이었지만 절름발이보다 더한 장애를 품고 있었다. 그런 아빠에게 윙호아가 왔다.

후앙꽁은 아빠가 떠나기 전에 윙호아에게 와 있었다. 코시안 타운에 기거하면서 윙호아의 근처에 서성거렸다. 윙호아에게 아빠와 후앙꽁의 두 남자가 공존하는 시기가 있었다. 사춘기의 두 딸이 용납하기 힘든 가족관계였다. 부끄럽고 어색한 상황이 담을 넘어 고구마 덩굴처럼 파릇파릇한 소문의 싹을 키웠다.

마을로 들어오는 길에 소풍 가는 아이처럼 방긋한 코스모스가 집 담벼락 밑에도 피었다. 꽃잎이 얇아 햇살에 닿으면 켜 놓은 등불처럼 예뻤다. 붉은 꽃잎이 어쩜 청순하냐며 윙호아가 말했다. 여린 바람에도 몸을 흔드는 마음씨 때문에 예쁜 것이라고 언니가 대답했다. 꽃은 원래 예쁜 것이라고 내가 투박하게 덧붙였다. 저녁에 집으로 돌아오던 아빠가 코스모스를 뽑았다. 담벼락은 꽃이 있어야 할 자리가 아니라고 행위를 정당화했지만, 마을 진입로를 지나온 노을이 끝물로 여무는 꽃잎이 지나치게 화려했다, 마음을 훔칠 정도로 요사스러워진 것에 시선을 두고 있는 윙호아와 후앙꽁이 아빠의 눈에 들어왔고 코스모스가 뿌리째 뽑혔다.

"코스모스는 원래 빨간색이어야 옳은 것이여."

공교롭게도 아빠의 손아귀에 잡힌 코스모스는 분홍과 하양의 꽃을 동시에 피웠다.

"잡종은 뿌리를 뽑아야 해."

빨갛지 못한 꽃잎이 너무 여렸다. 우악스럽게 뽑지 않아도 서리 한 닢에 떨어질 꽃이었다. 코스모스가 뽑힌 담벼락에서 언니와 서성거렸다. 막바지 붉은 노을이 뜰에 깔렸다. 검정 숯덩이에 이글이글 타는 불처럼 팔뚝에 노을이 닿았다.

"햇빛이 싫어."

언니가 발등이 드러난 슬리퍼로 코스모스가 뽑힌 흙을 자근자근 밟았다. 노을이 언니의 발등을 흙보다 더 검게 물들였다.

바람에 허리를 흔들 줄 아는 코스모스. 당시 열여섯 살의 언니. 가을밤 고통과 수치심으로 허리를 기역자로 꺾고 몸통을 흔들어 울던 그즈음, 아빠가 떠나고 후앙꽁이 윙호아의 남편으로 들어왔다. 후앙꽁이 무릎을 꿇고 자매를 포옹했다. 자매는 이국인의 가슴에 안겼어도 살갑게 웃지 않았다. 잡힌 손목을 놓아주기 바라면서 먼 곳을 바라보았다. 입술과 눈자위가 가뭇한 후앙꽁의 피부와 맞닿을 수 없었다. 밤마다 언니의 고통을 고스란히 목격한 나는 숨을 낮추었다. 코를 적신 눈물이 베개를 적셨다. 그러다 언니가 잠들면서 기역자로 굽은 몸이 펴지면 경직된 슬픔이 푸시시 빠져나갔다.

그제 들여놓은 대구를 오늘 마저 팔아야 했다. 소금물을 분사하여 눈알이 함몰되는 것을 위장하고 어제를 견뎠다. 팔다 남은 여섯 마리를 오늘 팔아야 했다. 꽁치나 고등어가 여섯 마리 남았다면 굳이 어시장으로 돌아갈 생각이 없을 터였다. 대구 한 마리가 꽁치 한 상자 값이니 값을 낮추어서라도 팔아야 했다. '산부인과 진료를 받아보세요.' 말의 끝점을 찍지 못하고 머뭇거리다 던진 의사의 말이 발등에 채였다.

코시안 타운에서 어시장 좌판을 할 수 있음은 후앙꽁의 도움이 컸다. 후앙꽁은 타운에 살거나 숨어 있는 베트남 외국인 노동자 모임의 리더였다. 다수가 불법체류 신분이기 때문에 공권력으로부터 도피상태를 유지하는 이들은 국적이 다르더라도 리더를 건드리지 않는 나름의 규칙을 만들었다. 내가 늘어놓은 생선 좌판에 시비 거는 노동자는 없었다.

언니의 반대를 거스른 선택에 후회가 왔다. 토막 난 시체가 공중화장실에서 발견되어 타운이 술렁였다. 용의자가 중국인이라는 소문이 돌자 곧바로 범인이 검거되었다. 그는 아파트 뒷길에서 스물네 살 여자의 머리를 둔기로 때려 숨지게 하였고 주유소 앞길에서 새벽 기도를 다녀오는 사십대 여자를 둔기로 살해했다. 좌판에 종일 앉아 있으면서 장보러 온 여인에게 집적거리는 외국인이 하루에도 수차례 목격되었다.

타운을 벗어나는 외진 가을 길섶에서 옷 벗겨진 열세 살 소녀의 죽음이 만개한 코스모스 더미에 버려지는 사건이 터졌다. 바람에 살랑거리던 코스모스 꽃이 소녀의 몸에 고분하게 누웠더라는 목격담이 장터에 소란하였으나 잠시였다. 동거녀의 어린 딸을 강간한 스리랑카 노동자가 장터에서 끌려나갔고, 정신지체 소녀를 윤간한 파키스탄 노동자두 명이 추방되었다는 소문이 소녀와 코스모스 목격담을 덮었다.

바람 한 점 없는 한낮의 빛은 한곳에 머물지 못했다. 맥없이 앉은 사람을 골라 움켜쥐려 으르렁거렸다. 벼린 칼날을 휘젓는 광기 어린 빛의 착지는 병약한 자의 눈동자였다. 동공으로 들어온 빛이 미세한 방울로 산란하여 뼛속으로 전이되었다. 빛에 침범당한 눈은 고통의 시작점이었다. 뻑뻑해진 눈으로 감았다가 뜨기를 반복하면 세상도 닫히고 열렸다. 좌판 골목으로 들어오는 사람이 눈에 띄게 줄었다. 좌판에서 조는 횟수가 늘어났다. 졸다가 눈 뜨면 생선은 더 짓물러졌고 좀 전에 들어왔던 사람도 유령처럼 없어졌다. 어시장의 빛은 구매 의사가 전혀 없을 뿐더러 맥없이 앉아 조는 사람의 생선만 골라 달려들었다. 땡볕에 몸을 잡히면 사람까지 시름시름 생기를 잃었다.

엊저녁에 저녁을 거르고 병원에서 준 하제를 반쯤 마셨을 때 윙호아가 전화했다. 아홉 시였다. 변기에 앉아 싯누런 물을 좌르륵 쏟아냈다. 의식이 야금야금 혼미해졌다. 아빠와 연락이 닿고 있는지 물었다. 팔다 남은 대구와 항문으로 들어온 내시경 렌즈 생각이 뒤섞였다. 누런 배설물을 또 쏟으며 윙호아의 물음에 대답할 기운이 없었다. 검사가 끝나면 통화하자고 말했다. 그게 엄마와의 마지막이었다.

어시장으로 노랑 옷 선거운동원이 들어왔다. 지금의 정권이 들어서고 사는 것이 좋아졌습니까? 후보가 손을 내밀었고 고등어를 손질하던 손이 덥석 잡았다. 수행원이 재빨리 수건을 내밀었고 후보가 손을 닦았다.

"니미럴 정권이 열 번을 바뀌어봐라. 시장바닥에서 세상살이 좋아지는 놈 있기나 할라나?"

윤간당한 정신지체 소녀 아버지 박씨가 소리를 버럭 질렀다. 웃음을 잃지 않으려는 후보의 얼굴에 경련이 일었다.

머리가 희끗한 할멈이 기분 좋게도 대구를 세 마리나 샀다. 할멈은 영감을 생각해서 한 마리를 사려고 했다. 공장에서 손가락이 절단된

필리핀 사위를 나 몰라라 할 수 없었고 노부모와 병든 남편을 수발하려 이른 새벽부터 자정까지 식당에서 설거지해야 하는 딸이 불쌍하다며 눈물을 훔쳤다. 크기로 보아 한 마리면 네 명이 넉넉지는 않아도 끼니의 찬으로는 족했다. 굳이 세 마리 값을 지불하는 것으로 보아 서로 떨어져 살고 있을 것이라는 생각을 하게 했다. 세 마리나 팔았지만, 뒷맛이 유쾌하지 못했다.

한 무리의 선거운동원이 또 시장으로 들어왔다. 바지랑대로 떠올려진 줄에서 주홍빛 홑청이 너풀거리듯 시장이 무리에 휩쓸렸다. 비린내가 묻은 손을 잡고서 강남 부자처럼 잘살게 하겠다고 말했다. '아무리 팔아도 너희들 시장 사람은 생선처럼 썩어가는 이방인이야. 어제 부패한 비린내가 진동하잖아.' 그렇게 들렸다.

"차라리 축구시합을 해부러. 월드컵 경기장에 모여서 친북 좌빨이랑 보수꼴통이랑 남북 축구시합을 해부러. 승부가 나지 않으면 승부차기를 해서 시장을 뽑아부러. 어차피 누가 되든 이 골목에다 씨부렁거린 말 지킨 놈 없었응게."

박씨는 파랑색깔도 주홍 색깔도 아니었다. 생선 냄새와 야채 눅은 냄새로 노쇠한 주변인이었다. 선거마다 웃음을 칠칠 흘리며 찾아오는 운동원은 이방인이었다. 사 년 혹은 보궐선거마다 갑자기 유에프오를 타고 온 점령군처럼 낯설었다. 바닥을 훑고 가는 저인망처럼 선거 운동원이 쓸고 간 시장이 텅 비었다. 팔지 못한 대구 두 마리는 냉동실에 넣어야 했다.

맵고 찬 바람이 간간이 불고, 나무는 다행히 잎을 모두 떨구었으므로 바람에 아랑곳하지 않아도 되는 낯섦. 마른 풀이 허리를 눕혀 이웃한 것들과 간단히 관계를 끊어버릴 수 있는 벌판. 겨울 호수처럼 한산한 빈소에 윙호아의 영정이 놓였다. 낯선 남자와 여자가 불안한 눈초리로 서성거렸다. 부부로 보이는 낯선 이는 오십 대의 윙호아를 징검돌에서 강제로 실족시킨 가해자였다.

상복의 아빠와 잿빛 점퍼의 후앙꽁이 이미 와 있었다. 두 사람 모두 법적으로 또는 사실적으로 윙호아의 남편이었다. 일흔다섯 살의 아빠와 쉰다섯 살의 후앙꽁. 상복을 모두 입을 수는 없다고 판단한 것일까. 아빠가 언니 곁에서 조문객 맞을 자세를 취했다. 문상객의 피부를 보아서는 후앙꽁과 언니와 내가 이방인이었다. 빈소 영정의 피부를 보아서는 아빠가 경계선 밖이었다. 후앙꽁이 가뭄에 콩 나듯 뜸한 조문객을 빈소로 안내하였고 아빠와 언니가 조문을 받았다. 피부색이 다른 부녀의 시선이 중첩되지 않고 겉돌았다. 강바닥을 굴러 온 자갈처럼 동글동글 부딪히지 않으며 엄숙한 표정을 지었다.

"넌 조문객이 아니라 상주야."

언니가 옆구리를 주먹으로 짓누르고 빈소로 나를 불렀다. 코스모스 꽃길로 아름답게 주름진 대장에 아직 음식물을 넣지 않았다. 심재가 썩은 나무처럼 몸이 자꾸 꺾였다.

담벼락 코스모스가 뽑힌 날 칠흑의 밤. '잡종은 뽑아버려야 해.' 분홍과 하양 꽃의 코스모스를 우악스럽게 뽑은 아빠가 돌아오지 않았다. 윙호아를 바라보는 후앙꽁의 표정이 서먹서먹해졌다. 윙호아가 캄캄한 마당으로 언니를 불렀다.

"아빠를 미워하거나 원망하지 마라."

언니는 윙호아를 바라보지 않았다. 어둠의 입자인지 살갗인지 분간이 안 되는 팔뚝을 꼬집었다. 후앙꽁이 가까이 오자 언니의 눈빛이 새까맣게 으르렁거렸다.

"후앙꽁도 미워하거나 원망해서는 안 된다."

언니가 윙호아를 날카롭게 쳐다봤다.

"원망해야 할 사람은 엄마다."

언니의 시선에 찔린 윙호아가 쇳소리를 토했다. 언니는 윙호아에게 더 으르렁거리지 못하고 밖으로 나갔다. 윙호아가 따라 나갔다. 언니는 코스모스가 뽑힌 담벼락에 기대서 자르르 깔린 별에 으르렁거리던 눈빛을 던졌다. 윙호아가 언니의 손을 잡았다.

"너를 키워준 아빠에게도 너를 낳아 준 후앙꽁에게도 엄마가 죄인이다."

언니가 윙호아의 손을 뿌리쳤다. 윙호아와 마당에 서 있는 후앙꽁을 번갈아 바라보는 언니의 시선이 더 날카롭게 으르렁거렸다. 윙호아의 면전에서 꾸역꾸역 되삼키며 뱉지 못한, '죽을 때까지 그들을 증오하며 살겠다.'고 잠자리에서 내게 말했다.

기역자로 허리를 꺾고 잠을 청한 언니의 몸이 시위 끊어진 활처럼 누그러졌다. 으르렁거리던 맹수가 잠에 든 것이었다. 골물이 웅덩이로 들어와 조용하게 맴돌듯 숨소리가 아늑했다. 어둠을 닦아내고 표정을 보았다면 속 깊은 웃음이 얼굴에 슬쩍 비쳤을 터였다. 고통이 잠깐 끊어진 숨소리가 주는 평화로움이랄까. 캄캄한 밤이 고요했다. 후앙꽁이 밖으로 나가는 기척이 들렸다.

타운에서의 괴괴하고 깊은 밤은 생선 비린내 천지였다. 좌판을 접으면서 부패의 조짐이 감도는 생선을 골라 반찬으로 만들었다. 저녁을 먹고 나면 숨 막히는 밤이 밀려오고 생선 비린내가 활활 날아다녔다. 익은 세균이 꺼억 트림으로 올라왔다.

자정의 적막을 깨고 침입자가 방으로 들어왔다. 파키스탄 노동자의 리더였다. 베트남 노동자의 리더인 후앙꽁이 타운에 없음을 알고 왔으며 방문을 열고 들어와 손바닥으로 잠든 내 입을 틀어막고 하의를 벗기는 동작이 느긋하고 여유로웠다. 움직이는 피부에서 빛이 검게 반사되었다. 침입자의 눈동자가 반들거리는 순간 허리를 칼로 가르는 통증이 왔다. 침입자는 새벽까지 내 몸을 열고 스리랑카 특유의 냄새를 주입했다. 어둠 속에서 두 마리의 검은 짐승이 얽히고설켰다. 새벽 기운이 어스름 감돌고서야 침입자가 돌아갔다. 캄캄하고 긴 시간 찢기던 몸으로 잠이 와락 들어찼다. 정오에 깨어나 방문을 걸어 잠그고 대야에 물을 담았다. 대야에 쪼그려 앉았다. 오줌이 찔끔찔끔 대야로 떨어졌다. 손바닥으로 물을 적시자 쓰렸다. 가을 외진 길섶에서 코스모스 꽃잎처럼 너덜너덜 찢어진 소녀의 죽음이 떠올랐다. 발설하면 후앙꽁은 시체로 베트남행 수화물이 될 것이다. 침입자는 수시로 스쳐 지나가며 윽박질렀다. 서툰 발음의 협박이 결코 도려낼 수 없는 이물질로 응어리가 되었다.

아빠도 없고 후앙꽁도 없는 윙호아의 소란한 뒤척임. 괴괴한 고요의 웅덩이에 몸을 한껏 적신 나는 잠에 빠진 시늉으로 귀를 곤두세웠다. 안방에 든 윙호아의 얕은 숨소리는 물론 옮겨 짚는 손바닥의 마찰음까지 온전하게 들렸다. 대문에 깔린 어둠을 눈짓으로 비질하며 시간의 징검다리를 건너고 있음이 눈에 선했다. 외발로 선 고양이의 시선으로 귀를 세우고 누군가의 귀가를 기다렸다. 대문에서 발소리가 들렸다. 팍팍한 디딤과 천천히 끌려와 미끄러지듯 딛는 발소리로 보아 술을 마셨음이 분명했다. 윙호아가 마루로 나왔다. 크윽 술 트림 소리가 들렸다. 옆에 몸을 웅크려 앉는 윙호아의 부스럭거림에 이어 도란거리는 소리가 들렸다. 어둠에 흠씬 두드려 맞은 나무처럼 마루에서의 움직임이 극도로 절제되었다. 나는 잠에 빠진 시늉으로 귀를 곤두세웠다.

"그 사람 만났어요?"

베트남 억양을 떨치지 못한 서툰 발음으로 후앙꽁을 만났는지 윙호아가 물었다. 아빠가 긴 한숨을 토했다.

"미안하네."

처마 고랑에 똑똑 떨어지는 낙숫물처럼 나지막하고도 분명한 음색으로 아빠가 말했다. 윙호아는 대답하지 않았다. 단지 코스모스를 뽑아서 미안한 것일까. 궁금증이 서릿발로 우두둑 돋았다.

"같이 술 마셨어요?"

컴컴한 허공으로 시선을 길게 빼는 윙호아의 모습이 상상이 되었다. 후앙꽁이 아빠와 만났구나. 나는 베개에다 날숨을 가늘게 쏟았다.

발설하면 후앙꽁은 시체로 베트남행 수화물이 될 것이다. 침입자는 윽박질러 놓은 것이 버티고 있는지 확인하러 왔다. 과일 봉지를 쥐여주며 씽긋 웃고 스쳐지나간 날 자정에 방문을 열고 들어왔다. 후앙꽁이 타운에 없는 날이면 아득한 새벽까지 침입자는 오만과 탐욕으로 쾌락을 독점했다.

　가을 초등학교 육 교시 수업이 끝나고 텅 빈 학교에 남았다. 셋이서 숨바꼭질을 하였다. 피부가 다르다고 놀리던 아이가 놀이에 끼워주었다. 짝꿍인 둘이 숨기 위해서 술래가 필요한 것이었다. 나는 술래만 하였다. 여자아이가 술래가 되었다. 남자아이와 후관 꽃밭에 숨었다. 햇살이 꽃향기와 고요를 콩닥콩닥 버무렸다. 몸이 나른해지고 졸음이 왔다. 까닥까닥 조는 가슴을 남자 아이가 만졌다. 눈자위와 입술까지 가뭇하다고 멸시하던 아이였다. 몽롱하기도 하였거니와 꽃잎을 뚫고 온 햇빛이 동공을 뚫고 있었으므로 손을 거두어내지 않았다. 술래는 우리를 찾지 못하였다. 아이의 엄마가 꽃밭에 무릎을 맞대고 쪼그려 앉은 우리를 발견했다. 아이의 손목을 잡은 엄마의 멸시를 받고도 콩닥콩닥 버무려지던 향기가 뭉글뭉글 흩어지던 그 시점의 마음 자락을 잊지 못하였기 때문일까. 침입자를 거부하지 못하였다. 과일 봉지를 받는 날에는 방에서 과도와 가위를 숨겨놓았다.

　침입자가 격하게 움직일 때 코를 큼큼거리는 습관이 생겼다. 익숙한 듯 낯선 냄새에 고개를 한껏 젖혔다. 달거나 시큼한 과일 향은 나지 않았다. 꼬박 밤을 새우면서 생시와 꿈의 담벼락이 허물어졌다. 생시에서도 꿈에서도 증발되는 순간도 있었다. 새벽녘에는 상처에서 솟는 생피 냄새와 작달비에 여린 꽃잎이 무참하게 찢어지는 비릿함이 섞였다. 방문이 잦아지면서 침입자가 돌아가도 잠에 빠져들지 않았다. 대야에 담은 물로 너덜너덜해진 코스모스 꽃잎을 씻는 것은 멈추지 않았다. 생선을 먹지 않았다. 팔다 남은 생선에 부패 조짐이 있으면 그냥 버렸다. 생선을 먹지 않았는데 침입자가 왔다 간 날은 부패한 세균이 트림으로 올라왔다. 정오에 도마에 얹은 고등어 머리를 칼로 내리치다가 욱— 헛구역질이 쏟아졌다.

후앙꽁이 저녁 밥상을 차렸다. 처음으로 시계를 보았고 밖이 벌써 어두워졌음을 알았다. 우리가 밥 먹는 동안 후앙꽁은 윙호아 영정 가까이서 서성거렸다. 맹수로부터 가족의 식사를 지키는 수컷 하이에나였다. 내시경이 후빈 대장에 거친 음식을 넣을 수 없었다. 밥을 생수에 풀어 더듬더듬 먹는 내게서 후앙꽁이 안쓰러운 표정을 거두지 못했다. 아빠가 소주로 씁쓸한 심정을 적셨다. 후앙꽁이 걸어와 아빠의 잔에 소주를 부었다. 아빠도 후앙꽁에게 소주를 권했다. 후앙꽁이 언니를 바라보았다. 언니가 희미하게 웃었다. 후앙꽁도 자리에 앉았다.

그러고 보니 윙호아의 죽음에 눈물 한 방울 흘리지 않았다. 불쌍하다는 생각은 있어도 서글픈 마음이 없다. 언니도 그렇고 두 남자도 울었다는 흔적을 얼굴에서 찾을 수 없다. 누구 한 사람 울어주지 않는 죽음. 어버이날 붉은 카네이션말고는 받아 본 적이 없는 윙호아가 국화 흰 꽃송이 수두룩한 가운데 놓였다. 이국의 땅에서 살아서일까. 삶의 욕심이라고는 낱알도 없는 시선. 고국을 그리워하는 서글픔도 없다. 잔바람에 일렁이는 물결처럼 엷은 웃음이 번졌어도 기쁨의 빛깔이 없다. 윙호아는 자신의 죽음에 울어줄 사람이 없다는 것을 이승에서 이미 알고 살아온 것일까. 윙호아가 살면서 찍었던 사진들을 찬찬히 떠올려도 크게 웃는 모습이 없었다. 누구와 찍든 똑같은 표정이었다. 다만 해당화가 만개한 담벼락을 배경으로 언니와 나를 앞에 나란히 두고 찍은 사진에서 희미하게 웃었다.

무리의 문상객이 들어왔다. 언니가 바빠졌다. 언니의 교인들이 왔다. 찬송가를 부르고 기도문을 합창했다. 너나없이 성경책을 펴들었다. 죽은 자의 영정 앞에서 손금을 펴고 자신의 남은 운명을 계산하는 모습과 흡사했다. 갑자기 속이 메스꺼웠다. 저녁에 먹은 것들이 속에서 뒤틀렸다. 화장실로 가서 헛구역질을 토했다. 윙호아는 독실한 불교 신자였다. 한 집에서 여러 귀신을 숭배하면 죽는 순간이 평탄하지 않을 것이라고 언니를 야단쳤다. 찬송가를 부르는 시선이 영정의 갇힌 검은 눈자위와 언니의 눈자위로 오갔다.

피부가 가무잡잡해서 눈동자가 젊은 영정 속 쉰한 살의 윙호아. 당뇨와 고혈압을 삶의 누더기로 입은 일흔다섯 살의 아빠. 저승으로의 문턱을 먼저 넘어야 할 순서가 바뀌었음이 누가 보아도 확연했다. 코스모스 갓길로의 으늑한 걸음이듯 사자를 추도하는 예배가 하늘에 닿은 고갯길을 올라가는 숨소리로 들렸다. 유족의 울음이 없으므로 빈소인지 예배당인지 모호했다.

입관을 위해 죽은 자에게 마지막 치장의 시간이 왔다. 아빠가 빈소에 남았고 후앙꽁과 언니와 함께 윙호아의 마지막을 지켜보았다. 쉰한 살. 다음 달 열이렛날이 생일이다. 좁고 동그란 이마 위 머리가 광목천으로 쌓였다. 함몰된 흔적도 보였다. 머리의 상처보다 부러진 갈비뼈가 직접적인 사인이었다. 심장을 보호해야 할 갈비뼈가 충돌의 충격으로 부러지면서 심장을 찔렀다. 거뭇하고 탱글탱글한 어깨, 갸름한 턱선, 동글 복스러운 입술, 획을 그은 듯 뚜렷한 눈썹. 눈을 감고 입을 다문 윙호아는 죽어서 더 예뻤다.

자정이 넘었다. 사죄한답시고 맴도는 모습이 외려 귀찮은 가해자 부부가 돌아갔다. 장례식장 직원이 가끔 문에 나타나서 기웃거렸다. 자정이 넘어서 조문객이 없는 것이 아니라 더 올 사람이 없다. 내일 날이 밝는다 하더라도 올 사람 없다. 타운에서 나를 아는 사람은 있지만, 윙호아를 본 사람은 많지 않았다. 윙호아의 죽음을 아는 사람이 없다. 산 사람도 휴식을 취해야 할 시간이 되었다. 후앙꽁이 빈소 오른쪽 벽으로 누웠다. 아빠는 보이지 않았다. 언니도 벽에 등을 기대고 눈을 감았다. 윙호아의 얘기를 귀담아 듣는 자세로 빈소 가운데 앉았다. 눈은 마주치지 않았다. 시선이 동시에 한 곳에 닿는 순간을 의도적으로 외면했다. 윙호아의 영정에 닿는 순간은 예외였다. 언니가 맥을 놓고 있을 때 둘의 시선이 윙호아의 영정에 동시에 닿았다. 시선이 영정에 동시에 닿는 순간 생각은 각각 무엇일까. 내일 장례절차를 알아본다고 후앙꽁이 빈소에서 나갔다.

"내가 가야 할 길을 네 엄마가 먼저 갔구나."

아빠가 말을 끊었다. 언니의 거멓고 오목한 눈이 붕어 입처럼 벌룽거렸다.

"너희 둘은 내 딸이다. 물론 죽은 사람도 내 마누라고."

형광에 더욱 거먼 언니의 손을 아빠가 잡았다. 언니는 아빠에게 잡힌 손보다 더 거먼 눈자위로 영정을 바라보다 아예 눈을 감았다. 그날 윙호아가 보는 앞에서 아빠는 코스모스를 뽑았고 언니 가슴에 쐐기가 박혔다. 응고되는 묵처럼 탱탱하고 유연할 줄 알았던 의식에 균열이 생겼다. 인연이 얽힌 자들의 존재를 슬그머니 놓아버리고 싶은 충동을 그날 이후로 느꼈는데 충동의 강도나 횟수는 언니에 비하면 하찮은 것이었다. 윙호아가 한국에 온 지 이 년이 되어 베트남에 다녀왔다. 아빠는 동행하지 않았다. 언니를 낳았다. 또 윙호아 혼자 베트남에 갔었고 내가 태어났다. 후앙꽁이 윙호아에게 왔고 우리는 살갗이 왜 검어야 하는지 이유를 의심하기 시작했다.

아빠가 후앙꽁을 불러와 손목을 쥐었다. 아빠의 손등에 검은 반점이 어지럽게 놓였다.

"이제부터라도 아빠라고 불러라."

후앙꽁의 손을 우리에게 내밀었다. 언니도 나도 후앙꽁의 살비듬이 거멓게 반들거리는 손을 잡지 않았다. 불임의 몸으로 윙호아를 맞이하고 언니와 나를 딸로 받아들여야 했던 가슴. 아빠가 새까맣게 그을린 아궁이 언저리처럼 어줍게 웃으며 악수를 청했다. 생각의 영역을 아무리 넓혀도 두 남자는 분명한 색깔의 소유자가 아니었다. 주발에서 튕겨나온 곡물처럼 소외된 자였다. 세상이란 둥지에 온전하게 안착하지 못한 두 남자의 손이 비로소 맞닿았다.

바람은 늘 불안을 몰고 온다는 떨치지 못하는 서툰 믿음. 바람에 떠밀려 어디론가 행방이 묘연해지는 차들이 어망에서 벗어난 물고기처럼 속도를 냈다. 화장터는 한가롭지 않았다. 죽은 자를 소멸시키는 산자의 슬픔이 줄을 지었다. 윙호아의 죽음에 아무도 눈물 흘리지 않았다. 슬픔은 고사하고 서먹서먹했던 심정이 말끔하게 불살라지기를 기다렸다. 거멓게 노출되었던 이국에서의 흔적이 말끔히 산화되기를 느긋하게 지켜보았다. 숯덩이에 붙는 불씨처럼 차츰 살아난 불이 괄게 타올랐다. 바람이 불었다. 땅을 스쳐 다니는 바람이 아니었다. 분출하는 용암처럼 하늘로 솟구쳐 올랐다. 대지로 생명의 선을 늘이던 햇빛이 돌연 사라졌다. 유리창이 덜컹덜컹 울었다.

병원에서 전화가 왔다. 조직검사 결과가 나왔으니 하루라도 빨리 병원에 오란다. 하루라도 빨리? 검은 피부지만 코스모스 꽃길처럼 아름답고 황홀한 동굴. 대장에서 악성 이물질이 발견된 것일까. 바람이 멈추고 햇빛이 나타났다. 곱게 빻은 가루로 윙호아가 소멸되었다. 후앙꽁과 아빠, 언니와 나를 삶의 바퀴에서 이탈되지 않도록 버텨온 구심점이 영정에서 엷게 웃었다.

각자의 길로 돌아가는 시간이 되었다. 윙호아의 유골함을 안고서야 화장터 비탈길에 코스모스가 줄지어 피었음을 보았다. 한 사람의 존재를 막 지운 시선들이 코스모스에 닿았다. 바람이 불지 않았는데 코스모스가 흔들렸다. 장의 버스가 들어오고 영정이 내렸다. 영정 사진은 교복 차림의 앳된 소녀였다. 코스모스를 배경으로 입술과 볼에 분홍 꽃빛 생기가 맴도는 소녀의 영정이 걸어왔다. 소녀는 진청색 덧옷에 하얀 블라우스 교복을 입었고 가는 목줄에 이름표를 매달았다. 누릇누릇한 낙엽이 뒹구는 교정 벤치에서 포즈를 잡은 소녀의 말똥한 시선과 맞닥뜨리는 순간, 목덜미로 뭔가 따끔하게 닿는 감각이 왔다. 윙호아의 유골함을 본 소녀의 엄마가 자지러지며 바닥에 쓰러졌다. 곁에서 부축하였으나 소녀의 이름을 부르며 울부짖었다. 소녀의 분홍 꽃빛 볼이 엷은 미소를 띠고 있었다.

우리는 갑자기 갈 곳이 없어진 사람처럼 서로를 바라보았다. 언니가 해쓱하게 웃었다. 후앙꽁이 아빠에게 손을 내밀었다. 잠깐 머쓱하던 두 남자가 오래된 친구처럼 악수했다. 부르튼 입술로 무슨 말을 할 듯 조물거리는 언니의 해쓱한 웃음이 허공에 흩어졌다. 두 남자가 등지고 걸어갔다. 두 남자가 멀어지는 중간 지점에서 언니도 나도 끝내 울지도 웃지도 않았다.

"햇빛이 싫어."

언니가 중얼거렸다. 햇빛이 닿는 볼에 거무스레한 돌기가 도드라졌다. 타운으로 돌아가면 자정에 침입자가 틀림없이 찾아올 것이다. 헛구역질이 욱- 올라왔다.

5
유리 벽

        새벽 전화벨은 불길한 사건의 경종처럼 섬뜩하
다. 잠든 호수를 가르며 내딛는 칼바람과 같다고나 할까. 새벽 단잠을
깨우며 느닷없이 걸려온 전화에 꿈을 꾸고 있는 기분이었다.

  "애비냐? 애들은 건강하냐? 고것들이 눈에 밟힌다. 오늘 일곱 시 차
표 끊어 놨다. 아침은 거기서 먹을란다. 전화요금 무섭다."

  전화가 일방적으로 끊겼다. 동규는 순간적이고 일방적인 통고에 소파
에 주저앉았다. 어제 아침 발기발기 찢어 불사른 그것이 장판 밑에 있
을 까닭이 없다. 하루만 더 넘겼다가 요절낼 걸.

  옥란이 거실로 나왔다.

  "무슨 전환데요?"

  옥란도 소파에 앉았다.

  "누구 전환데요?"

옥란이 재차 물었다.

"오신대."

"오신다니요? 누가요? 이 밤중에."

"이 시간에 누구시겠어?"

"뭔 큰일이라도 났나 했더니. 별거 아닌 걸 가지고 그러셔요? 아직 깜깜한 밤중인데 들어가서 눈 좀 더 붙이셔요."

옥란이 옷소매를 끌었다.

"별거 아니라니?"

"당신도 참, 어머님이 자식 집에 오신다는데 그게 뭐…. 아참. 내 정신 좀 봐. 그 흉물스런 거!"

"이제야 알아차렸어? 맹하기는. 돼지껍질을 몸에 칭칭 감고 살아? 날 새면 집에 들어서실 텐데. 이 불벼락을 어쩔 거야?"

수습도 못할 일을 고집부려 저질러 놓고 속수무책인 옥란이 동규는 못마땅해졌다.

"우리가 시골로 내려가요. 어머님이 올라오시기 전에."

어제 아침 밥상머리에서 난데없이 옥란이 그것을 꺼냈다. 동규가 놀라 빼앗으려 하자 옥란이 재빨리 부욱 찢었다. 동규의 동그란 눈을 빤히 쳐다보며 보란 듯 갈기갈기 찢었다. 동규가 입을 쩍 벌렸다. 옥란이 요절을 낸 쪼가리를 쓸어 모았다. 한 손에 하나하나 담아 움켜쥐고 후루룩 태워버렸다. 성호를 열십자로 긋고 웅얼웅얼 기도했다.

"당신 정신이 나갔어?"

침을 꼴깍인 동규의 몸이 부들거리며 떨렸다.

"식사나 하세요."

옥란이 아무 일 아니란 듯 숟갈을 들고 밥알을 입 안에 넣었다.

"밥숟가락이 목구멍에 들어가?"

동규가 소리를 질렀다. 방에서 두 녀석이 몰려나왔다.

"아빠 왜 그래?"

"아무 일도 아니다. 너희도 어서 기도하고 아침 먹어야지."

두 녀석이 성호를 긋더니 눈을 감고 속으로 무언가를 웅얼거렸다. 동규는 벌떡 일어나서 방으로 들어갔다. 부엌에서 딸가닥 딸가닥 밥그릇 부딪는 소리가 났다. 옥란이 방으로 들어와 크림을 찍어 설거지한 손에 비벼 발랐다.

"성당엘 뻔질나게 드나들더니 오만불손하기 짝이 없군?"

"천주님을 모독하지 마세요."

"부모님과 남편보다 천주님이 더 중요하단 말인가?"

"그럼! 그놈의 종이 때기가 아내보다 더 중요하단 말예요?"

"하루만 더 두었더라면 좋았잖아."

동규가 다소 분을 죽인 음색으로 꾸짖듯 말했다.

"십 년을 참았어요. 십 년을."

"십 년을 참았는데. 하루를 더 못 참아?"

"이젠 저도 지쳤어요."

"어머니 올라오시면. 종교전쟁이라도 벌이겠단 말이야?"

"그게 종교예요? 미신이지."

"천주는 인정한다는 직인이라도 찍었나? 따지자면 똑같은 것이지."

"당신 주님을 모독할 거예요?"

"당신의 못된 심보 때문에 그런 소리가 나오지."

"올해는 우리가 내려간다고 전화나 드려요. 어머님 올라오시기 전에."

정월 보름이면 어머니의 방문이 있었다. 벼락이 떨어지는 것처럼 왔다 갔다. 사는 모습 보러 갈란다는 통고를 이른 새벽에 전해오고는 날 밝기가 무섭게 들이닥치던 어머니였다. 번개가 번쩍이듯 전화로 통고를 해오고는 우르르꽝하는 벼락처럼 들이닥쳤다. 그런 사실을 뻔히 알면서 정월 대보름을 사흘 앞두고 옥란이 그것을 발기발기 찢어버렸다. 옥란의 의도대로 어머니에게 전화를 한다는 것이 깜빡하고 말았다. 이쪽에서 내려간다는 말이 없었으니 이 새벽의 벼락 통고는 예견된 상황이었다.

"깜깜하게 앉아만 있으면 무슨 해결책이 나와요? 어차피 저질러진 상황이니까. 잠이나 자둬요."

옥란이 동규를 잡아끌었다.

"잠이 와?"

"잠 안 잔다고 뾰족한 해결책이라도 나와요?"

"당신은 어머니 성격을 잘 몰라."

"어머니께 지금껏 당했던 걸로도 그 유별나심을 충분히 알아요."

"알면서 그걸 앞뒷생각도 없이 찢어버렸어?"

"한 번은 부딪혀야 할 일이에요."

"부딪히다니? 시어머니하구 쌈질이라도 하겠단 말이야?"

동규가 언성을 높였다.

"그럼 난 맨날 당신 어머니한테 매여 살란 말이에요?"

"당신 어머니한테?"

"그래요."

"당신 어머니? 애초부터 선을 긋고 살았구먼?"

"다 자업자득이지 뭘?"

"부모가 아니라 남남이다 이거구먼?"

"벌써 십 년이에요. 당신하구 연애할 때부터 사사건건 참견하기 시작하더니…."

"잘못되라고 그러신 건 아니잖아?"

동규가 옥란의 말을 끊었다.

"그렇게 하셔서 우리가 잘된 건 또 뭐가 있어요?"

옥란도 바락바락 대들 태세로 턱을 세웠다. 동규가 목소리를 별안간 쫙 깔아서 천천히 말했다.

"잘된 것도 없고, 또 지나치게 잘 안 된 것도 없잖아. 어머니도 믿음 때문에 그러시는 것으로 우리가 이해하면 되잖아?"

"그게 믿음이에요? 미신이지. 사이비 무당에 정신을 혹 뺏겨가지고는 나까지 미치라고 강요를 하니. 아무리 시어머님이래도 그냥 앉아서 당할 수만도 없는 이치가 아녜요? 그런지가 벌써 십 년이에요!"

시계는 벌써 다섯 시 반을 가리키고 있었다. 밖에는 밤의 깊이와 관계없이 먼 가로등 빛으로 미지근하게 밝아 있었다. 옥란이 침묵을 깨고 부스스 일어섰다.

"눈 좀 붙여요."

언제 말다툼이라도 했느냐는 부드러운 말투였다. 동규가 돌부처로 앉아서 끄떡도 않자 옥란이 방으로 들어갔다.

동규도 어머니의 지나친 관심이 늘 달가운 것은 아니었다. 옥란과 결혼하여 분가하기 전까지는 전혀 지나치다고 생각하지 않았다. 결혼하고 자식을 둘이나 키워가면서 어머니의 관심이 좀 지나치다는 생각을 이따금 갖게 되었다. 옥란은 달랐다. 차라리 간섭이라는 개념을 신경질적으로 떠올렸다. 동규가 사십을 넘었어도 시루떡 찹쌀 고물을 고르는 눈금 고운 체와 같은 어머니의 지나친 관심은 여전히 촘촘하고 질겼다.

"어머니가 아녔더라면 오늘 내가 당신과 이렇게 마주 앉아 있지도 못했을 거야."

옥란과 묵시적으로 결혼상대임을 인정하게 되었을 때서야 동규가 말했었다. 혼자서 소주 한 병을 홀짝여 거나해진 상태였다.

"부모님이 계셨으니까 내가 있고 네가 있어서 우리가 있고. 그래서 생명체를 바탕으로 한 무생물까지 모든 것들이 존재하는 것이 아닐까?"

옥란이 술을 탁자에 찔찔 흘려 놓고 잔을 장난삼아 빙빙 돌렸다.

"옥란아."

동규가 다감하게 옥란을 불렀다. 옥란이 장난을 멈추고 흰자위가 붉어진 동규를 바라보았다.

"그런 교과서적이고, 개념적인 어머니의 존재를 말한 것이 아니야."

동규가 옥란을 쏘아보며 소주잔을 들어 단숨에 꿀꺽였다.

"어머님의 희생과 헌신을 의미하는 건가. 그럼?"

"흐흐 희생? 헌신? 우리 어머니한테는 그런 고급스런 용어는 안 어울려 흐흐."

동규가 갑자기 흐흐거리자 옥란이 장난하던 술잔에서 손을 떼어 무릎에 얹고 자세를 고쳐 앉았다. 동규가 앉은 채로 상체를 비틀거렸다. 빈 잔에 소주를 그득 부었다.

"취하신 것 같은데 그만 마셔."

옥란이 침착해진 어조로 말했다.

"괜찮아. 아직 멀쩡하니까."

동규가 소주를 단숨에 마셨다. 반팔 남방의 단추를 하나씩 풀었다. 옥란이 동규를 물끄러미 지켜보다 그의 셔츠가 드러나자 시선을 탁자에 가만히 내려놓았다.

"여길 봐, 옥란이."

동규가 남방의 앞자락을 완전히 헤치고 런닝 차림의 가슴을 내밀었다. 옥란이 시선을 들어 물끄러미 올려보자 동규는 오른손으로 여자의 가슴을 어루만지듯 자신의 심장이 있는 곳을 문질렀다.

"술 취했어? 술 몇 잔에 대낮부터 추태를 부리는 거야 뭐야?"

옥란이 앞가슴을 오므리면서 꾸짖었다. 흔들리던 동규의 상체가 완강한 버팀으로 꼿꼿해졌다.

"손을 넣어서 여길 만져 봐."

"정말 술 취했나 봐?"

옥란이 얼굴을 붉히고 가슴을 더욱 좁혔다.

"그런 게 아니고. 심장의 박동을 만져보란 말이야."

동규가 왼쪽 남방 옷깃을 젖혔다. 남방 윗주머니 부분의 안쪽에 작은 주머니가 나타났다. 흰색 바탕에 하늘색 체크무늬 남방 안쪽에 덧붙인 주머니가 흰색 천이었음과, 얇은 여름옷에는 부적합한 굵은 무명실로 얼기설기 꿰어 붙였다는 것에 픽 터지는 실소를 옥란은 가까스로 참았다. 동규가 호주머니에서 무엇인가를 뒤적뒤적 꺼냈다. 황색 종이였다. 주위를 둘러보고 종이를 탁자에 펼쳤다. 황색 종이에 빨간색으로 글씨 같기도 한 무엇이 그려져 있었다.

"이게 무언지 알아?"

옥란이 똥그란 눈으로 종이를 내려다보았다.

"이게 뭐야? 그림 같기도 하고, 한자를 전서체로 쓴 것 같기도 하고…."

"정말 몰라? 이런 거 처음 봤어?"

"그렇다니깐. 가만있어봐. 이거 무슨 글씨인데?"

옥란이 종이를 요리조리 방향을 바꿔가며 호기심을 키웠다.

"부적."

"부적이라고 이게?"

옥란이 손을 얼른 거두고 어깨를 한차례 후들거렸다.

"여기다 똥이라도 발랐을까 봐?"

동규가 피피 웃었다. 옥란이 조심스럽게 부적을 다시 살폈다.

"내 심장이 쉬지 않고 뜀박질하는 여기에 붙이고서 이십 년을 살았어. 아버지가 돌아가신 열 살부터."

가슴에 오른손을 얹었다. 부적을 조심스럽게 꺾어 접어서 안주머니에 넣고 단추를 다시 꿰었다.

"아버지가 돌아가셨을 때, 우리 육 남매는 돼지우리처럼 바글바글 쌈질이나 하는 철부지였지. 어머니는 아버지를 잃은 슬픔보다 우리를 키워내야 할 암담한 현실에 밤마다 몰래 우셨어."

동규가 소주병을 들어 잔에 따랐으나 빈 병이었다. 술을 더 달라고 주인에게 술병을 휘저었다. 주인이 다가왔을 때 옥란은 자리를 털고 일어서서 동규의 팔을 잡아끌었다. 아쉽게 끌려 일어서는 동규는 아까와는 달리 멀쩡해 있었다. 동규가 옥란의 부축을 털어내고 문으로 걸어갔다. 그날 동규는 술을 입에 대지도 않는 옥란을 끌고 다니며 곤죽이 되도록 마셨다. 옥란은 하품을 빡빡 질러가며 동규의 주절거림을 들었다. 옥란은 동규의 가슴에서 꺼내어졌다가 다시 갈무리된 부적을 뇌리에서 떨치지 못했다.

"부적을 믿어?"

"부적을 믿는다기보다."

"그럼 흉측스럽게 왜 지니고 다녀?"

"흉측스럽다고?"

"요즘 세상에 누가 부적을 갖고 다녀? 자기 전공이 전자공학이잖아. 학생들에게 과학적 논리를 강의하는 선생님의 품에 부적이 숨어 있다니. 후후 웃겨 정말."

옥란의 조롱에 동규는 화가 났다.

"난 지금까지 이 부적을 믿어본 적도 안 믿어본 적도 없어. 그냥 어머니가 옷을 살 때마다 주머니를 만들어주시니까 넣고 다닐 뿐."

"꼭 그래야 하나?"

"가전제품을 샀을 때, 이를테면 사십 인치 텔레비전을 샀을 때, 스페어타이어처럼 여벌로 더 끼워진 퓨즈 같다고나 할까? 아님 어느 날 갑자기 손등에 돋아난 사마귀라고나 할까. 부적이 뭔지도 모르던 열 살 무렵부터 내 몸의 일부였어. 약간의 거부감도 없어."

"믿지 않음 버려. 지금부터라도."

"어머니의 믿음이야."

"믿음이야? 미신이지."

"당신에게는 미신이지만 어머니에게는 굉장한 믿음이셔. 어머니가 받들어 모시는 걸 내가 도와드리는데 뭐가 잘못이야?"

동규가 부적이 숨겨 있는 가슴을 주먹으로 탕탕 두드렸다.

"동규 씨가 잘되라고 부적을 품고 다니는 게 아니라, 어머님을 위한 것이라는 말 아냐?"

"그렇게 생각할 수도 있지. 어머니는 자식이 당신의 믿음에 따라준다는 그 하나만으로도 엄청난 마음의 안정을 찾으셔. 그걸 아는 우리 육남매는 철저하게 지켜드리니까."

"나 교회에 나가는데. 동규 씨 어머니 아심 쫓겨나는 거 아냐? 혹시."

"그럴지도 모르지."

"뭐야? 난 어떻게 해?"

옥란이 궁둥이를 들썩이며 호들갑을 떨었다.

"흐흐 문제 될 게 하나도 없어."

"문제 될 게 없다니? 동규 씨. 이건 장난이 아냐. 술에 취해서 얼버무릴 문제가 아니라고? 이 상황에 웃음이 나와?"

옥란이 겁먹은 표정을 지었다. 동규는 두 팔을 내저으며 걱정하지 말라고 했다.

"내가 부적을 여기에다 붙이고 이제껏 살았어도 믿지는 않잖아. 잘 생각해봐. 옥란이 시어머님께 조금만 양보하면 돼."

"조금만 양보를 하라니? 무슨 소린지 도통 모르겠어."

"흐흐. 역시 바보군. 결혼 후에도 교회 계속 나가고 싶으면 나가란 말이야. 어머님이 오실 때만 잠깐 안 그런 척 참아주면 될 거 아냐? 정월 대보름마다 내놓으실 부적을 황송하게 받아주면 더욱 좋고. 어머님 성격에 우리랑 붙어살자고 하지도 않을 테고. 또 시집가는 날 묻지도 않는데 '어머님 저 교회에 나갑니다.' 스스로 일러바칠 건 아니잖아?"

"그건 그래. 그렇지만."

"나는 옷마다. 심지어 교복까지 속주머니를 만들어서 삼십 년 가까이 이 물건을 지니고 다녔어. 그 덕분에 내가 시골에서 이만큼 컸는지도 모르지만."

술에 취한 동규를 자취방에 눕히고 집에 돌아온 옥란은 잠 한숨 이루지 못했다. 내장을 뜯어내듯 속주머니에서 꺼내 놓았던 부적. 부적 종이가 뇌리에 덮여 괴이한 형상의 문자가 애벌레로 엉금엉금 기어 다녔다.

밖은 어느덧 밝아 있었다. 옥란은 어머니의 전화를 잊은 채 얕은 코를 골며 잠들었다. 화장대 위에 나란히 놓인 성모상과 성모상에 둘러진 묵주와 옥란이 세례를 받을 때 선물로 받은 굵은 양초를 장롱에 감추었다. 벽에 걸린 십자고상도 감추었다. 누웠으나 좀처럼 잠깐의 잠도 이루지 못하리라는 예감이 정신을 또렷하게 몰아갔다.

바로 그날은 토요일 오후였다. 옥란과 점심 무렵에 만나 저녁을 함께 하고 자취방에 들어갔다. 어머니가 침침하게 앉아 기다리고 있는 것이 아닌가. 소나기를 만난 듯 아연해져서 어쩐 일이시냐고 물었다. '분명 어느 계집이 있으니 네가 집엘 오지 않는 것이 영락없다. 그래서 당신

눈으로 직접 보러 왔다.'는 것이 아닌가.

"기별이나 주고 오시지요."

"군소리 말고 불러라. 토요일인데 해 저물어 들어오는 것으로도 다 짐작하고 있다."

어머니가 충분히 눈치를 채고 있음을 직감했다. 사내 혼자 사는 방 안이 깨끗하게 정돈되어 있음과 빨래가 단정히 걸려있음으로부터 어머니는 여자의 손길이 오늘 오후에 스쳐 갔음을 알고 있었다. 옥란이 퇴근하자마자 달려와서 쓸고 빨고서 함께 밖으로 나간 사이에 어머니가 들이닥쳤다.

동규는 밖으로 나와 옥란에게 전화했다. 옥란이 공중전화부스 앞에서 서성거리는 동규에게 달려왔다.

"준비도 안 됐는데 갑자기 오심 어떡하란 말이야."

옥란이 발을 동동 구르며 부적을 떠올렸다.

"어머니 무서워?"

"별소리 다 하고 있네. 들어가서 인사나 드려."

"나 교회 다닌다는 말 안 했지?"

동규의 손에 끌려오는 옥란의 팔이 가볍게 떨렸다. 옥란을 처음 대하는 어머니의 표정은 근엄했다. 옥란이 문턱을 간신히 넘어 머리를 조아렸다.

"너는 이리 앉아라."

어머니는 동규가 옥란과 나란히 앉는 것을 막았다. 다짜고짜 동규 앞가슴에 손을 찔러 부적을 찾았다. 부적이 확인되자 어머니는 시선을 옥란에게 옮겼다.

"띠가 무엇이냐? 올해 나이는 얼마인가?"

"쥐띠에 스물아홉이에요."

옥란이 간신히 말하고 고개를 푹 꺾었다.

"우리 동규에게 한 살 터울이 좋다니까 나이는 상관이 없군. 교회는 나가는가?"

"아니에요."

옥란이 기다리고 있었다는 듯 흠칫 놀란 큰 소리로 얼른 대답했다. 나이가 많다고 타박하지 않음이 다행이었다.

"교회에 다니는 며느리는 얻을 수 없다. 앞으로도 명심해야 한다."

어머니는 그 자리에서 옥란에게 생년 생시를 쓰게 했다. 옥란이 슬쩍 밀어 놓은 종이를 어머니는 꼬깃꼬깃 적어서 괴춤에 찔러 넣었다.

"이날에 맞대면을 했다고 며느리가 된 것은 아니다. 내 입에서 확답이 있을 때까지 행동거지에 조심해야 한다. 남녀관계는 여자 쪽에서 목숨을 걸구 조심해야 한다."

동규는 어머니의 속뜻을 알아차렸지만, 옥란은 어안이 벙벙했다. 생년 생시로 점도 치고 사주도 찬찬히 뜯어보고서야 혼인의 가부를 통보하겠다는 뜻이었다.

"싹싹하게는 생겼다. 허리 모가지가 그래서 아는 낳겠느냐? 입술도 문종이처럼 얇아서 잘 떠들기는 하겠구나."

옥란이 돌아가고 관상점을 털어놓는 것을 어머니는 잊지 않았다.

"요즘 여자들은 허리 가늘어지려고 밥도 굶고 살아요."

"여자 허리는 절구 허리처럼 단단하고 엉덩이가 바위 등짝처럼 팡파짐해야 한다. 입술도 두툼해야 형제간에 우애 안 끊기고. 입술이 구멍이나 쑤시는 못난 강아지처럼 뾰쪽하고 엉덩이가 똥그란 계집은 성깔이 까시러져서 못 쓰는 법이다."

옥란을 경황없이 만나고 내려간 어머니가 이튿날 전화를 했다. 사주가 썩 좋은 건 아니지만 그렇다고 패가망신하게 나쁜 것도 아니니 관계를 끊어볼 수는 없느냐는 것이었다. 동규는 일언지하에 거절했다.

"그날 둘을 보아하니 이미 헤어지기는 글러버린 것 같더라만. 둘 사이에 벨 흉스런 일이 없으면 그만 헤어졌으면 좋겠다."

"별일이 있어서가 아니라, 패가망신할 정도로 나쁜 것이 아니라니. 허락해 주세요."

"그렇기는 허다만 기왕지사 다홍치마란 말도 있다. 찰떡으로 척 달라붙는 궁합의 여자도 어딘가에 있을 것이다. 정말 떨어질 수 없냐?"

"절대 떨어질 수 없어요."

"액땜을 하고서 새 식구를 얻어야 하니 내달 초사흘 날에 둘이서 오너라."

옥란은 우선 안도했다. 동규가 부적을 군소리 없이 지녀온 것처럼 자신도 의미 없이 응해만 준다는 일념으로 미래의 시댁으로 내려갔다. 어머니는 동규와 옥란의 꼭지 머리칼 몇 올과 또 망측하게도 입고 있던 속옷을 요구했다. 옥란이 아연실색해 져서 꽁무니를 빼다가 냄새가 잔뜩 밴 그것이 꼭 있어야 한다는 어머니의 성화에 결국은 벗어내려야 했다. 어머니는 끊어낸 머리칼과 속옷을 들고서 단골 무당네로 달려갔다. 동규와 옥란은 무당네로 같이 가야 한다는 억지소리 없음에 안도하고 홑바지로 되돌아왔다. 해괴한 액땜 의식을 거친 후 동규와 옥란은 결혼식을 올렸다. 첫날 옥란은 절대로 교회에 발을 들여놓지 않겠다는 결의를 시어머니 면전에서 표출해야 했다.

흡족한 어머니는 매년 정월 보름마다 새로운 부적을 들고 왔다. 동규의 상의마다 부적 주머니가 달려있는지를 확인하는 것도 잊지 않았다. 묵은 부적을 함부로 해서는 안 된다며 되받아갔다. 시어머니의 그런 수선이 자식을 위하려는 순박하고 토종적인 은혜라는 위안으로 옥란은 교회에 발을 끊었다. 자신은 제쳐놓고 동규에게만 부적을 안겨주는 것에 서운함마저 느꼈다.

아주 난감한 상황이 발생했다. 옥란이 몰라야 할 또 하나의 부적을 어머니가 건네주었다.

"애비는 불인데 어미는 물이다. 맞부딪히면 너한테만 큰 사단이 난다 하니 어쩌겠느냐."

불이 물에 절대로 쓰러져서는 안 되겠다는 비장한 부적이었다. 부적이 옥란 몰래 숨겨져 있어야 할 장소가 기괴했다. 옥란이 알지 못하는 곳이면서 가장 가까운 곳이었다. 어머니의 놀라운 발견에 탄복하지 않을 수 없었다. 서푼 넘겨잡기로 얻어낸 알량한 돈푼으로 끼니나 간신히 허우적거리는 무당의 영특한 간계였는지도 모르는 일이었다. 어머니의 귓속말대로 장판을 걷어내고 문제의 황색 종이를 깔았다. 밤마다 둘만의 이부자리가 펴져 나란히 누웠을 때 옥란이 눕는 자리였다. 부적 문자의 상향이 옥란의 머리를 향하고 위치는 옥란의 배꼽쯤에 해당하는 자리였다.

"어쩌겠냐. 어미의 기를 잡아놔야 애비가 온전하게 사지가 멀쩡하다는구나."

옥란이 교회까지 발을 끊으며 어머니에 동조를 해주고 있다지만 장 판 부적은 숨겨져야 했다.

옥란이 낌새를 전혀 모른 채 첫째와 둘째를 낳았다. 몰래 부적을 장 판지 밑에 숨긴 지도 오 년이 흘렀다. 여섯 번째 부적이 당도했을 때, 동규는 자식들도 얻고 이만큼 사니 그 부적만큼은 옥란이 알기 전에 그만두자고 간청할까 망설였다. 삼대독자의 병약한 몸으로 육 남매만 어머니에게 등짐 지워 놓고 저세상으로 가신 아버지가 떠올랐다. 아버 지가 살아계셨더라면, 등에 대롱대롱 매달린 자식이 둘이나 셋만 되었 어도 어머니는 이토록 부적에 목을 매지 않았으리라.

육 남매를 혼잣손으로 키워낸 어머니의 역경은 언제 어디서 떠올려 도 눈물을 쏟게 했다. 맏이인 동규는 기를 쓰고 대학을 졸업했다. 목 숨 부지하기에 알맞은 땅뙈기나 파서 대학등록금을 낸다는 것은 불가 능했다. 농사를 지으면서 생겨나는 것은 모두 상품으로 만들어졌다. 고 구마 잎사귀와 깻잎과 김장 찌꺼기들은 틈틈이 묵나물이나 시래기로 갈무리되었다가 백 원 혹은 삼백 원의 똬리로 시장에서 팔아졌다. 꼬 깃꼬깃 모아진 잔 푼이 동규의 책값과 버스 삯이 되었다. 동규의 대학 진학으로 다섯의 연년 터울 동생들이 연쇄적으로 학업을 포기했다. 동 생들이 공장에 취직을 해서 받은 돈은 동규의 등록금이 되었다. 맏이 인 동규를 생각하는 동생들의 마음은 각별했다. 아버지가 없는 집 안 의 구심점은 당연히 불쌍한 어머니였다. 동규의 성공이 어머니의 유일 한 기쁨이라는 사실을 조숙하게 깨달았다. 어머니를 모시고 땅을 파먹 는 막내만 빼고 짝을 만나서 그럭저럭 살고는 있지만, 동규 가슴에는

옥잠화가 피면

110

그들의 존재가 다섯 가닥으로 아리게 새겨진 문신이었다.

'잠깐 누웠었는데, 깜빡 잠이 들었었던가.'

"아빠, 아빠 그만 일어나시래요."

두 녀석이 어깨를 흔들었다. '해마다 어머니 부적을 방바닥에 깔아놓고 살아선지 녀석들이 이만큼 탈 없이 장성했구나.' 벌써 아홉 시를 알리는 시계를 보며 남은 잠을 털었다. 빛살이 방 안으로 쏟아져 들어왔다. 눈물이 찔끔 솟도록 강렬한 빛살이 쏟아지는데 방바닥이 받아내는 양은 똑같았다. 이 겨울에 또 새것의 부적을 쥐고 어머니가 저 빛살처럼 쉼 없이 오고 있었다.

네 식구가 소파에 모여 앉았다. 식탁에는 어머니를 기다리는 옥란의 성찬이 진열되었다. 동규는 옥란의 표정에서 어떤 비장함이 나타나지 않기를 고대했다.

"엄마 할머니 오실 때 안 됐어?"

"다 됐다. 금방 오실 게다."

"할머니께 우리 성당에 나간다는 말 하면 안 되지? 엄마."

막내가 말했다. 성당에 교리 받으러 다니기 시작하면서 녀석들에게 철저하게 세뇌를 시켰다. 어머니와 다른 신을 믿으면서 불통을 피하겠다는 심사였다.

"밥상머리에서 기도문을 낭송하지는 않겠지?"

"은혜로이 내려주신 음식과 우리 식구에게 주께서 강복하심을 기도하지 말란 말이군요?"

"오늘만 참아 줘. 전지전능하시다는 천주님을 잊어달란 말이야."

"성모상과 십자고상은 어디에다 치웠어요?"

"정말 일을 낼 셈이야?"

"왜요? 시어머님과 종교전쟁이라도 벌어질까 봐 그래요?"

"농담 그만하구 오늘만은 제발 참아줘 응?"

어린애처럼 간청하는 동규에게 옥란이 후후 웃었다. 옥란의 웃음에 다소 안심이 되었으나 심기가 계속 흔들림은 어찌할 수 없었다.

장판지 밑의 그것이 옥란의 눈에 들통이 난 것은 작년 정월 보름이었다. 아홉 번이나 실수 없이 장판 속에 감춰졌던 부적이 어느새 확연한 흔적을 만들어 놓고 있었다. 예년처럼 어머니가 방문을 삐죽이 열고 부엌의 옥란과 방안을 동시에 감시하는 사이 동규가 장판지를 걷어 올렸다. 옥란이 갑자기 방에 들이닥쳤다. 동규가 그것을 제 위치에 깔고 막 장판지를 덮는 순간이었다. 가로막는 어머니를 밀치고 문턱에서 얼어붙어버린 옥란을 본 동규가 자신도 모르게 들고 있던 장판지를 놓아버렸다. 장판지가 제자리에 깔리면서 먼지가 풀썩 일었다. 옥란이 다짜고짜 장판지를 획 뒤집었다. 부적이 날아올라 펄럭였다. 토지대장에 인감도장을 찍은 듯 흔적이 뚜렷이 있었다.

방바닥에 확연한 자국에 옥란은 굉장한 배신감으로 몸을 떨었다. 자신만 속절없이 긴 세월 소외당했다는 분을 억제하지 못했다. 옥란이 어머니 면전에서 눈물을 흘렸다. 잠깐의 얼떨떨함을 털어버린 어머니가 외려 옥란을 몰아세웠다.

"정초부터 집 안에 여인네 울음이라니? 집 안에 부정 들까 무섭다. 썩 눈물 거두지 못할까?"

녀석들이 방에서 나왔다. 옥란이 얼굴을 싸매고 눈물을 펑펑 쏟았다. 녀석들이 옥란의 겨드랑이에 붙어 눈물을 글썽거리자 어머니가 입에 물었던 말을 꿀꺽 삼키고 안방으로 은거했다. 눈물을 훔친 옥란이 동규의 팔을 잡아 방안으로 끌었다. 어머니는 억지로 상기된 얼굴을 꼿꼿이 들고 있었다.

"애비야 올해는 각별히 조심을 해야 하겠다."

옥란이 들으란듯 내뱉는 어머니의 음성이 냉랭했다. 옥란이 어머니 면전에 다부지게 대좌했다. 입장이 난처해진 동규는 멀찍이 앉았다.

"어머님 앞에서 눈물 보인 건 죄송해요. 그렇지만….'

"여자가 어뜨케 정초부터 곡성을 낸다니? 그것도 시어미 면전에다. 시어미가 죽기라도 바라는 거냐?"

옥란이 말을 꾹 삼켰다. 판단 불가능한 옥란의 감정에 동규가 숨 막힌 듯 버둥거렸다. 바람 한 점에도 마디가 와르르 무너져 내릴 듯 위태롭게 부들거리는 옥란의 목울대에서 또박또박 한 음절씩 간신히 끊어져 나온 음색은 의외였다.

"아범이 어머님께 자식이듯이 제게는 하늘같은 지아비예요. 지아비가 잘되라고 하시는 일을 제가 알면 뭐가 덧나나요? 저만 쏙 빼놓고 모자 두 분이 그러시는게 속이 상해서 눈물을 보였는데. 어머님 저로서는 서운해요."

"고마운 네 마음 안다. 잘되라고 그러는 것이니 이해해라. 어느 집이던 그 집 기둥이 잘못되면 모두 다 여자한테 화가 쏟아지는 것이다."

그것으로 끝을 맺지 않았다. '부정이 탔으니 일간 보내는 것으로 감쪽같이 바꿔 넣어야 헌다.' 동규에게 일러놓고 어머니가 내려갔다. 옥란이 참았던 분통을 동규에게 쏘아댔다. 부적이 어째서 그 긴 세월 자신의 몸뚱이 밑에 깔렸어야 했는지부터 캐기 시작했다. 동규는 조금도 숨길 염치가 없었다. 전부 자신과 어머니의 부끄럽기 짝이 없는 흠집을 헤집는 것이었지만 사실대로 털어놨다. 자신을 저해하는 부적을 깔아 놓은 것도 모르고 살을 맞대고 살았다며 옥란이 밤마다 동규를 뿌리 쳤다.

부적이 등기우편으로 날라 왔다. 대필하여 몇 자 적혀왔다. 며느리에 게 잘해주란 얘기와 꼭 바꿔 깔 것이며 함부로 하지 말고 간직했다 가 내려올 때 가져오란 내용이었다. 부적을 옥란 앞에 놓았다. 옥란의 처분만 바랄 뿐이었다.

"없는 귀신을 구 년 동안이나 방안에 끌어들인 결과와 뭐가 달라?"

옥란은 방바닥에 깔렸던 것과 새로 부쳐온 것을 함께 포개어 착착 접어 봉투에 넣었다. 신발장 안쪽에 테이프로 고정시켰다. 시어머니가 올 때만 깔아서 눈 가리고 아옹하겠다는 심사였다. 성당에 나가기 시 작하였다. 처녀 때는 기독교를 믿었었다. 부적에 항거할 만한 다른 무 엇에 철저히 함몰되기 위해서 교리를 엄중히 하는 천주교에 귀의하겠 다고 했다. 교리에 임하는 각오는 비장했다. 비가 오나 눈이 오나 한 번 의 빠짐없이 교리에 참석했다. 동규는 옥란에게 아무 말도 해주지 못 했다. 옥란의 신앙 심도를 지켜만 볼 따름이었다. 또래의 신도들이 거 실을 꿰차고 앉아 찬송가를 부르고 기도를 하였다. 동규는 안방에서 그들의 신앙행위를 거역할 수 없는 순리처럼 묵과했다. 옥란이 세례를 받았다. 데레사로 다시 태어났다. 두 녀석도 세례를 받았다. 세례를 받 고서 옥란의 신앙은 더했다. 끼니마다 기도를 올렸다. 주일마다 두 녀석을 데리고 미사에 참석했다.

"여보 부적 없애면 안 될까?"

"큰일날 소리."

"기도를 올려도 개운하지 않아요. 신발장 안에 있는 그것이 자꾸 걸려요."

"어머님이 아시면 날벼락 떨어져."

동규는 옥란이 그것을 요절내리라고는 생각하지 않았다.

"조선 천지 인간들이 죄다 서울에만 몰려 사는가 보다."

어머니는 여느 보름날의 상경보다 삼십 분 늦었다. 식탁에 옥란이 준비한 음식이 정돈되었다. 두 녀석이 식탁으로 달려들었다. 옥란이 앉자 녀석들이 눈치를 흘끔거렸다. 습관처럼 수저를 들지 않고 누군가의 입속에서 기도문이 암송되길 기다렸다. 짧게 정적이 흘렀다. 동규의 등줄기에 식은땀이 솟아났다.

"어머니 드세요. 너희도 얼른 먹어라."

옥란이 식탁에 갈린 어색한 분위기를 털어냈다. 동규는 청아한 음색이 귓속에 꽂히는 착각으로 갑자기 맑아짐을 느꼈다.

몰래 들춰본 장판의 상황 때문이었을까.

"인제부터 거실바닥에 모셔야 쓰겠다. 손자도 이만큼 성장하였으니 식구가 몰려 있는 바닥에 요것이 진을 치고 있어야 집 안에 우화가 없을 게다."

새로운 부적이 거실 바닥에 깔렸다. 가족이 포근히 둘러앉은 거실의 밖에는 날을 곤두세운 칼바람이 이따금 심술처럼 불어 다녔다. 거

실 유리 벽을 뚫고 들어 온 정월 대보름 햇볕은 아무 일 없는 듯 따사
했다.

6
정신의 그믐

그놈의 느릿한 걸음

시선을 향하게 하는 검은 물체가 가끔씩 나타났는데 시커먼 아궁이에서 튀어나온 놈인 줄 알았습니다. 그놈의 걸음걸이가 칠순은 지난 노인과 같은 움직임으로 하루에도 백 번쯤은 이발소 안마당을 횡단하며 인간의 흉내를 내고 있는 것입니다.

그놈의 느릿한 걸음에 시선을 얹고 있으면 이발사가 그놈처럼 보였고 이발소 여자와 함께 서 있는 그놈이 여자의 말을 듣고 있는 것처럼 보이기까지 합니다. 그런 그놈을 바라보고 있으면 내가 앉아 있는 거실이 깊고 캄캄한 갱도로 하강하는 화차처럼 아득히 꺼져내리는 환상에 사지를 버둥거려야 했는데 몸을 채우고 있던 영혼은 내가 앉아 있다가 허공이 된 곳에 남아 있는 것이 아닌가요? 내게는 정말 황당하기 짝이 없는 놈입니다.

잠을 자야 한다, 잠에 빠져들어야 한다. 내 몸에서 이탈한 나를 내 몸으로 불러와야 한다. 잠에 빠져들어야 그놈이 사람의 말을 듣고 이발사가 그놈이 되는 악몽에서 깨어날 수 있다. 주문을 외우며 잠을 청합니다. 눈앞의 얼토당토않은 상황을 부정하며 외면하려 버둥대는 것이지요.

잠의 끄나풀을 내 몸 어딘가에 씨줄로 달아야 한다. 사지를 사방으로 뻗고 잠을 잡아들이는 촉수를 한껏 벌립니다. 잠은 쉽사리 잡혀 오지 않고 남한강물이 샅으로 유유히 흘러옵니다. 강물에는 검은 개들이 떠내려오고 있었습니다. 떼를 지어 떠내려오는 검은 개의 컹컹거림에 놀라 눈을 뜨면 안마당의 그놈이 나를 바라보고 있습니다. 하품을 해대며 조롱하기까지 합니다.

그놈 때문에 엉뚱한 버릇이 생겼습니다.

오늘도 어제처럼 거실 소파에 앉아 옆집 안마당을 엿보고 있습니다. 창가에 기대선 채 소백산을 갓 넘어온 햇살이 소멸되고 있는 이발소 안마당을 내려다볼 때도 있습니다.

아무리 이웃이라지만 남의 집 안마당을 몰래 내려다보는 것은 바람직하지 않지요. 더욱이 중학교 교사인 내가 옆집 안마당을 몰래 훔쳐보고 있다니. 비밀스럽고 비윤리적인 습관을 누군가 알게 된다면 정말 난처한 일이 아닐 수 없습니다. 봄에 생겨난 훔쳐보기는 여름에 절정을 맞고 있습니다. 버려야 한다며 나 자신에게 쉼 없이 채찍을 가해왔지만, 여름이 가도록 버리지 못하고 있습니다.

거실에 앉아 이발소를 바라보면 마당과 안채 마루가 보이고 몸을 일으키면 수돗가와 푸성귀가 있는 텃밭이 보입니다. 그 집에는 이발사와 부인과 처녀가 살고 있습니다. 이발사는 종일 이발소에 있고 마땅히 일거리가 없는 부인과 배가 만삭인 처녀가 마루에 앉아있는 시간이 많이 있지요.

엿보는 것은 이발소도 아니고 마당도 아니고 수돗가나 텃밭도 아닙니다. 꼭 집어 말을 한다면 마루에 앉은 모녀를 그저 바라보고 있는 것이지요. 아니 마루에 앉은 처녀의 부른 배를 바라본다고 해야 옳습니다.

이발소 마당이 내려다보이는 거실의 벽면이 통유리로 되었다는 것이 약간의 구실이 될까요? 거실의 벽면이 반투명유리로 되어 있습니다. 안에서는 밖이 모두 보이지만 밖에서는 안이 보이지 않고 들여다보려 눈길을 던지면 자신의 모습이 투영되는 유리로 되어 있습니다.

내려다보지 않으려 해도 저절로 시선이 가기 때문에 어쩔 수 없이 이발소 안마당을 훔쳐본다고 항변을 해 보지만 설득력이 없다는 것을 알고 있습니다. 가족을 충주에 두고 홀로 있는 시간이 많은 탓으로 둥둥 떠다니는 구름을 보며 그저 바라보기만 하던 풍경이었는데 습관이 되었습니다.

내가 왜 이발소 안마당이 내려다보이는 소백산 자락에 살게 되었는지 곰곰이 생각도 해보았는데 엉뚱하게도 잠깐의 오기가 그 해답이었습니다.

"명년 삼월 정기 인사에는 기필코 소백산 근처로 가야지."

참꽃이 볼연지를 바르듯 남산 자락에 번진 봄날이었지요. 밥상머리에서 꺼낸 나조차 황당할 정도로 뜬금없는 말이었습니다.

"아빠, 그 소리 열 번도 더 들었어요."

딸이 불쑥 나섰습니다. 소백산 자락을 늘 동경하는 내 속을 고등학교 이 학년인 딸은 이미 알고 있었습니다.

"비싼 밥 자시면서 헤픈 소리 마시고 이발이나 하소."

아내도 덥수룩하게 자란 머리칼을 흠잡으며 나를 비꼬았습니다. 나는 그때 식탁에 앉아 모녀에게서 굉장한 서운함을 느꼈습니다. '그래? 두고 보자!' 아내와 딸에게 오기를 품었습니다. 씹지도 않은 밥알에 오기를 묻혀 꾸욱 삼켰지요. 오기를 삼키니까 이상한 희열감이 오더군요. 오기란 원래 일종의 자아도취가 아닐까요? 자아도취에 몰입되니까 싸우지도 않았는데 패한 자도 없는데 굉장한 승리감까지 몰고 오더군요. 그래서 어른들이 아무것도 아닌 것을 가지고 토라지고 투정을 부리는가 봅니다. 코흘리개 어린아이처럼.

얼굴을 식탁에 처박고 밥을 먹으면서 가슴 밑바닥에 응고된 기억 하나를 떠올렸습니다. 아내의 입에서 나온 이발소라는 말에 기억 하나가 선명하게 눈앞에 나타났습니다.

그레이하운드 고속버스와 삼륜차가 가끔씩 질주하는 고속도로, 그 밑을 관통한 콘크리트 통로, 파란색 또는 주황색이 칠해진 슬레이트 지붕들, 하얀 페인트칠이 벗겨나간 간판의 빨간 글씨, 삐걱거리는 이발의자와 머리를 감아주던 빨랫비누, 감나무 아래 들마루….

"세상을 살려면 과거를 모두 기억해서는 안 된다."는 글을 읽은 적이 있습니다. 기뻤던 일들은 덤불에 싸질러지는 불꽃처럼 급하게 피웠다가 바람에 흩날리는 재처럼 스쳐 가지만, 슬펐거니 괴로웠던 기억은 쇠똥에 붙은 불씨와 같습니다. 은근하고 오래오래 불씨를 담고 있는 것처럼 가슴 밑바닥에 살아 있다고 하지요.

기억 모두를 실타래처럼 꿰어 뇌리에 담고 살 수가 있을까요? 회한과 자책에 견디지 못하고 아마 목에다 올가미를 걸었을지도 모릅니다. 어찌 보면 인간은 아픈 기억 하나도 감당하지 못하는 나약한 존재인지도 모릅니다. 자신의 무게조차 견디지 못하고 생을 포기하는 존재인지도 모릅니다.

식탁에서 내게 안겨준 비웃음을 아내와 딸이 까마득하게 잊고 있을 때, 소백산 자락인 가곡중학교로 발령이 났습니다. 아내는 망연자실한 표정을 이틀쯤 달고 있더니 짐을 꾸리기 시작했습니다. 따라 나설 참이었지요. 아내의 의도를 받아들일 수 없었습니다. 고등학교 이 학년인 딸을 중학교가 간신히 있는 벽지로 데려갈 수도 없을뿐더러 아내와 같이 갈 생각이 있었다면 애초에 전보희망 내신서를 쓰지도 않았다고 각박한 말을 서슴없이 했습니다.

내가 소백산 자락으로 자청하여 온 것은 벽지 가산점수를 받아 교감이 되려는 것도 아니고 소백산 자락의 경치와 남한강 상류의 수려한 자연을 감상하려는 것도 아닙니다. 사십이 넘은 내가 간절히 원한 것은 새벽마다 남한강 방죽 길에 늘어진 능수버들에 자욱 자욱 매달리던 강 안개, 촘촘히 박힌 주먹돌이 햇살을 금수산 자락으로 되쏘아 올리던 합수머리, 또 어릴 적 아련한 추억 속의… 그녀가 있었습니다.

훔쳐보는 버릇 때문에 양심의 손상이 왔음은 틀림없습니다. 이발소가 있는 안마당이 아니었어도 훔쳐보는 습관이 생겼을까? 손상된 양심의 벽을 두드려보는 습관도 생겼습니다. 그것은 자책이라고 해야 옳겠지요. 그럴 때마다 온몸으로 가벼운 열기가 번지는 것이 감지되는 것을 어찌할 수가 없었습니다. 이발소가 아니었어도 훔쳐보는 습관이 정말 생겼을까요?

청첩장

청첩장을 펴들고 시선이 박힌 곳은 신부의 이름도 신랑의 이름도 아니었습니다. 신부 어머니의 이름을 소리 내어 읽고서 나는 참 비겁한 놈이었다는 것을 깨닫습니다.

작은 칭찬에 만용을 하거나 나보다 약한 자에게 우쭐해서 비겁한 것이 아닙니다.

죽을 때까지 잊지 않겠노라고 맹세한 그녀를 방치했습니다. 평균 수명을 산다 해도 앞으로 이십오 년은 더 살 수 있는데, 가늠할 수 없는 수 해 전에 이미 그 맹세를 잊었습니다. 내 몸에서 기생충을 배설하듯 그녀를 버렸습니다. 끝내는 그녀의 존재까지 잊었습니다.

"청첩장이 왔어."

아침에 출근하여 자리에 앉는 순간에 충주에 있는 아내로부터 전화가 왔었습니다.

"지금 회의 중이야."

통화를 어서 끝내고 싶었습니다. 버둥거리듯 아내에게 말했습니다. 진짜 회의 중인 것처럼 낮고 질긴 음색으로 위장하는 것을 잊지 않았습니다.

"당신 재당숙모라는 사람이 딸을 여읜다고…."

수화기를 내려놓았습니다. 아내의 말을 끊어버린 것이지요. 아내의 손에 들려있을 청첩장이 별난 것이라는 생각을 했습니다. 회의 중이라는 핀잔에도 말을 이어갈 만큼의 별난 것을 손에 들었음이 분명했습니다.

재당숙모? 내게 재당숙모가 있었던가? 아무리 기억의 고리를 들추어봐도 내게 재당숙모라는 피붙이를 생각해낼 수가 없었습니다.

이틀 후, 그 청첩장이 우편으로 내게 왔습니다. 그런데 아내가 보낸 우편이 아니었습니다. 전화를 걸어 동일한 청첩장임을 확인까지 했습니다. 하지 말아야 할 전화였습니다.

"당신에게 또 보냈어? 당신 있는 곳을 알려 달라 해서 불러줬더니 그리로도 보냈단 말이야? 그 사람들 왜 그래? 자식 혼사로 한몫 잡으려는 사람이 사는 세상이라니까."

아내가 불평을 보내왔습니다.

"꼭 와주기를 바라는 마음에서 또 보냈겠지."

"그래서 갈 거야?"

아내의 씨근대는 숨소리가 들렸습니다.

대답할 수가 없었습니다. 생각이 여러 갈래로 흩어지고 있었기 때문이었지요. 청첩장에서 신부 어머니의 이름을 보고서야 재당숙모라는 사람의 정체를 알았습니다. 아, 머리가 핑 돌고 다리가 휘청거려지는 이름이었지요.

그 청첩장은 빛이 바랜 한 장의 사진으로 내 동공을 찔러오기 시작하더군요. 홍실과 금박이 새긴 고급 청첩장이 한 장의 빛이 바랜 사진으로 나를 어지럽게 했습니다.

청첩장을 들고 뜨거운 햇살이 종일 쏟아졌던 강가로 나갔습니다.

강자갈이 발바닥에 뜨겁게 닿더니 화롯불 같은 열기가 내 가랑이를 거쳐 얼굴까지 확확 달아올랐습니다. 강물까지 걸어가는데 등줄기와 가랑이가 후줄근하게 젖었습니다.

강가에 섰습니다. 송사리 떼가 몰려 놀다 화들짝 놀라 달아나더군요. 송사리 떼마저 나의 존재를 외면하는 것일까요? 강자갈을 달구던 열기가 아찔한 현기증으로 몸을 휘감았습니다.

땀에 흠뻑 젖은 중년 사내가 잔잔한 강물에 서 있습니다. 사내의 손에는 청첩장이 들려 있습니다. 사내와 함께 일렁이는 청첩장에 저녁 햇살이 누렇게 내려앉고 있습니다.

거친 여울이 사내의 눈동자에서 쿨렁거렸습니다. 사내가 문득 뒤를 돌아보았습니다. 어지럼증을 돋아 내는 마술의 연기가 지펴진 듯 열기가 아지랑이처럼 가물거립니다. 사내는 어지럼증을 참으려 입술을 깨물었습니다. 익는 강자갈에 현기증을 느낀 사내가 강을 향해 돌아섰습니다. 사내가 자리에 주저앉았습니다.

머리칼이 흐트러져 뺨에 늘어진 얼굴. 입술이 두툼하고 눈이 움푹 들어간 것처럼 볼에 살이 많은 여자가 강물에 어른대고 있었습니다. 아주 짧은 순간의 허상이었습니다.

도심을 벗어나 한적한 시골 도로를 지나노라면 생각나는 누나가 있습니다. 시골 도로가 모두 그 누나를 생각나게 하는 것은 아닙니다. 이차선 아스팔트 도로의 양쪽으로 키꺽다리 미루나무가 열 지어 선 도로. 콩새만 한 미루나무 잎이 바람에 수런거리는. 그렇습니다. 여름일 때 그 누나가 생각납니다. 행군하는 미군 병사처럼 잎 떨림으로 수런거림을 멈추지 않는 미루나무 가로수 이차선 도로를 지날 때 차에서 내리고 싶은 충동이 생겨납니다.

그러면 어김없이 신작로를 따라 걷고 싶어집니다. 한쪽 발은 아스팔트에 다른 발은 미루나무 밑동이 박힌 갓길 맨땅을 밟으면서 절뚝절뚝 걸어가다가 다리로 접어들면 개울 건너에 시커멓게 입을 벌린 지하 통로로 빨려 들어가는 환상에 몰입됩니다.

허리 잘린 산들이 누렇게 상처를 벌려 막 개통이 된 고속도로로 이따금씩 삼륜차나 그레이하운드 고속버스가 달렸습니다. 고속도로 때문에 평지에 생겨난 지하 통로를 빠져나가면 마을이 있었습니다. 마을을 관통하는 길의 중간 지점에 그 누나가 살던 집, 이발소가 있었습니다.

지금도 미루나무가 가로수로 선 신작로를 보면 걷고 싶어집니다. 고속도로 때문에 평지에 생겨난 지하통로를 보면 그곳으로 천천히 걸어 들어가고 싶어집니다. 중학교 일 학년쯤이었을 내 나이 열넷의 아이였을 때처럼, 이제는 얼굴조차 가물가물해진 누나를 보기 위해 허름한 시골집 이발소의 문틈에다 눈알을 들이밀고 싶어집니다.

그날, 그 엄청난 광경 때문이었을까요? 내 안에 누나와 이발소가 아직 생경하게 남아 있습니다. 그러나 이십 년이 훨씬 지난 그곳에 이발소도 그 누나도 없습니다.

한식날의 성묘길이거나 백중날의 벌초를 위해 선산을 찾아가는 길목에서 환영처럼 이발소를 보곤 합니다. 물론 누나도 떠올립니다. 이발소의 겉모습은 물론 내부의 이발 의자와 머리를 감아주기 위한 세면대도 생생하게 기억해냅니다. 하지만 아쉽게도 누나의 얼굴은 해마다 다르게 떠오릅니다.

　사실 누나의 얼굴을 확실하게 기억하고 있지 못하고 있는 것입니다. 기억의 언저리에 함초롬 앉아 있는 것은 누나의 이름과…… 흰색 바탕에 검은 점이 공기 방울처럼 번져 있는 치마와 분홍색 팬티와 또…… 음모가 시커멓게 돋은 샅뿐입니다.

　사위가 깜깜하여 문득 여울 소리가 다시 들립니다. 해가 절벽 너머로 떨어졌습니다. 여울이 쉼 없이 쿨렁이며 세월을 덧새기고 있었습니다. 절벽을 타는 앉은뱅이 나무에다 나이테를 새기면서 울부짖고 있습니다. 여울이 늙은 짐승처럼 울부짖어도 계절을 지나는 바퀴는 변화가 없습니다.

　어둠이 산발적으로 기습하듯 몰려왔습니다. 소백산 자락에서 팔을 벌려 강을 껴안듯 내려왔고 깊은 골짜기에서 검은 바위가 안개처럼 부풀어지면서 오기도 했고 햇살을 은비늘처럼 튕겨 내던 여울에서 뭉게뭉게 피어나기도 했습니다.

　거실로 돌아와 냉장고를 열어 냉수를 한 컵 가득 마셨습니다. 의자에 앉아 불이 켜진 이발소 안채를 내려다봅니다. 저녁 식사를 굶은 탓인지 배에서 쪼르륵 소리가 났습니다. 뒤를 돌아보았습니다. 아무도 없습니다. 누군가 내 어깨에 손을 얹어주었으면 좋겠다는 생각을 합니다.

　이발소 안채에 켜졌던 불이 툭 꺼졌습니다.

　'오늘 같은 날 아내라도 곁에 있었으면.'

　멀리서 강의 울음소리 같은 것이 들렸습니다. 덩치 큰 산이 흐느끼는 소리가 아닐까요?

어둠 속의 청첩장이 덩치 큰 산의 흐느끼는 소리를 빨아들이듯 유독 말간 빛을 발산하고 있습니다. 재당숙모가 청첩장을 봉투에 넣기 전에 오래오래 바라본 것일까요? 오십이 넘어 거칠어진 손으로 한참이나 만지작거린 것은 아닐까요? 재당숙모의 눈빛이 까슬까슬한 감촉이 저 청첩장에 묻어있는가 봅니다. 종이가 저렇게 말간 빛을 내는 것은 처음입니다.

갈매기의 눈

비가 오네요. 이것도 비라고 할 수 있을까요? 마치 안개를 그린 정물화 같습니다.

여름인데 비답지 않은 비가 눈앞을 가리고 있습니다.

자세히 바라보면 방울이랄 것도 없는 비가 시야를 뿌옇게 가립니다. 겨우 먼지가 날리지 않을 정도로 조금씩 내리는 것을 먼지잼이라고들 흔히 말하지요. 그런 비가 내리고 있습니다. 더러는 땅에 닿지 못하고 허공에 갇혀 있습니다. 불쌍하다는 생각이 듭니다. 마땅히 갈 곳이 없어 이 방 저 방 오가며 빈둥대던 내 처지와 같습니다.

이 정도 비로는 산에 오를 수 있다는 판단이 서니 마음이 급해집니다.

등산화가 마른 흙을 뒤집어 올립니다. '이것은 비랄 수도 없는······.' 중얼거리는데 문득 깨어난 생각인 듯 물방울이 목덜미를 선득하게 적십니다. 시야가 확 살아나더군요.

너무 익숙해서 알지 못했던 것들. 산과 나무, 나뭇잎과 내가 오를 등산로와 또 저기 능선이 갑자기 다가와 있습니다.

등산로 입구에는 솟대가 있습니다. 벌써 가슴으로 차오른 숨을 억누르며 솟대를 올려다봅니다. 아, 갈매기가 묶여 있네요. 깃털이 모두 뽑힌 갈매기. 눈알이 까맣게 박힌 눈. 하늘을 향해 시선이 살아 있습니다. 솟대에 묶이지만 않았다면 허공으로 푸드득 날아갈 것만 같네요. 그래서 갈매기 깃털을 만들지 않았나 봅니다. 어느 밤, 어느 새벽에 정적의 늪으로 후루룩 날아갈까 깃털이 없습니다.

정상에는 노부부가 이미 와 있습니다. 사람들이 수없이 앉았던 바위. 이미 표면은 사람의 살갗이 되었음직도 한 바위에 그들이 앉아있습니다. 부부만의 기억이 몸에서 바위처럼 응고되고 있는 것일까요? 부부의 몸이 좀처럼 움직이지 않네요.

남자는 허리가 개미처럼 잘록하네요. 여자는 목이 오히려 머리보다 두꺼울 정도로 살집이 풍만합니다. 남자는 살면서 살을 조금씩 깎아낸 듯 몹시 궁핍해 보이네요. 여자는 살아온 세월이 뭉글뭉글한 기름 덩어리가 되어 육체에 들러붙은 것 같습니다.

나이를 먹는다는 것은 자신의 몸뚱이에 대해서조차 세상에 내맡기는 것일까요? 목욕탕에 가면 누가 더 때를 빡빡 밀어내며 저 나이를 살아왔을까? 남자의 깡마른 몸과 여자의 부풀어 오른 몸집을 번갈아 훔쳐보며 생각에 잠겼지만, 답이 없습니다. 남자의 몸과 여자의 몸이 각기 다른 답의 정의와 그럴듯한 가설을 담고서 조곤조곤 그들만의 밀담을 나누고 있습니다. 골짜기를 메운 숲을 얘기하며 각자의 기억을 지워내고 있는 것은 아닐까요?

내가 그들의 방해자가 되고 있음을 깨닫습니다. 그들의 소곤거림이 뜸해지고 시선이 내게로 흘깃 던져지고 있으니까요. 자신들보다 젊고 탄탄해 보이는 내 몸에 대한 부러움일 것이라는 생각을 붙들고 산에서 내려옵니다. 그러나 얼토당토않은 오만이라는 것을 산 중턱에도 못 미쳐 깨닫습니다. 비에 씻긴 산과 능선과 나무는 물론 풀잎 한 닢조차 내 몸보다 훨씬 싱그러웠으니까요.

이발소 문이 열려 있습니다. 이발사는 보이지 않네요. 또 술을 마시러 갔을까요? 벌써 술에 취해 이발소 의자에 고꾸라져 있는 것일까요? 이발소 안채로 들어갔습니다. 배가 불룩한 처녀는 보이지 않고, 어떤 여자가 젖은 짚더미처럼 마루에 앉아 있습니다.

"산에 다녀오셔요?"

여자의 몸이 화폭에 담긴 중세의 여인처럼 보입니다. 산에서 가슴을 비워 두고 내려와서일까요? 여자의 몸이 정말 풍만한 중세의 여인처럼 보입니다. 몸에 감고 있는 옷자락을 거두어 낸다면 르네상스 화가 보티첼리의 화폭에 누운 살집이 도톰한 육체가 드러날 것만 같습니다.

여자에게서 축축한 느낌이 발산되고 있네요. 보티첼리의 여인도 비에 젖고 있나 봅니다. 그 느낌의 근원은 초점이 없는 눈빛. 빗줄기가 없으니 비를 응시하는 초점도 흐리겠지요? 어쨌든 여자의 모든 것이 눈동자에 흐릿하게 들어앉아 있는 느낌입니다.

여자의 치맛자락이 댓돌에 늘어져 있습니다. 목덜미에 코를 박고 있는 검둥개의 젖줄이 유난히 불어 보입니다.

"새끼를 가졌나 봐요?"

흐릿하게 눈동자에 빠져 있는 여자를 건져 올리듯 말을 건넸습니다.

"요맘때면 꼭 여덟 마리 새끼를 낳아요. 해마다."

여자가 느릿느릿 몸을 고쳐 앉습니다.

"해마다 여덟 마리를?"

"뭣에 홀렸는지 아님 영악해서인지 오 년을 내리 그래 왔어요."

여자의 입에서 나온 영악이라는 말에 소백산 연화봉을 바라봅니다. 검둥개가 내 속을 읽었는가? 코를 목덜미에 박고서 연화봉을 올려다보고 있습니다.

"그럼 저 검둥개가 돈 좀 벌어 주었겠네요?"

"돈요?"

여자가 말끝을 흐리고서 마루를 손바닥으로 훔칩니다. 손바닥이 쓸고 간 자리에 몸을 얹었습니다.

여자와 나란히 마루에 앉아 있는 것은 아주 흔한 일입니다. 퇴근하면 이발소 안채에 꼭 들리곤 하지요. 여자와 배부른 딸이 마루에 나란히 있을 때가 거의 대부분입니다. 산달이 가까워 배가 부른 딸은 벽에 기댔던 상체를 잠깐 일으켰다가 다시 기대는 것으로 아는 척을 합니다. 마루에 모로 누웠던 여자는 일어나 앉으며 희미한 웃음을 보내기도 합니다. 때로는 치맛자락이 걷혀져 그녀의 오동통한 허벅살이 하얗게 드러날 때도 있습니다. 강 건너 석회암 절벽 위로 햇덩이가 머리를 푸는 퇴근 무렵인지라 이발사는 낮에 마셨던 술의 잔재에 마지막 시달림을 받는 시각이기도 하지요.

일요일인 오늘은 만삭의 딸과 숙취의 잔재에서 허우적이는 이발사의 모습이 보이지 않습니다. 비안개가 소백산 자락에 자욱하여 외출할 리도 더욱 만무한데. 문득 닫힌 방문에서 누군가 내 어깨에 손을 얹는 기척이 왔습니다. 훌쩍 뒤를 돌아보니 방문이 닫혀 있습니다.

"아들이 휴가 왔어요."

문이 닫힌 방에서 누군가 돌아눕는 기척이었습니다.

"아드님이 군에 갔다더니."

"어젯밤 늦게까지 읍내에서 친구들이랑 술 마시고 새벽에 왔어요."

가늘게 코를 고는 소리가 들렸습니다.

검둥개가 머리를 쳐들면서 여자의 치마가 흔들렸습니다. 이발소에서 이발사가 거위처럼 걸어 나와 마당을 가로질러 수돗가로 갑니다. 꼭지에 달린 고무호스를 입에 물고 콕을 틉니다. 벌컥벌컥. 이발사의 목울대가 연동합니다. 술에 전 걸음걸이는 어설픈데 막걸리 대접이나 수도 꼭지 고무호스를 입에 물었을 때의 목울대는 언제나 격합니다. 연화봉 상공에서 스러지는 별똥처럼 이발사가 마당을 가로지르고, 잠깐의 고요가 응고합니다. 검둥개가 목덜미에 코를 묻습니다.

"작년에 번식한 새끼들은 전부 내다 팔았나 보죠?"

"혼자 오셔서 적적한데 한 마리 드릴까요?"

"그게 아니라 마리당 얼마를 받았더라도 매년 고정 수입을 올렸을 거라는 생각이 들어서요."

"고정수입이라…."

여자가 말끝을 허공에 흩뿌립니다. 조금 전에 이발사가 들어간 문으로 시선이 닿고, 이어 그녀의 웃음이 피식 터집니다.

"고정수입은 올렸지요. 돈이 수중에 들어오지는 않았지만."

방에서 뒤척이는 소리가 납니다. 이를 가드득 갈며 옆구리를 벅벅 긁고 있을지도 모른다는 생각이 스쳐 갔습니다.

"이발소에 있는 화상이 전부 먹어 치웠어요. 날마다 술에 절어 사는 저 화상이 저렇게 걸어 다니는 것은 말짱 여기 검둥개 덕이라오."

여자가 발바닥으로 검둥개의 머리를 어루만집니다. 검둥개가 귀를 잔뜩 오므리고 눈동자를 치켜 뜨더군요. 이놈이 정말 사람의 말을 듣고 있는 게 아닐까요?

"여덟 마리씩을 해마다?"

"못 믿겠으면 이놈한테 물어봐요."

여자의 발가락이 검둥개의 귀를 툭 건드리자 검둥개의 눈초리가 내게 쏘아집니다. 개 눈깔이 섬뜩하더군요. 여덟 마리씩을 오 년이나 낳았던 개라서 눈깔이 무서워진 게 아닐까요?

"말 못하는 짐승이지만 아마 그 답은 해줄 거예요. 새끼를 오 년 동안 잡아먹은 저 화상을 아무리 미물이라고 하지만 모르겠어요?"

검둥개가 성큼 일어났습니다. 순간 나는 다리를 오므렸습니다. 다행히 검둥개가 마당을 가로질러 사립문 밖으로 나갔습니다.

"저것 보셔요. 저놈도 말을 다 알아듣고 있어요."

여자가 희미하게 웃었습니다. 선득한 기운이 목덜미로 감돌더군요.

"수컷도 이 동네에 있어요?"

"그놈도 죽었지요. 맨 나중에."

여자의 말을 이해할 수 없었습니다. 무슨 소린지 모른다는 눈빛을 던졌습니다.

"새끼의 아버지는 맨 나중에 죽었어요. 초여름에 여덟 마리의 새끼를 낳아 놓으면 늦은 가을부터 한 마리씩 목을 달아요. 새끼 중에 제일 튼튼한 수컷은 살려두었다가 검둥개랑 접을 붙여요. 새끼가 든 것을 확신하면 그 수컷도 저 화상의 손에 목이 달리고 말지요."

자식이 성장해서 수컷이 되었으니 어미가 암컷이 된다는 말인가.

"그렇다면 자식과 어미를 교접시킨다는 말인가요?"

"억지로 교접을 시키는 것은 아니지만 그렇다고 해야 옳지요. 다른 수컷을 가까이 해주지 않으니 자식과 어미의 교접이 이루어질 수밖에 없지요."

생존경쟁이 아닐까요?

새끼를 낳을 수 있음이, 한 배에 여덟 마리나 낳을 수 있는 경쟁력이 있기 때문에 살아남은 것이 아닐까요? 새끼보가 퇴화되어 수태를 하지 못한다면 경쟁력을 잃을 것입니다. 제가 낳은 암컷에게 생존의 자리를 빼앗기고 목이 매달리겠지요. 새끼를 밖으로 밀어 내는 힘이 떨어지면 새끼를 낳을 수 없으므로 생존경쟁에서 도태되는 날이 머지않아 올 것입니다. 오 년이나 새끼를 여덟 마리씩 낳아왔으니 그날이 멀리 있지 않을 것입니다. 눈깔이 제아무리 섬뜩하다 해도 곧 죽을 날을 맞이해야 하는 검둥개가 보이지 않습니다.

방문이 벌컥 열렸습니다. 죄를 지은 사람처럼 화들짝 놀라 방에서 나온 아들을 바라보았습니다. 검둥개의 근친상간에 대한 생각이 내게 남아 있어서일까요? 더구나 방에서 나온 청년의 어머니와 호젓하게 마루에 앉아 그런 생각을 담고 있었으니. 방에서 걸어 나온 청년도 동공을 키우고 날 바라봅니다. 좀 겁이 나더군요. 술의 잔재가 눈자위로 검붉게 남아 있어서일까요? 처음으로 맞닥뜨린 낯선 존재가 부담스러워졌습니다. 여자와 배부른 딸을 훔쳐보는 습관에 방해자가 나타났다는 판단 때문이었을까요? 안하무인격으로 버릇이 없어 보이는 녀석이 괜히 싫어졌습니다.

"성구야 인사해라. 옆집에 사시는 선생님이시다."

배가 부른 처녀 성자의 오빠, 성구가 뒤통수를 긁으며 상체를 꼬부렸습니다. 짧게 깎은 머리, 구릿빛 피부. 아직 가시지 않은 술기운이 눈가에 벌겋게 어려 있습니다. 몸집에 맞게 살이 붙은 다부진 체구. 성깔도 있어 보였습니다.

"반가워요. 휴가를 나왔다고?"

손을 쑥 내밀었습니다. 투박한 그의 손이 덥석 잡아오더군요. 이놈도 술 꽤나 먹겠구나. 검둥개가 나간 사립문으로 시선을 피하며 속말을 하였습니다.

"어디 갔어요?"

성구가 손을 쑥 뽑아 마당으로 내려섰습니다.

"이발소에 계셔. 가서 인사드려라. 술 취해 가지고 인사도 제대로 못 드렸지 않니."

검둥개가 어느새 마당 가운데 서서 여자의 말을 듣고 있었습니다.

"성자 어디 갔느냐고요."

성구는 아버지가 아니라 여동생인 성자의 행방을 알고 싶은 것입니다.

"충주 외가에 갔다."

여자가 자세를 고쳐 앉으며 막대기를 툭 분지르듯 말을 던졌습니다.

"외가에? 언제?"

검둥개가 성구의 발등을 핥았습니다.

"닷새 전에 갔다."

여자의 시선이 내 동공에 꽂혔습니다. 여자가 움찔하더니 이내 정색을 하더군요. 여자는 휴가를 온 아들에게 단호한 목소리로 거짓말을 하고 있습니다. 닷새 전이라니. 바로 엊그제 저녁만 해도 마루에 부른 배를 안고 앉아있던 처녀가 닷새 전에 충주로 갔다니. 성구는 여자의 말을 의심하지 않는 눈빛입니다. 어제 늦은 밤에 휴가를 왔으니 어제 저녁나절에 성자가 마루에 앉아 있었던 사실을 모를 수밖에 없지요. 수돗가로 가는 성구의 발에 검둥개의 옆구리가 채였습니다. 검둥개가 늘어진 젖줄을 탈랑탈랑 흔들면서 수돗가로 갔습니다.

여자와 시선이 또 부딪혔습니다. 당황하는 빛이 역력합니다. 아들에게 거짓말을 해야 할 이유가 있는 것일까요? 무언가가 숨겨진 느낌. 여자의 얼굴색에서, 여섯 달 만에 휴가를 왔다는 성구의 모습에서 모락모락 피어나는 형언키 어려운 느낌을 떨칠 수가 없었습니다.

"배고프지 않니?"

여자가 일어섰습니다. 성구가 속이 마뜩지 않은 듯 손바닥으로 배를 문질렀습니다.

"선생님도 한 술 들고 가세요."

여자가 부엌으로 갔습니다. 성구가 여자의 자리에 몸을 얹었습니다. 군복 앞가슴에 노란 헝겊 띠 두 개. 일병입니다. 입대한 지 육 개월부터 일 년 육 개월 사이에 달고 있는 계급장이지요.

마당 가운데로 걸어 나왔을 때.

후드득.

비가 신들린 것처럼 갑자기 굵어졌습니다. 허공에 갇혀 있던 물방울이 마침내 제 무게를 견디지 못하고 움직이기 시작한 것입니다.

"어머 빗방울이 닭똥만 하네."

여자가 부엌에서 고개를 내밀고 급작스럽게 소리쳤습니다. 사립문을 걸어 나오는데 벌써 빗물이 머리칼에서 주르륵 흘러내렸습니다.

굵은 비를 좋아합니다. 절벽 아래 여울로 푸지게 쏟아지는 햇살이 곧 있으므로. 푸짐한 햇살에 몸을 널어 말리며 천천히 걸어왔습니다.

목덜미를 타고 내린 빗물이 가랑이로 흥건하게 흘러내렸습니다. 그 느낌이 너무 좋았습니다. 은밀한 기쁨이 내 안에 들어찹니다. 미적지근한 비에 젖어 있을 소백산이 아닙니다. 비로소 덩치 큰 소백산이 비다운 비를 불러왔습니다. 표창 같은 굵은 빗방울을 불러다 자신을 닦아내고 있습니다.

도로에서 강변으로 내려갔습니다. 하얗게 말라있던 자갈이 벌써 제 색깔을 드러내고 있었습니다. 소백산 큰 덩치가 가물가물 멀어지는군요. 빗물이 물감이 되어 산을 지우고 있습니다. 하늘이 크게 노하여 세상이 소멸하고 있는 듯합니다.

강물에 다다를 때까지 걸어갔습니다. 비는 여전히 굵었습니다. 강물을 따라 상류로 걸어갔습니다. 빗물이 가랑이로 시원하게 흘렀습니다.

비안개가 소백산을 모두 지웠습니다. 표창 같은 빗방울이 산의 표피를 벗겨내고 있는 것일까요? 비안개가 움직이고 있습니다. 산이 푸른 머리채를 휘저으며 몸부림치고 있는 것일까요? 비안개가 산의 이마를 어루만지며 천천히 움직이고 있습니다.

벗겨진 표피가 골짜기로 거세게 쿨렁거리면 죽은 듯 누워있던 소백산이 기지개를 켜면서 벌떡 일어날 것입니다. 쇠잔등 같던 줄기가 꿈틀거리고 쇠털처럼 박혀있던 나무들이 요동을 치겠지요. 계곡물이 아우성이고 숲은 어깨동무하고서 말갛고 투명한 삶을 예찬할 것입니다.

비를 맞으면서, 하얗게 지워진 소백산을 향해 수음을 하고픈 충동이 생겼습니다. 폐쇄되지 않은 공간에서 그런 생각이 떠오르다니. 트윈 강변이 아니었다면 수음을 했을지도 모릅니다.

어제 인터넷에서 코쿤이란 정보를 우연히 검색하게 되었습니다. 딩크족과 여피족의 뜻을 찾다가 우연히 찾은 족속이 코쿤족이었습니다. 얼굴이 화끈 달아오르면서 끝내 감추고 싶은 비밀이 벌떡 일어나 가슴에 방망이질을 하더군요.

어렸을 때 숨바꼭질을 할 때도 난 기상천외한 곳에 숨어 있기를 좋아했습니다. 이 때문에 매번의 술래잡기에서 술래가 날 찾기란 거의 불가능했지요. '못 찾겠다 꾀꼬리 바가지 쓰고 나와라.' 술래잡기하던 아이들의 합창이 있고 나서야 모습을 드러냈으니까요. 아이들은 나와 술래잡기하는 것을 싫어했습니다.

아무도 없는 좁은 곳, 남의 눈에 띄지 않는 곳에 숨어 있었을 때 난 어린애였지만 막연한 그리움, 아마 이성의 다른 누군가와 이곳에 있었으면 하는 욕구인 듯한 상황을 즐겼던 것 같습니다.

가슴에 방망이를 들이대는 그 부끄러운 고백을 해야겠네요. 내가 가르치는 중학생이 듣는다면 제게 엄청난 수치임은 분명합니다. 성장 과정에서 맞닥뜨린 사건이기 때문에 혹시 성장기인 학생들에게 도움이 될 수도 있다는 생각이 들기도 하네요. 인터넷을 아는 요즘 학생들에게는 별 감흥도 없는 푸념거리가 되지 않을까 걱정도 됩니다.

아마 중학교 3학년 때였을 겁니다.

또래인 선자와 승섭이와 셋에서 해가 한 뼘 정도 남은 겨울에 숨바꼭질을 했지요. 술래 자리는 논바닥에 꽂힌 전봇대였고 숨을 곳은 탈곡 끝난 볏가리와 논두렁이었습니다. 승섭이가 술래가 되었을 때 숨었던 나와 선자가 나타나지 않아서 시시하게 끝이 난적이 있었습니다. 승섭이가 '무궁화 꽃이 피었습니다.'를 다섯 번 반복해서 오십을 헤아릴 때 볏가리로 숨어들었는데 선자가 먼저 숨어 있더군요. 우리는 모습을 감추려고 자꾸 안으로 파고들다가 몸을 밀착시키게 되었지요. 목구멍으로 침이 연신 넘어갔습니다. 부들부들 떨리는 몸을 서로 맞대고 한참을 있었는데 놀이가 끝났다는 승섭이의 악쓰는 소리가 막 들려도 거기를 나올 수가 없었습니다. 또 얼마간을 그렇게 있다가 아주 깜깜해지고 동네에서 개 짖는 소리가 들릴 때 선자의 사타구니에다 손을 넣자 선자가 끄응 신음을 흘렸습니다. 선자의 아랫도리를 발목까지 벗겨내렸습니다. 무슨 용기가 있어 그랬는지 지금도 알 수 없습니다. 뜨끈뜨끈한 선자의 거기에는 이미 음모가 새까맣게 퍼져 있었습니다. 선 채로는 도저히 어떻게 할 수가 없었습니다. 따뜻해진 내 것으로 더 뜨거운 선자의 가랑이에다 비비는 것으로만 알았지요. 볏가리에서 나와 논바닥에 짚을 깔고 선자가 누웠습니다. 그때 막 뜬 달빛에 선자의 사타구니와 허벅지가 하얗게 드러났습니다. 선자가 가랑이를 한껏 벌렸습니다. 턱턱 막히는 숨을 간신히 고르고 처음으로 여자의 벗은 몸을 바라보다가 돌아섰습니다. 나의 의도를 알아차린 선자가 옷을 주섬주섬 입었습니다. 부스럭거리는 소리에 더욱 숨이 막히기도 하였지만 끝내 선자를 향해 돌아서지 않았지요.

선자가 먼저 집으로 향하는 고샅으로 숨어들고 나는 선자가 알몸으로 누웠던 자리에 쪼그리고 앉아 있었습니다. 별이 빈들로 까르르 쏟아지고 있었습니다. 우리의 행위를 고스란히 내려다보고 있었던 것이지요. 여름에 먹던 옥수수가 생각났습니다. 찐 감자도 생각났습니다. 옥수수와 찐 감자가 입안에서 맛으로 맴돌았습니다. 배가 무척 고프다는 걸 느끼게 되더군요. 그러나 일어서면 옥수수와 찐 감자의 맛이 없어질까 한참을 앉아 있었습니다. 별은 잃었던 것을 생각나게 하고 배고픔도 잊게 해주는 묘한 힘을 내리쏟고 있었습니다. 스무 살이 넘어서 선자가 옆 동네로 시집을 가던 날 선자 신랑이 따라 주는 술을 마시면서, 그날 이후로 선자가 헤아릴 수 없이 나를 불러냈지만 안 나가기를 참 잘했다는 생각을 했습니다.

비가 멈췄습니다. 원래 강한 놈의 뒤끝이 깨끗하다는 말이 있지요. 세상을 뒤엎을 것처럼 내리쏟던 작달비가 언제 그랬느냐며 멈췄습니다.

텅 빈 운동장 가운데 버려진 공처럼 내가 강변에 홀로 서 있더군요.

둑을 오르다 패랭이를 밟았습니다. 팥알만 한 잎을 꼿꼿이 세우고 있었는데 알아채지 못한 것입니다. 도로를 지탱하고 있는 둑에는 원래 잔디가 심어졌지만 쑥부쟁이와 클로버가 자생하기 시작하였습니다. 며느리밑씻개와 멍석딸기까지 얼싸 껴들고 아카시아마저 문어발 같은 뿌리를 내렸습니다. 황급히 싸 갈긴 쇠똥무덤에는 뇌물을 잔뜩 처먹은 부패자같이 너무 진한 색깔의 쑥이 웃자라 있습니다. 그 쑥부쟁이 틈에 패랭이가 팥알만 한 꽃잎 간신히 들고 뿌리를 내린 것입니다. 밟혀 일그러진 패랭이를 보는데 어제 검색하였던 코쿤족이 떠오릅니다.

뜨개

꽃마다 향기가 다른 이유는 무엇일까요?

소백산 자락에는 꽃이 많습니다. 이름을 모르는 꽃이 훨씬 많기도 하지요. 벼랑에 암벽을 타며 꽃잎을 떨친 산나리, 돌무덤에 아지랑이처럼 피어 있는 꽃, 큰비가 쏟아지면 어쩌나 계곡 물가에 위태롭게 핀 달개비, 산자락의 맨살에 호강스럽게 핀 꽃들.

그런데 꽃마다 냄새가 다른 이유는 무엇일까요? 종류가 다르고 꽃마다 꽃 빛깔이 다르기 때문일 것이라는 아주 지극하고 간단한 추측을 할 수 있지만, 혹시 꽃을 바라보는 사람마다 품고 있는 생각이 다르기 때문은 아닐까요?

만둣집 여자가 지나가면 간장 냄새가 난다고 합니다. 그렇다면 고깃집 여자가 지나가면 등골이 서늘할까요? 젓갈댁에게서 짠 바다 냄새가 난다면 긍정할 수 있겠지만, 이발사 아내에게서 냄새가 난다면 누가 믿겠습니까?

그런데 이발소 여자를 생각하면 머리를 감아주던 빨랫비누 냄새가 콧속으로 치밀어 오릅니다. 더욱 이해할 수 없는 것은 그 빨랫비누 냄새가 내 몸에다 엷은 열기를 지핀다는 사실입니다.

빨랫비누 냄새 때문에, 아니 이발소 여자 때문에 내 안에 은밀한 코쿤이 생겨났습니다. 그 코쿤은 비밀스런 공간이었으며 그 비밀이 드러나는 것에 대한 두려움과 수치심이 엉겨 있습니다. 때문에 내 안에 똬리를 튼 코쿤에 대해 나조차 두려워하여 접근하지 않으려는 경향이 생겨나기도 했습니다. 그러나 비밀스럽기도 하였지만 내게는 신성하였기에 때로는 감히 접근하였고 또 어느 때는 그 공간을 풀어헤쳐 놓고 흥분에 사로잡히기도 합니다. 이발소 안마당을 몰래 내려다보는 습관처럼.

학교에서 돌아와 보니 충주에서 아내가 와 있더군요. 여자도 함께 있었습니다. 여자는 식탁에 앉아 부엌살림을 전시회장의 조각품처럼 바라보고 있었습니다. 트윈 케이스 거울을 코앞에 대고 입술에다 루즈를 바르던 아내의 눈이 심상치 않습니다.

"어제 먹은 양주가 영 안 좋아."

소파에 앉아 리모컨으로 텔레비전을 켜는데 정말로 속이 쓰라렸습니다.

"거봐 양주는 내 몫이라고 했잖아."

아내는 내 말을 그냥 흘려버리는 경우가 없습니다.

"양주를 드셨어?"

여자가 내 옆으로 걸어왔습니다. 여자가 내게 다가올 기회를 줄곧 기다리고 있었다는 생각을 합니다.

"소주만 마시면 딱 좋았는데 남의 양주까지 손을 대니 몸이 온전해?"

아무리 아내라지만 화장이 진행 중인 여자의 얼굴이 가관입니다. 마지막 포장을 남겨둔 아내의 얼굴은 영락없는 강시였으니까요.

"너무 하얗네요?"

여자는 내 속을 읽는 마법까지 가지고 있었습니다.

"이렇게 하지 않으면 까맣게 그을려요. 나이를 먹으면 얼굴하고 손이 늙는다고 하잖아요."

아내의 말을 받은 여자가 자신의 손을 바라보다가 엉덩이 뒤로 감추는 순간 나와 눈이 마주쳤습니다.

여자가 냉장고 채소 박스를 뒤져 호박과 파를 꺼내고 밀가루를 풀어 국수를 밀기 시작했습니다. 매일 술에 젖어 사는 이발사와 살아온 여자의 노하우인 것입니다.

"그냥 두세요. 내가 할게요."

아이라인을 그리는 아내의 엉덩이는 국수가 물에서 끓을 때까지 바닥에서 일어나지 않았습니다. 아내가 트윈 케이스 거울을 펴들고 볼에다 솜뭉치를 두드릴 때 얼큰한 냄새를 풍기는 국수 그릇을 가져왔습니다. 아내가 평소 끓여 주는 국수와는 달리 국물이 투명한 것이 보기만 하여도 메슥거리던 속이 시원해졌습니다. 시원한 국물이 속으로 들어가니 단번에 아랫배까지 시원한 느낌이더군요. 그런데 좀 싱거웠습니다. 숟갈을 놓고 냉장고로 걸어가자, '뭐 드려요?' 여자가 빠르게 걸어와 냉장고를 열었습니다.

"고춧가루."

여자가 고춧가루 통을 가져와 한 숟갈 넣어 주었습니다. 아내가 늘어놓은 화장품을 가방에 넣으며 물끄러미 바라봅니다.

"해장국처럼 후룩후룩 드셔요."

여자가 고춧가루를 바닥에 놓고 옆에 앉았습니다.

"가요."

아내가 여자를 일으켜 세웠습니다.

"식사 중인데 조금만 있다 가요."

여자가 머뭇거렸습니다.

"당신 어디 가?"

감히 아내의 외출에 대해 물었습니다. 여자가 함께 있어서일까요? 그렇다면 여자는 내게 용기를 주는 사람임이 분명합니다.

"아줌마랑 시장에 좀 갔다 오려고."

아내는 좀 뜨악해하는 눈빛입니다. 여자가 있었기에 아내는 내게 핀잔을 던지지 못합니다.

"시장에는 무엇하러?"

아내에게 캐묻는 용기까지 생겼습니다. 신기한 일입니다. 여자를 슬쩍 훔쳐봅니다. 여자는 우리 부부의 돌발적인 상황을 알지 못합니다. 여자에게는 늘 있는 사소한 일이기 때문일 것입니다.

"뜨개실 좀 사려고."

아내도 신발을 꿰어 신고서 여자를 바라봅니다. 여자는 아직 반 넘게 남은 국수를 바라보면서 선뜻 아내를 따라나서지 못합니다.

"어서 가셔요."

젓가락을 내려놓고 말했습니다. 아내가 신었던 신발을 벗고 내게로 오는 것이 내키지 않았지요.

"그래도 식사 중에는 나가는 것이 도리가 아닌데."

여자가 마지못해 신발을 신었습니다.

"아주머니가 뜨개질을 해보고 싶다고 해서 실과 뜨개바늘을 사러 가는 거니까 집 잘 지키고 있어."

두 여자가 집을 나가고 한 시간쯤 잤을까요? 싱크대에서 딸그락거리는 소리에 눈을 떴습니다. 내가 먹은 국수 그릇을 여자가 설거지하고 있었습니다. 그런데 아무리 둘러봐도 아내가 없었습니다. 내가 잠든 사이에 여자가 들어온 것일까요?

"놔두세요. 집사람이 하게."

감기는 눈을 억지로 뜨는 표정으로 말했습니다. 혹시 여자가 자신의 앞마당을 내려다보는 것은 아닐까 조바심도 일었습니다.

"더 주무셔요. 사모님은 날이 좋아 구경 좀 한다고 나루터로 갔어요."

햇살이 강렬하여 이발소 안마당은 온통 아지랑이 혼무였습니다. 이렇게 뜨거운 날에 나룻배를 타러 갔다고? 곤한 낮잠 탓인지 몸에 땀이 후줄근하게 쏟아졌습니다. 학교 다닐 때, 공부 시간에 책상에 엎드려 잠깐 졸고 나면 온몸에 땀이 쏟아지고 성기가 잔뜩 발기하곤 했었는데. 지금 그런 상태였습니다. 설거지를 마친 여자가 신발을 신었습니다.

"뜨개실이랑 바늘은 사셨어요?"

"사모님이 골라 주셨어요."

손에 든 쇼핑백을 들어 보이고 나가려는 몸짓을 했습니다. 여자가 이대로 나가면 굉장한 서운함에 휘말릴 것이라는 생각이 강하게 몰아쳐 오더군요.

"사모님이 오시면 뜨는 법을 좀 배워 보려고 했는데."

여자가 말끝을 흐렸습니다. 착각일까요? 여자도 그대로 나가기가 싫은 것이라는 판단을 했습니다.

"그거 섣불리 배우지 마셔요."

"왜요?"

문 손잡이를 잡은 여자가 몸을 내게로 돌렸습니다.

"할 일 없는 여자들이 심심풀이로 떴다 풀었다 하는 짓이지 아주머니처럼 바쁘신 분은 안 어울려요."

144

"나도 시간이 있어요. 어려서 벙어리장갑이야 떠봤는데. 커튼이나 식탁보처럼 뜨는 것은 알지 못해요."

"여하튼 우리 마누라처럼 할 일이 없는 여자들이 심심풀이 땅콩으로 하는 짓이니까. 초반부터 맘을 돌려 잡으세요."

"꼭 배워서 우리 이발소 거울에 레이스처럼 장식할 거니까 말리지 마세요."

기어코 뜨개질을 하겠다는 여자에게 할 말을 잃었습니다. 여자도 집을 나가려는 생각을 잊었는지 신발을 신은 채 장승처럼 내 앞에 서 있기만 하였습니다.

"정 고집을 피우신다면 여기가 이발소보다 시원하니까 좀 기다렸다가 배우고 가세요."

가슴이 쿵 내려앉는 용기였습니다. 그런데 여자가 신발을 벗고 올라섰습니다.

이발소 안마당이 훤히 내려다보이는 소파에 여자가 앉았습니다. 여자가 나의 생각대로 거실에 다시 들어왔는데 죄인처럼 구석으로 밀려나는 기분이었습니다. 여자의 시선이 자신의 안마당, 푸성귀가 심어진 텃밭을 내려다보고 있었기 때문이었습니다.

"나룻배 구경만 하신다더니 그여 나룻배를 타셨나?"

여자가 검지에 감았던 실을 풀러 쇼핑백에 담았습니다.

"요즘은 더워서 이발 손님도 없죠?"

"그려요. 농사철이라서 더해요. 새벽바람이나 저물녘에 손님이 있을까 종일 절간이나 다름이 없어요."

"이발사 아저씬 낮잠을 그렇게 주무시니 밤에는 잠이 토옹 없겠어요.”

“누가 아니래요. 잠이 없으면 혼자 뭘 하던지 자는 사람 자꾸 깨워서 미치겠다니까요.”

밖은 더위의 정점을 지나는 듯 차라리 이글이글 익고 있었습니다. 바람도 없는 안마당에 푸성귀가 졸다 시들고 있었습니다. 움직이면 땀이 물컹 배어나는 폭염이었습니다. 여자도 나른한 듯 아내와의 시장행이 잠을 몰고 오는 하품을 참는 것이 역력했습니다.

“사모님이 자주 오면 좋지요?”

여자가 해맑게 웃었는데 웃음 끝에 하품이 매달렸습니다.

“할 일이 없어서 놀러 다니는 여자인데. 반갑지도 않아요.”

“어머머. 무슨 말씀을 나이가 한참인데 사모님 오시는 게 반갑지 않다니.”

여자가 어울리지 않게 호들갑을 떨어 놓고 얼굴을 붉히며 쇼핑백을 슬쩍 들여다봅니다. 레이스를 뜨기에는 너무 가는 실, 곧 태어날 외손녀를 위한 소품이 아닐까요?

“따님… 산달이 가까워진 것 같은데… 한여름이라 고생 좀 하겠어요.”

“제 년 복이지요.”

여자가 애써 태연하게 말했는데 표정은 전혀 태연하지 않았습니다. 시선이 창밖 멀리로 날아가 있었습니다. 딸의 임신에 대한 어떠한 물음도 거부한다는 무언의 암시처럼 보였습니다.

사실 딸의 배를 남산처럼 부풀게 한 남자가 궁금했던 것은 어제오늘이 아니었습니다. 또한, 궁금해하는 사람이 나 혼자가 아니었습니다.

마을 사람들이 여자의 기분을 보아 넌지시 물을 때마다 시선을 휘돌려왔습니다. 여자는 물론이고 이발사도 천년을 녹슨 철문처럼 입을 꽉 다물어왔습니다.

들마루에는 온통 개고기

내가 있는 거실은 자연의 섭리를 꿰뚫어 볼 수 있는 곳입니다.

소백산을 힘차게 넘어온 햇살이 안마당에서 없어집니다. 빛의 생성과 소멸을 동시에 볼 수 있는 곳이지요.

마을을 둘러업은 시늉의 소백산 큰 덩치가 너무 부자연스럽기도 하지만. 산기슭을 돌아 나오며 한 줌씩 쏟아 내는 산돌림으로 비가 내리는 곳이기도 합니다. 골짜기에서 말을 타고 달려나오듯 날이 밝고 비도 내리고 꽃도 핍니다. 그런데 어둠마저도 빛이 걸어 나온 그 골짜기에서 비롯되는 곳입니다.

여자가 거실에다 손짓합니다.

거실 의자에 앉은 내 모습이 이발소 안마당에서 보인단 말인가요?

여자의 손짓을 보고 울컥 토해지는 것처럼 지독한 부끄러움을 느꼈습니다.

'선생님 뭐하세요? 선생님이 우리를 훔쳐보고 있는 거 다 알고 있어요.'

마당에서 텃밭으로 걸어오며 손짓을 하는 여자의 입술이 그렇게 말하고 있는 것이 틀림없습니다. 의자에서 차마 일어날 수 없었습니다.

여자가 내게 손짓을 한다고 의자에서 벌떡 일어나면 그동안 이발소 안마당 훔쳐보는 버릇을 시인하는 꼴이 되는 것입니다.

성구와 이발사가 안채 뒤꼍에서 들마루를 들고 나왔습니다. 여자는 뒤뚱거리는 그 둘을 바라보다가 또 내게 손짓을 합니다. '그만 훔쳐보고 이리 오세요.'

여자는 웃고 있었지만 내 귀에 여자의 비웃음이 날아와 꽂힌 듯 귓불까지 화끈거렸습니다.

들마루가 수돗가에 놓였습니다.

중학생이었을 때 상당한 수준의 장기 실력을 갖추고 있었습니다. 아버지 때문이었지요. 티브이는 고사하고 전기가 들어오지 않는 시골집에서 흔히 맞닥뜨려지는 길고 무료한 시간에 아버지는 장기판을 놓고 나를 마주 앉게 하셨습니다. 엄마가 저녁거리로 고구마나 옥수수를 삶을 때 아버지와 장기를 두면서 어둠을 맞곤 했으니까요. 그물이란 것도 강물속에 담가 놓고서 사이 뜸이 필요했기 때문에 아버지의 무료를 달랠 만한 것은 장기뿐이었습니다.

누나의 이발소에서 작은 산 두 개를 더 넘어야 내가 사는 곳입니다. 높은 산이 급하게 내려오다가 인정을 둔 구릉에 초가를 짓고 세 식구가 살았습니다. 아버지는 꽁치 배때기와도 같이 폭 좁은 마당 앞으로 시퍼렇게 흐르는 금강 물줄기에서 고기를 잡으셨습니다. 엄마는 경사가 좀 인정이 있다 싶은 산등 허리에 누더기 같은 화전을 일구어 고구마며 옥수수를 심으셨습니다. 학교에 다니는 일이 여간 고단한 것이 아니었습니다. 아침저녁으로 사십 리 길을 걸어야 했으니까요.

누나네 이발소가 있는 곳이 학교와 집의 딱 중간점이었습니다. 이발소 앞 감나무 아래 응달에 늘 들마루가 놓였는데 동네 할아버지들이 장기를 두는 곳이었습니다. 지친 걸음을 들마루에 얹고서 대국을 곁눈질하다가 결정적인 순간에 훈수를 던져 뒤통수를 맞은 적이 한두 번이 아니었습니다.

이발사의 잔심부름을 하다가 가끔씩 손님이 겹칠 때는 머리 감기는 일을 도와주던 누나가 다가와 뒷머리를 어루만져 주기도 했는데 그 먼 길을 걸어 읍내 중학교에 다니는 나를 대견하게 생각했던 것입니다. 가끔씩 들마루에 몸을 놓는 내게 다가와 팥이 든 빵을 주기도 했고 빵이 없는 날에는 펌프에서 막 뽑아 올린 냉수를 한 대접 건네줬습니다.

봄볕은 힘을 몸에서 쏘옥 뽑아가는 마술사입니다. 학교에 가는 길보다 집으로 돌아오는 길에서의 봄볕은 나를 미치도록 나른하게 했습니다. 사월의 밀밭에 고스란히 내려앉는 봄볕을 바라보노라면 다리에 힘이 한 알도 남지 않고 쏘옥 빠져나가기도 했습니다. 그러면 땅바닥에 주저앉아야 했습니다. 밀밭으로 자맥질하는 종다리를 바라보다, 쇠똥 무덤으로 머리를 쑤셔 박는 쇠똥구리를 보다가 능선을 바라보면 싸리 꽃 덤불이 어우러져 하얀빛을 발산하고 있었습니다. 싸리 꽃 덤불에서 뿜어 내는 지독한 향기 또한 혼미한 나락으로 잦아들게 했습니다. 중학생 때 사십 리 길을 걸어 학교에 오가는 것은 몹시 고단한 일과였습니다. 이 때문에 누나네 이발소 들마루에 쉬어가지 않는 날이 없었습니다.

사월, 오후 세 시쯤이었을까요.

신작로를 걸어가는데 하늘이 노랗게 물들더니 까만 기운이 서리기 시작했습니다. 온몸에는 식은땀이 쏟아졌습니다. 미루나무 잎을 흔들며 지나가는 삼륜차조차 의식 밖으로 밀려나고 있었는데 갖은 힘을 다해 신작로를 벗어났습니다.

다리 난간 콘크리트에 누웠습니다. 노랗던 하늘이 새까맣게 사방을 껴안고 있었습니다. 명치쯤에서 통증이 뭉클하게 뭉쳐왔습니다. 이마가 싸늘하게 차가워지고 숨도 가빠지기 시작했습니다. 소리를 질러 누군가를 불러야 한다는 의식이 뇌리에 떠돌았으나 소리는 질러지지 않고 신음만 간신히 토해 낼 뿐이었습니다.

그런데 누가 날 만지기 시작했습니다.

"너 왜 그러니? 어디 아프니? 어마 애 이마가 싸늘하게 식었네. 애. 애. 눈을 떠봐."

몸을 마구 흔드니 의식마저도 툭 끊어지면서 깊은 나락으로 빠져들었습니다.

눈을 떴을 땐, 정말로 사방이 어두워져 있었고 누나네 들마루에 누워 있는 것이었습니다.

"정신이 드니?"

누나가 내려다보고 있었습니다. 양쪽 엄지손가락의 통증이 느껴졌고 까스명수 냄새가 속에서 치밀어 올라왔습니다.

"무얼 먹었기에 단단히 체했니?"

밀가루 부대 종이에 둘둘 말린 고구마가 오늘 점심이었습니다. 점심 시간이 시작되자 급우들은 책상에 양은 도시락을 열어 놓고 점심을 먹기 시작했습니다. 나는 고구마가 든 밀가루 부대를 책상에 올려놓지 못했습니다. 고구마를 깨끗한 보자기에 싸왔더라면 책상 위에 올려놓았을 텐데 밀가루 흔적이 하얗게 묻어 있는 것을 꺼내 놓을 용기가 없었습니다.

책보에서 고구마 뭉치를 얼른 꺼내서 교복 상의 앞자락에다 숨기고 교실을 나왔습니다. 학교 어디에도 마땅히 고구마를 먹을 만한 장소가 없었습니다. 쉬는 시간에 도시락을 먹어 치운 녀석들이 교내 구석마다 우글거렸습니다.

고구마 뭉치를 들고 간 곳은 화장실이었습니다. 화장실은 연탄가스보다 더한 냄새를 뿜어 올렸고, 코를 쥐어틀고 먹은 고구마가 되게 체한 것입니다.

"혼자 갈 수 있니?"

책보를 옆구리에 매달고 신발을 꿰어 신는 내게 누나가 물었습니다. 누나에게 무슨 말인가 하고 싶었지만, 아무 소리도 못하고 그냥 씩 웃어 놓고 산 쪽으로 달려갔습니다. 날이 새까매져 고갯길이 안 보이기 전에 산을 넘어야 했습니다.

오래지 않아 누나의 나이가 생각보다 많지 않음을 알았습니다. 중학교 일 학년의 열넷인 나보다 겨우 네 살이 많은 열여덟임을 알았습니다. 또래의 친구들이 읍내의 여고나 여상으로 진학을 했는데, 누나는 학교에 가지 않았습니다. 이발사인 아버지랑 단둘이 사는 형편 때문이었을 것으로 추정되었는데 이발사가 술고래였음이 또 하나의 이유가 아니었을까요?

들마루에는 온통 개고기였습니다.

뒷다리가 뚝 잘린 개 몸뚱이가 솥 안에서 계속 끓고 있었고 도마 위에 놓인 다리는 칼날이 지날 때마다 고깃덩이로 잘려지고 있었습니다.

토막이 난 고기는 이발사 입에서 우걱우걱 씹혔고 여자가 자리를 내주며 함께 먹기를 권하였습니다.

"언제… 잡았…어요?"

솥에서 끓고 있는 검둥이를 이해할 수가 없었습니다. 이발소를 돌아다니는 검둥이는 한 마리인데 그놈은 저만치 댓돌에 앉아 먼 산을 바라보고 있었으니까요.

"냉장고에 얼려 두었던 것을 내리 다섯 시간이나 삶았으니 맛이 괜찮을 거요."

냉장고에 두었다는 그놈을 꺼내어 삶은 것입니다. 그러니까 솥에서 끓고 있는 것은 댓돌에 앉은 놈의 새끼인 것입니다.

"성자 정말로 충주에 갔어?"

벌써 소주 한 병을 비운 성구가 퉁명스럽게 물었습니다. 순간, 고기를 썰던 여자가 갑자기 나를 바라보고 나는 여자의 시선에 찔려 씹던 고기를 울컥 토할 뻔하였습니다.

"그려."

여자가 내게 물그릇을 내밀며 말했습니다. 이발사가 하얀 사기대접에 소주를 콸콸 붓더니 목울대를 쿨럭거리며 마셨습니다.

"언제 와?"

성구의 눈자위에 술기운이 악마의 그늘처럼 벌겋게 번져있었습니다. 약을 마시듯 소주를 입 안에 털어 넣는 것으로 보아 술에 취하기로 작정을 한 모양입니다. 성구는 자신의 몸으로 슬슬 도져오는 열기에 불을 싸지르듯 소주를 입안에 털어 넣었습니다. 성자가 언제 오는지 대답을 강요하는 시위이기도 하였지요.

"내일은 떠나야겠다."

좀처럼 말을 하지 않던 이발사가 비로소 한 마디 던졌습니다. 내일 떠나야 한다. '내일이면 성구 너는 반드시 집을 떠나 부대로 돌아가거라.' 그렇게 들리는 이발사의 한 마디였습니다.

"아녀요. 하루 더 있다가 성자를 보고 갈 거유."

퉁명스런 성구의 대꾸가 소주잔에 풍덩 빠졌고 그 잔을 성구는 또 털어 넣었습니다.

개고기가 성찬인데 분위기가 위태로워지는 것이 역력했습니다. 그들에게서 밀려나는 나를 의식한 여자가 내게 술을 권했습니다. 그들과 들마루에 앉아 함께 있는 것이 마치 보리가시 가마니를 뒤집어 쓴 것과 같았습니다.

거실로 돌아가서 소파에 앉아 그들을 몰래 내려다보고픈 심정이 익는 술처럼 내 안에 고여 들었습니다. 여자가 내미는 술잔을 마다할 수 없었습니다. 술잔을 들고 잠시 머뭇거리는 사이 소주를 털어 넣는 성구의 이빨이 내게 보였습니다.

"성자 진짜 충주 갔어?"

이빨이 으르렁거리는 줄 알았습니다. 이놈 자식. 이발사의 눈은 그렇게 말하고 있었습니다. 여자가 내게 칼 같은 시선을 들이댔습니다. 여자에게 내가 큰 부담이 되고 있는 상황이 분명했습니다. 그런데 이번에는 이발사가 술잔을 건네 왔습니다. 그 잔을 받아주지 않는다면 성구에게서 거두어들인 이발사의 눈초리가 몹시 난처할 것이라는 생각이 들어 잔을 받아야만 했습니다.

"성자 그년 어디 가서 자빠져 있는 거야."

성구가 주먹으로 들마루를 냅다 쳤습니다. 술이 잔에서 출렁였고 댓돌에 앉았던 검둥개가 벌떡 일어났습니다.

성구가 나타나고서 성자의 행방이 갑자기 묘연해졌습니다. 여자는 충주 외가에 갔다고 했지만 성구는 믿을 수 없다면서 성자의 행방을 추궁하고 있는 것입니다. 나 또한 성자의 행방이 궁금하기는 성구 못지않음을 부인할 수가 없습니다. 그 날, 분명히 해 질 녘까지 부른 배를 안고 마루에 앉아 있던 성자가 밤사이에 어디로 간 것일까요? 자신의 새끼를 삶아 뜯어먹고 있는 주인을 멀찍이 지켜보고만 있는 검둥개는 성자의 행방을 알고 있는 것일까요?

정암사

일요일. 정암사에 갔습니다.

아내가 『KBS 6시 내 고향』에 소개된 정암사를 보고 충주에서 달려왔습니다. 다짜고짜 정암사를 가야겠으니 어서 운전을 하라고 닦달을 하는 게 아니겠습니까?

오늘도 아침에 일어나 창가에 서서 이발소 안마당을 오래 내려다보았습니다. 마당을 가로지르는 이발사가 보이는 것으로 보아 새벽 이발 손님이 있는 것이 분명합니다.

수돗가와 부엌을 왕복하는 여자의 모습이 보였고 어정어정 수돗가로 걸어온 성구가 짧은 머리 너머 목덜미까지 푸푸 세수를 하는 모습도 보였습니다. 잠에서 막 일어난 몸을 들고 이발소 마당을 내려다보며 창가에 서 있었는데 만삭의 몸으로 마루에서 댓돌로 내려서던 성자의 모습은 끝내 보이지 않았습니다.

"정말 충주에, 외가에 갔구나."

형량을 선고하듯 소리 내어 말을 하고서야 내 일과를 시작할 수 있었습니다.

화장실에 나왔을 때 세 평 정도의 텃밭에서 상추 잎을 따는 여자가 보였습니다. 가슴이 갑자기 뛰더군요. 등을 돌리고 있는 모습. 성자가 돌아온 것일까요?

신선봉으로 솟은 햇덩이에서 맑은 햇살이 텃밭으로 늘어지고 있었습니다. 햇살 한가운데 여인이 등을 돌리고 눈알을 후빌 정도로 푸릇한 상추 잎을 따고 있었습니다. 맑은 햇살을 받고 있는 여인의 몸이 투명하게 변해버릴 것만 같았습니다. 여인의 뒷모습에서 형언할 수 없는 기운이 뭉글뭉글 피어올랐습니다.

상추를 한 줌 쥐고 일어나 돌아선 여인은 성자가 아니라 여자였습니다. 그녀의 흐트러진 머리칼에도 햇살이 달려 있더군요. 여자가 저렇게 투명해 보이기는 처음입니다.

문득 충주에 가고픈 생각이 들더군요. 두고 온 딸과 아들을 보고 싶어졌어요. 날마다 학원에서 자정쯤에 돌아와 피곤에 지친 몸을 일요일 아침 늦게까지 침대에 뉘어놓은 모습을 보고 싶었습니다. 그런데 왜, 만삭이 된 성자가 무슨 까닭으로 보고 싶어지는 것일까요?

만삭의 배를 안고 마루에 앉아 있던 성자를 떠올리고 있는 사이, 충주에서 차를 몰고 온 아내가 헐레벌떡 들어와 정암사를 가자고 조르더군요.

"정암사에 도대체 무엇이 있는데?"

이발소 안마당을 내려 보는, 혼자만의 비밀스러움을 들킨 탓 때문일까요? 아내의 들떠 있는 얼굴을 바라볼 수가 없었습니다. 화가 돋은 투로 물으면서 안마당을 다시 슬쩍 훔쳐보았는데 그 사이에 햇살을 등허리에 고스란히 받던 여자가 없어졌습니다.

"적멸궁이 있대."

"적멸궁? 그게 도대체 어디 있는데?"

정말로 화가 돋았습니다. 그런데 그 화의 근원을 말하기가 곤란하더군요.

"태백산 서쪽 기슭에 있다는데…."

"있다는데? 어디 붙었는지도 모르면서 가자고? 또 거기가 가까운 거리야?"

아내가 정암사에 꼭 가야겠다는 당연성을 늘어놓는 순간에도 나는 그저 창밖을 바라보는 척 안마당을 훔쳐보고 있었습니다. 이발사와 성구와 여자가 안방으로 아침을 먹으러 들어간 안마당은 휑 비었습니다.

"태백산 기슭에 있다니까 우선 태백산으로 가서 찾으면 돼."

아내가 냉장고의 생수를 꺼내 가방에 넣더군요. 나를 동반하여 정말 가고야 말 참이었으니까요.

"태백산은 동네 민둥산이 아냐."

"신라의 큰스님 자장율사가 신라 선덕여왕 때 세웠다니까 천사백 년이나 된 고찰인데 찾지 못하겠어?"

아내가 알겨는 암탉처럼 골골거렸습니다.

"너무 멀고 어디에 붙었는지 자세히 알지도 못하니까 정암사는 나중에 가고 충주에 가자."

"당신 지금 나보고 충주에 가자고 말했어?"

아내가 엉덩이를 바닥에 놓고 등산화를 꿰어 신다가 발칵 일어섰습니다.

"그래. 오늘따라 애들도 보고 싶고."

"말도 안 돼. 날이 밝기 무섭게 충주에서 달려왔는데 충주로 되돌아가라고? 당신 지금 날 희롱하는 거 아냐?"

아내가 등산화를 벗어 차고 빠르게 걸어왔습니다. 그때 안마당에 이발사가 나타났습니다. 영혼을 도둑맞은 사람처럼 휘적휘적 마당을 가로질러 이발소로 들어가는 이발사가 나타나지 않았다면, 아내와 정면으로 부딪히는 불상사가 생겼을지도 모릅니다.

여자가 다시 마당에 나타났습니다. 짧은 머리 성구도 칫솔을 입에 물고 수돗가로 나왔습니다.

사실 아내가 정암사행을 포기하지 않을 것이라는 것을 일찍 간파하고 있었지요. 버둥거려봤자 아내에 이끌려 정암사로 운전을 해야 한다는 결론을 내려놓고 있었으니까요. 그런데 아내가 등산화를 벗어 던지도록 버팅기면서 저항을 했습니다. 어차피 해야 할 일인데 왜 갈고리를 걸어서 아내에게 불쾌감을 심어 주었을까요? 나 자신에게 의구심을 갖게 하는 행동이었습니다.

신기하게도 안마당에 이발사 식구가 나타나고 그 저항은 눈 녹듯 사그라들었습니다. 분을 가라앉힌 아내가 다시 등산화 줄을 꿰어 신는 그 짧은 동안에도 안마당을 내려다보았습니다. 만삭의 성자는 끝내 보이지 않더군요.

"남의 안마당 훔쳐보는 거 유쾌한 일이 아니라는 거 알고 있어?"

삼십 분쯤 차를 몰아 강원도 영월과 충청북도 단양의 접경지 영춘대교를 건널 때까지 아내는 토라져 있었습니다. 입을 다물고 다리를 마저 건넜습니다.

정선에 접어들면서 마음의 변화가 생겼습니다.

억지로 따라와야 했기 때문에 생겨난 불편한 심기에 자연의 조화가 부려 놓은 그 아름다움이 용추폭포의 명경지수처럼 내 안에 고여 들기 시작하더군요. 자연은 닫힌 마음을 열어젖히는 마력을 갖고 있음이 틀림없습니다.

사북과 고한을 지나면서 자연의 아름다움에 대한 감탄은 인간에 대한 연민으로 바뀌더군요. 외줄을 타듯 사북과 고한의 중심을 가로지르는 도로와 그 옆에 폐허처럼 서 있는 건물과 나무가 검은 뗏가루를 뒤집어쓰고 있는 광경이 가슴에 칼을 들이대는 뭉클한 아픔으로 안겨 왔습니다.

"사람도 폐기물이 될 수 있는 곳이래. 부속이 하나둘 빠져나가서 쉰 소리를 내는 기계처럼."

아내의 목소리가 묵은 석탄가루처럼 풀풀 날리더군요.

사람, 폐기물. 부속이 하나둘 빠져나가서 쉰 소리를 내는 기계. 사람도 기계처럼 폐기물이 될 수 있는 곳.

이곳에서 그 어떤 위로의 말을 한들, 지붕과 나무와 도로에 끼얹혀지는 묵은 석탄가루처럼 이들에게는 오히려 감정을 자극할 수밖에 없다는 자괴감마저 들더군요. 영춘을 거쳐 영월을 지나올 때 강물과 암벽에의 경치에 멋대로 흠뻑 취했던 기분은 간데없이 사라졌습니다.

한 차례도 쉬지 않고 한 시간 반만에 정암사에 도착했습니다.

탄가루가 회오리처럼 흩날리는 태백산 서쪽 자락에 이토록 정갈하고 고요한 산사가 숨어 있었단 말인가?

신라의 큰스님이었던 자장율사가 선덕여왕 14년, 645년에 창건하였다는 정암사. 숲과 골짜기는 해를 가리고 멀리 세속의 티끌마저 끊어져 정결하기 짝이 없더군요.

일주문을 지나 절 마당에 들어서자 왼쪽에는 요사채가, 오른쪽에는 적멸궁이 단아하게 서 있더군요. 적멸궁의 앞뜰을 에워싸고 있는 돌담이 정겹더군요. 종루와 관음, 자장각, 삼성각이 땅따먹기 놀이에서 제 몫을 주장하며 흩어져 있었습니다.

아내가 고사목 앞에서 손짓합니다.

"나무에 잎이 나면 자장율사가 다시 태어난다는 말을 했어. 『KBS 6시 내 고향』에 나온 리포터가."

아내가 죽은 나무에다 연민을 쏟아냈습니다. 백 년을 푸르렀다가 죽은 고사목에 잎이 돋아난다? 도저히 이루어질 수 없는 일입니다.

"자장율사가 짚고 다니던 지팡이를 꽂는데 이만큼 자라서 죽었어."

아내는 『KBS 6시 내 고향』에서 흘러나온 얘기에 들떠 있었습니다. 의상 대사의 지팡이에서 자랐다는 영주 부석사의 단풍나무나 한암 스님의 지팡이에서 자랐다는 오대산 중대의 단풍나무처럼 여기 이 고사목도 자장 스님이 꽂아 두었던 지팡이에서 뿌리가 내리고 가지가 돋아 푸르게 살아났었단 말인가요?

아내는 고사목뿐만 아니라 정암사의 내력을 마치 전문가처럼 외우고 있었습니다. 적멸보궁 뒤의 가파른 길을 오르면서, 가쁜 숨을 토하면서, 마치 절벽을 기어오르려 사력을 다하듯 정암사에 얽힌 내력을 토해내기 시작했습니다. 정암사에 대한 얘기를 누군가에게 말하지 않으면 몸살이 날 지경이었는데 그 만만한 대상이 나였던 것입니다.

수마노탑까지 오르는 182개의 돌계단이 산비탈을 여러 차례 꺾어 돌도록 놓여 있었고, 가파른 계단을 오르며 숨이 차오를 만하면 계단도 같이 꺾여 숨 고를 여유를 주고 있었습니다. 돌계단이 꺾이는 전환점마다 수마노탑의 몸체가 토막토막 하늘에서 내려 쌓듯 모습을 점차 드러내는 것이었습니다.

돌고 도는 것이 소백산의 그 깊은 골짜기뿐만이 아니었습니다. 이처럼 가파른 길에서도 돌고 도는 것이 있었습니다.

"여보. 자장이 사북리의 산꼭대기에 불사리탑을 세우려고 무진 애를 썼대."

수마노탑에다 손바닥을 얹고 몸을 기대며 거친 숨을 토하는 아내를 뒤로하고 올라온 길을 내려다보았습니다. 태백산 천의봉 줄기가 서쪽으로 그 기세를 뻗어 내리다가 여인의 젖가슴 같은 산 중턱에서 갑자기 멈춘 그 자리에 아내와 서 있는 것이었습니다.

"불탑을 아무리 세워도 계속 쓰러지더라는 거야."

얼굴이 발갛게 익은 아내가 어깨를 크게 들썩이며 가쁜 숨을 토하듯 말을 했습니다. 속에 담아 두었던 말을 모두 토해낼 작정입니다.

"간절히 기도하였더니 하룻밤 사이에 칡 세 줄기가 눈 위로 뻗어서 여기에 멈추었대."

"그래서 여기에다 자장율사의 사리를 안치하였다는 말인가?"

아내의 등을 토닥이듯 한마디 건네주었습니다.

"맞아. 그래서 갈래사라고도 했대."

아내가 희색을 하더군요.

수마노탑에서 내려와 일주문으로 향하는데 요사채 툇마루에 등을 돌리고 앉아 있는 배가 부른 처녀, 이발소 안마당 마루에 앉아 있던 성자의 뒷모습이 어른거렸습니다. 소리를 지를 뻔했습니다. 고사목처럼 그 자리에 굳어 섰지요. 아내는 일주문으로 계속 걸어가고 있었고 나는 눈을 비비면서 툇마루를 자세히 바라보았습니다. 요사채를 향해 앉아 있는 만삭인 여인의 뒷모습은 성자와 너무 흡사하였습니다. 입고 있는 옷도 눈에 익었습니다.

일주문으로 걸어나가는 아내를 확인하고서 비구니의 행랑이라서 출입이 금지된 요사채로 몽유병 환자처럼 걸어갔습니다.

무거운 몸을 일으킨 성자가 요사채 방문 고리를 잡았습니다. 걸음을 빨리하며 성자를 부를까 망설이는 사이 방문이 열렸다가 닫혔고 성자도 방 안으로 들어갔습니다. 순간 나는 고사목인 양 요사채 마당 가운데에 몸이 붙어버렸습니다.

혹, 성자가 아니었던가? 갑자기 의심이 생겨났습니다. 콩나물 뿌리처럼 작고 여리게 생겨난 의심이 걷잡을 수 없이 확장되더군요. 문틈에서 싹을 틔운 강낭콩 줄기가 넌출 자라 오르더니 하늘나라에 닿았다는 얘기처럼 의심이 나를 완전히 장악해버리는 것이었습니다.

툇마루로 다시 불러내서라도 분명히 성자였음을 확인하고야 말겠다는 생각으로 마저 걸어갔습니다. 댓돌 앞에 서서 방문에다 소리를 넣으려다 가지런히 벗어둔 신발을 보았지요. 아! 마치 내 발을 감싸고 있는 신발처럼 눈에 익은 신발이었어요. 검둥개가 장난삼아 입에 물고 흔들면 빼앗아서 검둥개의 머리를 장난스레 두들겨 주던 그 슬리퍼였습니다.

요사채로 들어간 만삭의 여자는 성자임이 명백하다는 결론을 얻었지요. 그래도 툇마루로 불러내어 볼까 입술에 침을 바르는데 일주문으로 다시 들어온 아내가 부르고 있었습니다.

배가 부른 여자. 아이를 임신한 여자.

이발소 누나가 부러워했던 그 모습이었지요.

내가 고등학교를 마치고 대학에 진학하고서 금강변 초가집을 벗어나 있었습니다. 방학을 맞아 집으로 오는 날에는 이발소를 들리곤 하였는데, 누나는 한 남자의 아내였습니다.

폭음을 일삼던 이발사가 갑자기 쓰러졌고 누나는 이발을 대신하러 온 남자에게 시집을 갔습니다. 이발사는 겨울을 간신히 넘기더니 봄에 세상을 떠났고 남자는 홀어머니를 모셔와 누나와 함께 살았습니다. 그런데 결혼을 하고서 삼 년이 넘었는데 누나의 아랫배는 내내 그 모습이었습니다.

마을 사람들은 누나의 시어머니를 두고 늘그막에 넝쿨 달린 호박을 두 덩이씩이나 가슴에 안은 여자라고 입을 모았습니다. 누나와 이발소까지 얻었으니 그런 소문이 한동안 돌았겠지요.

그런데 시어머니는 달랐습니다. 삼 년을 기다려도 며느리의 배가 밋밋하니 넝쿨 달린 호박이 아니라 생각할수록 가슴을 짓누르는 맷돌이라고 서슴없이 말하고 다녔습니다. 손자를 안겨주지 못하는 며느리에 대한 험담을 노골적으로 하고 다녔던 것이었지요.

칠월이었던가.

한 달만에 집에 가는 길이었지요. 여름방학을 했으니 집에서 십여 일 머물면서 아버지의 장기 상대가 되어줄 요량이었지요. 파랗던 하늘에 갑작스럽게 먹구름이 덮쳐왔습니다. 구름도 깡패처럼 패를 가르며 몰려다니는 것을 그때 처음 보았습니다. 허리춤을 풀어 쥐고 설사를 내리쏟을 자리를 황급하게 찾고 있는 사람과도 같다고 비유를 할 수 있을까요? 여하튼 신작로에 행군하는 초병처럼 선 미루나무도 급박하게 움직이는 먹구름을 바라보고만 있었으니까요.

버스가 멎었습니다.

누나와 시어머니와 누나의 남편인 젊은 이발사가 신작로에 나와 있었습니다. 버스에서 내리자 이발사와 시어머니가 버스에 탔습니다. 버스가 막 출발하려 승하차 문이 다시 열리더니,

"얘야. 장독대에 호박꽃이 널어놓은 걸 깜빡했다."

시어머니 외치는 소리 들리고 버스가 떠났습니다. 부산으로 시집을 간 딸이 첫 아들을 낳았는데 첫돌잔치를 한다 해서 떠나는 것이라고 누나가 일러주었습니다.

산모퉁이로 버스가 완전히 사라지고서 걸음을 급하게 재촉하였지요. 여차하면 굵은 닭똥만 한 빗방울이 무진장 쏟아질 것 같아서 부지런히 다리를 건너 고속도로 밑의 콘크리트 통로에 들어갔지요. 통로는 마치 밤인 듯 컴컴하였고 후덥지근하고 비릿한 냄새까지 풍기고 있었습니다.

통로를 나와서 열 발짝이나 걸어갔을까요? 기어코 퍼붓는 듯한 비가 쏟아지기 시작했습니다. 한낮이었지만 마을 사람들 모두 비를 예감하

고 집에 들어가서인지 골목에는 아무도 없었습니다.

십여 미터 뛰어갔지요. 헛일이었어요. 채 일분도 못 되어 옷이 모두 젖었습니다.

누나는 공기 방울 원피스를 입고 있었는데, 그 옷이 몸에 달라붙어 살갗처럼 되어버린 것이었어요.

우린 뛰는 것을 포기했습니다. 빗물이 목덜미로 흘러내려 가랑이로 흥건하게 적셔들었지요. 누나의 새까맣게 젖은 머리칼은 목덜미에 달라붙고 일부는 볼을 타고 내려와 젖꼭지가 도드라지게 솟아오른 젖가슴에 닿기도 하였지요.

서로를 바라보며 웃다가 일부러 비를 맞는 것처럼 걸음을 멈추고 두 팔을 하늘로 쳐들기까지 했으니까요. 감나무 아래 들마루도 흥건히 젖었고 꽁초를 담던 깡통에도 빗물이 철철 넘쳐흘렀습니다.

우린 우선 이발소로 들어갔습니다. 비를 피하자 홀딱 젖은 서로를 바라보며 한 차례 웃었지요. 그런데 벽면 거울에 비친 자신의 모습을 언뜻 본 누나의 얼굴이 발갛게 붉어졌습니다.

공기 방울 원피스를 입었다지만 살색이 그대로 드러나는 알몸과 다를 바 없는 자신을 보고 부끄러움을 느꼈나 봅니다.

누나가 이발소에 붙어 있는 방으로 들어갔습니다. 이발소에 혼자 서 있을 때의 그 묘한 기분을 아직도 잊을 수가 없습니다. 누나의 부끄러워하는 모습을 지워낼 수가 없었습니다. 내 몸에 은근한 열기가 퍼져나가는 것을 느끼면서 누나가 벗어놓은 신발을 바라보던 그때의 그 묘함을 내게서 털어낼 수가 없었습니다. 그런데 가슴에 비밀스런 서랍을 만들어 그때의 묘함을 영원히 간직하고픈 생각도 생겨나더군요. 혹여 잃

아직 이가 있었
ㅁㅁ

어버릴까 겨드랑이에 알전구를 끼고 있는 것처럼 조바심하던 시절도 있었습니다.

떠나가던 버스에서 시어머니가 소리쳤던 말이 생각났습니다. 장독대에 널었다는 호박꽂이가 생각난 것입니다.

'누나.' 소리와 동시에 방문을 덜컥 열었습니다.

아! 누나는 원피스를 벗고 비에 젖은 팬티를 또르르 굴려 발목까지 벗어 내리던 중이었습니다. 또르르 말린 팬티가 발목에 걸렸다지만 내 앞에 드러난 누나는 알몸이었습니다.

누나의 당황하는 모습과 팽팽하게 부어오른 젖가슴과 사타구니에 새까맣게 돋은 음모가 차례로 눈에 들어왔고 나는 갑자기 가슴이 턱 막히는 충격으로 문틀에 손을 짚었습니다.

누나에게 말하려고 입에 담고 있던 장독대 호박꽂이는 까맣게 잊고… 그다음부터는… 지금도 이해할 수 없는 행동이었습니다. 내 의도와 전혀 상관없이 방 안으로 걸어 들어갔으며, '너… 너…' 더듬거리며 벽으로 물러서는 누나를 와락 껴안은 일도 나의 의지와는 전혀 무관했음을 고백할 수 있습니다. 나를 잃어버렸음이 틀림없다고 말할 수도 있습니다.

운명이라는 단어와 인연이라는 단어가 누군가에 의해 생성되어 우리의 주변을 유령처럼 떠돌며 가끔씩 깜짝깜짝 놀라게 한다는 것을 알고는 있었지만 내게도 닥쳐올 줄은 꿈에도 몰랐습니다.

빗방울이 요란하게 양철지붕을 두드리는 소리가 귓전으로 파고들면서 장독대 호박꽂이를 생각해냈고, 누나가 우산을 쓰고 밖으로 나갔습니다. 들고 온 대바구니에는 하얗게 마르기 시작했던 호박꽂이가 물에 불어 호박색깔을 되찾은 뒤였습니다.

정신의 그믐

　신선봉 상공에 달덩이가 동시렇게 떴습니다. 아내는 정암사에서 돌아와 충주로 갔습니다.

　이발소 안마당에도 달 빛살이 고스란히 내려앉고 있습니다.

　아내가 정암사로 가는 차 안에서 핀잔을 주었지만, 여전히 이발소 안마당을 내려다보고 있습니다. 피곤이 엄습하는 몸을 소파에 얹고서 안마당을 훔쳐보고 있습니다.

　무거운 몸을 끌고서 거실의 불을 껐습니다. 어둠이 왜 이제야 불을 껐느냐는 듯 밀물처럼 들어오네요. 비로소 거실의 윤곽이 보입니다. 환했을 땐 내가 거실에 들어왔다는 느낌인데, 어두워지니 거실이 나를 포근하게 품고 있다는 안도감에 젖습니다. 여간해서 거실에 불을 밝히는 일이 없습니다. 어둠에 익숙해 있기 때문일까요? 어둠을 좋아합니다. 아니 어둠에 잠겨 있는 것이 참 좋습니다. 어둠에 안겨 있으면 거실에 놓인 집기들이 곁눈을 뜨고 나를 훔쳐본다는 것도 알고 있습니다.

　'성자 정말 충주 갔어?'

　들마루에서 으르렁거리던 성구의 이빨이 방문에서 퍼져 나오는 불빛에 어른거립니다. 칼날 같던 여자의 눈빛도 어른거립니다. 만삭의 몸으로 정암사 요사채에 있는 것을 눈으로 똑똑히 보고 왔는데 충주 외가에 갔다니.

여자는 성구에게 명백한 거짓말을 한 것입니다. 그리고 더욱 이해할 수 없는 것은 성구가 휴가를 오는 날 밤에 성자가 정암사로 갔어야만 하는 연유였습니다.

침침하게 앉아서 불 켜진 문을 내내 바라봅니다. 창호지를 투과하는 형광등 빛을 타고 도란도란한 말소리까지 새어나오는 환청이 옵니다.

거실에 들어찼던 어둠이 뭉그러져 있습니다. 신선봉 상공에 뜬 달 빛살이 거실에도 들어와 있습니다. 거실에 놓인 집기들이 검은빛을 발하면서 자신의 존재를 드러내고 있습니다.

전화벨이 느닷없이 울렸습니다.

불 꺼진 거실에 숨을 죽이고 내 눈치만 엿보던 사물들이 일제히 놀라 몸을 텁니다. 깜박 잠이 들었음을 깨닫습니다.

"나…여."

겨울 강변에 눈이 하얗게 쌓여 뜨문 뜨문 삐죽인 돌덩이 같은 말마디가 혼몽하게 전해왔습니다.

"누…누…구…?"

징검다리를 디뎌 건너듯 물었습니다.

"자…알 지…냈어?"

지냈어? 꼬리의 올려붙임으로 목소리의 주인을 알아냈습니다. 그녀는… 그녀는… 청첩장을 내게 보낸, 아내에게는 자신을 재당숙모라고 소개를 한… 이발소 누나였습니다. 박하사탕을 깨물었을 때 입안에 확 번지는 알싸함과 같음이랄까요? 마그네슘가루를 태우면서 터지는 플래시가 머릿속에서 폭발음을 내는 순간이었습니다.

"누…누…나."

소파에서 일어섰습니다. 이발소 안채 안마당을 메운 어둠이 보이더군요. 신선봉 상공에 있던 달이 기운 것입니다. 그리고 마그네슘 플래시가 터졌다가 꺼지면서 깜깜해진 머릿속으로 흑백사진이 주마등처럼 스쳐 가기 시작했습니다.

"날 알아보는구나."

비로소 누나의 온전한 목소리가 들려왔습니다.

"청첩장 받았어요."

시선이 닿을 때마다 내게 무슨 말을 할 듯 말간 빛을 발하던 청첩장을 말해 주었습니다. 탁자를 바라보니 어둠을 밀쳐내며 하얀빛을 발하고 있더군요.

"받…으셨군요?"

갑자기 누나의 어조가 변했습니다. 처음으로 듣는 존댓말, 긴 세월이 지났음을 내게 일깨워주고 싶었음일까요? 긴 세월 무정했던 나를 질책하고자 함이었을까요? 단순히 청첩장을 받았다는 내 말 때문일까요?

어쨌든 긴 세월의 틈을 한순간에 메우듯 등장한 청첩장 때문에 누나의 어조가 변한 것이 틀림없습니다. 주마등처럼 지나가던 흑백사진이 멈췄습니다. 누나의 갑작스런 변화에 흑백사진을 윤회시키던 영사기가 멈춘 것입니다.

이발소 안마당에 웅크렸던 어둠이 내 머릿속으로 들어와 마구 엉키더군요. 엉키는 어둠을 헤쳐서 누나에게 무슨 말이라도 해주어야 하는데. 정신이 갑작스럽게 그믐을 맞은 것입니다. 무슨 말인가를 누나에게 어서 해주어야 한다는 강박감이 더한 그믐을 몰고 오더군요.

"오실 수 있어요?"

호수를 맑게 덮은 얼음에 금이 가듯 내 정신에 들어찬 어둠을 가로지르는 누나의 목소리. 그 목소리에 마구 엉키던 어둠이 삽시간에 걷히더군요.

"잊고 산 세월이 그렇게 멀리 있는 줄 몰랐어요. 벌써 어른이 된다니. 그 아이가."

'그 아이가.' 말을 해 놓고 보니 누나에게 부끄러워집니다. '그 아이'의 결혼식장에 가도 되는 것인지, 두려워집니다. 꼭 가야 하는 것인지. 선뜻 마음을 굳힐 수가 없습니다. 나를 주시하는 눈동자들이 저렇게 허공에 떠다니는데. 의심이 가득한 눈, 원망이 서린 눈. 쯧쯧 혀를 차는 눈들이. 두렵습니다. 부끄럽고 무섭기까지 합니다.

이발소 함석지붕을 달달 두드리며 작달비가 쏟아지던 그 날 이후.

여름방학 중이었지만 마을을 벗어날 수 없었습니다. 박통이 서거하고 학교에 휴교령이 내려진 것이었습니다. 옆 동네에 사는 정출이가 벽보를 찢었다는 죄목으로 잡혔는데 대학생이어서 에누리없이 삼청교육대에 끌려갔다는 소문이 무성했습니다.

냉방이 잘되는 학교 중앙도서관이 열렸다면 책을 들고 가겠지만 어림없는 상황이었습니다. 교문과 서문, 자취생들이 몰래 드나드는 개구멍까지 계엄군이 총을 들고 지키고 있었으니까요.

팽팽한 긴장이 언제까지 지속될 지 예측이 안 되는, 숨 막히는 바깥세상과는 달리 마을은 적요하기 짝이 없었습니다. 그 고요를 박차고 마을을 벗어나고 싶었지만 마음뿐이었습니다. 읍내에 나가 친구들을 만나고 소주를 마시고 후미진 담벼락에 오줌을 깔리며 시국을 한탄할 수도 있었지만 마을을 벗어날 수가 없었습니다.

마을을 벗어나 이발소 앞길을 걸어갈 용기가 없었습니다. 누나를 다시 볼 용기가 없었습니다.

여름 장마가 나서 강물이 불었다가 줄어들고, 밭두렁에 심어둔 옥수수가 하얗게 말라갔습니다. 강가에 나와 종일 앉아 있으면 강물이 사근사근 살아 숨쉬는 고요로 나를 꾸짖고 있었습니다.

이른 새벽에 산에 오르는 버릇이 생겨났습니다. 햇덩이 아직 덜 깬 산에 오르면 밤사이 까마득하게 잊은 줄 알았는데 아직 그리운 사람이 있었습니다. 등 구부린 산이 잠자는 잎에다 숨구멍을 트고는 쌔액 쌔액 뿜어낸 더운 김도 더불어 다박솔 곁가지에 자욱 자욱 달려 있었고요. 수액 맑은 오리나무에서 녹슨 못을 쑤욱 뽑아놓듯 그리운 사람 산마루에다 남겨 두고 내려오면, 벌건 녹물 진창인 가슴속에는 어느새 누나가 들어앉아 있었습니다.

누나가 그리워졌습니다. 그러나 누나와 마주 설 용기가 나지 않았습니다.

감나무 빨간 홍시가 주렁주렁 별자리를 그렸습니다. 가을과 겨울의 건널목에 선 듯 동구나무 잎이 새총 맞은 콩새처럼 논두렁에 떨어져 수북이 쌓였지요. 새벽 어슴푸레한 어딘가에 누나가 있을 것만 같아 나서면, 밤사이 차마 못 떨어진 초롱별 몇 점이 가슴에 내려와 울기도 했습니다.

이발소 앞을 지나 학교로 가야 하는 상황이 닥쳐왔습니다. 학교에서 계엄군이 물러가고 등교령이 내려진 것이었습니다.

아, 이발소 앞에 누나가 있었습니다. 예년 같으면 이미 추녀 밑에 세워졌을 그 을씨년스런 들마루에 누나가 앉아 있었습니다. 누나를 보았다는 벅참으로 가슴이 뭉클하였지만, 감히 바라볼 수가 없었습니다.

나를 바라보는 그 눈. 한 곳을 너무 응시하여 색이 바랜 그 눈에서 뻗어 온 시선이 마치 어망처럼 내게 던져졌습니다. 나는 어망에 포획된 듯 발을 붙박고 말았습니다. 그리고 누나의 시선에 붙들려 다른 곳을 볼 수가 없었습니다. 액체가 정수리에서 발까지 나를 씻어 내리는 착각에 휩싸였습니다. 액체가 나를 하나로 적시는 순간, 뇌리 속에 마그네슘 플래시가 터지는 것처럼 깨달았습니다. 누나가 나를 기다리고 있었구나.

"올 줄 믿고 있었다."

누나가 그동안 쌓아두었던 기다림의 둑을 일시에 허물며 말했습니다. 나는 더듬더듬 발을 디디면서 아무 말도 할 수가 없었습니다.

"이리와 앉아."

누나가 들마루를 손바닥으로 쓸었고 나는 주술에 걸려 누나의 옆에 앉았습니다.

"좀 말랐구나."

누나의 시선이 내 몸을 어루만졌고 나는 누나의 말소리가 그새 많이 변했다는 생각을 했습니다. 말의 높낮이와 색깔, 속도 모두 달라져 있었는데, 깊은 우물에서 두레박줄을 당기듯 약간의 떨림과 긴장이 묻어 있었습니다.

"누…나 미안해…요."

이 한마디였습니다. 여름과 가을에 걸쳐 강변에 앉아서, 산에 올라서 내 안에 응고되었던 것들이 고작 이 한마디였습니다. 허무하기 짝이 없는 첫 마디였습니다.

"에구. 추운 데 앉아 있으면 어쩌누."

이발소 문이 열리고 시어머니가 나와 던진 말이었는데, 바보스럽게도 그 말의 뜻을 얼른 이해하지 못했습니다.

"이눔의 영감탱이들 여름 내내 궁둥이 없고 장기를 뒀으면 치울 줄도 알아야지."

시어머니가 추녀 밑에 세워두라는 뜻으로 들마루를 드는 시늉을 했습니다. 들마루를 들어 추녀 밑에 세울 사람은 나밖에 없었지요. 시어머니의 뜻을 좇아 들마루를 세워 들고 추녀 밑으로 걸어가는데 누나가 거들었습니다.

"야야. 홑몸도 아니잖냐. 뱃속에 든 얼라 경기 들겠다."

누나가 임신을 한 것이었습니다. 귓불이 발그레한 누나를 바라보던 시선이 아랫배로 옮겨갔지요. 홑몸이 아니라는 말을 들어서인지 누나의 아랫배에 접시가 앙증스럽게 포개진 듯 보였습니다. 젊은 이발사에게 시집을 가서 삼 년이 넘도록 기다리던 아이가 누나의 몸에 들어선 것이었습니다.

"춥다. 들어가자."

시어머니가 누나의 손을 부여잡고 이발소로 끌었고 누나는 무슨 말인가 하고픈 시선을 내게 던지면서 이발소로 들어가야 했습니다.

콘크리트 통로를 지나 신작로로 가는 다리를 건너는데. 갑자기 내 귓전을 때리는 소리에 다리가 휘청거리더군요. 수만 마리의 벌떼가 엉키면서 쏟아 내는 그 멍멍한 굉음은 함석지붕을 두드리는 빗소리였습니다.

'야야. 홑몸도 아니잖냐.' 시어머니의 목소리가 멍멍한 꿍음을 제치며 귓속으로 파고들었습니다.

새벽 두 시가 넘고 있네요.

청첩장 옆에 놓인 시계의 초침소리가 세월의 장벽을 끊임없이 쪼아내리고 있습니다.

달 빛살이 넘쳐나는 이발소 안마당에 성구가 장승처럼 있습니다. 성구는 안방을 향해 서 있습니다. 탐험되지 않은 동굴의 입구에 선 듯 비장한 윤곽입니다. 안방에다 돌팔매질이라도 할 듯한 옆모습도 느껴집니다.

사방은 너무 고요합니다. 달빛 때문이겠지요. 신선봉 상공을 지난 달덩이가 망사 같은 빗살을 좔좔 늘이면서 세상의 모든 것을 다독이고 있습니다.

그런데 마당 가운데 서서 안방을 노려보는 성구의 모습이 섬뜩해 보입니다.

'오실 수 있어요?' 누나의 물음에 확실한 답을 해주지 못했음이 잠을 설치게 합니다.

이 밤은 왜 저토록 고요한 달 빛살을 늘이는 것일까요? 소백산 자락마다 도란거리던 소박함을 잠재우는 어루만짐인가요? 혹여 도란거리며 익어가던 집집마다의 꿈이 저토록 고요하다 못해 토실한 빛으로 승화하고 있는 것은 아닐까요?

밤짐승 한 마리라도 조바심하며 품어 안은 소백산 자락에 온통 빛살이 넘칩니다.

어둠은 이발소 밖에서 밋밋하게 서 있네요. 성구가 섬뜩하게 서 있던 그 자리에 누나가 문득 보입니다.

운판

바라보는 눈의 높이가 낮아지면 마음의 폭이 넓어지는 것일까요?

나지막한 담장에 기대어 귀를 기울이고 싶어졌습니다.

점심을 먹으면서 문득 정암사에 가고 싶다는 충동에 휩싸였습니다.

퇴근을 하고 안마당을 내려다보았습니다. 여전히 댓돌에 성자의 신발이 없음을 확인하고 곧장 정암사로 차를 몰았습니다.

정암사 일주문을 들어서는데 갑자기 숨이 가쁘더군요. 차를 운전한 몸의 숨이 가쁠 리가 없는데. 몸이 가쁜 게 아니라 마음이 급한 것이었지요.

나지막한 담장에 등을 대고 요사채를 바라보았습니다. 성자의 모습은 없었습니다. 댓돌을 살폈지요. 검둥개의 머리를 장난스레 두드리곤 하던 신발도 없습니다. 자세히 보니 댓돌에 벗어둔 신발이 단 한 켤레도 없습니다.

해가 기울고 있습니다. 마음이 급해집니다. 어디로 간 것일까?

정암사 경내를 둘러보아야 할 것 같습니다. 다섯 시에 퇴근을 하고 한 시간 반이나 걸려 이곳에 왔으니. 낮은 담장에 기대어 성자가 요사채로 오기를 기다릴 수만은 없었습니다.

혹시 그 무거운 몸을 끌고 수마노탑에 간 것을 아닐까? 가파른 돌계단이 182개나 있는 그곳에 갔을 리는 없다는 판단이 섭니다.

강변 외딴집에도, 누나의 이발소에도 봄이 왔습니다. 강물줄에 비끼며 유연하게 이어지는 산자락의 능선을 넘어 봄이 왔습니다.

봄은 갑자기 나타난 이웃집의 처녀와도 같았습니다. 산등으로 참꽃이 볼연지를 찍어 바르듯 붉어지기 시작하더니 연초록 잎이 까시러졌던 대지 곳곳에 숨구멍을 뚫었습니다. 그러자 온 산하가 트인 숨구멍으로 쌔액쌔액 숨을 쉬기 시작했습니다. 땅 꽃 냄새가 확확 번져왔습니다. 햇살이 좔좔 쏟아지면 그 빛을 먹는 함성들이 골짝마다 아우성이었습니다.

누나의 배는 표시 나게 불러 있었습니다. 시어머니는 동네를 휘젓고 다니며 누나의 배를 입에 담고 다녔습니다. '궁뎅이가 똥그라면 영락없이 딸인데 며느리 배 좀 보란 말이어. 장독 뚜껑 엎어놓은 것처럼 펑퍼짐하잖아? 필시 아들이여.'

이발사가 삼 년만에 며느리 몸에다 씨를 심었다며 마을 고샅을 누빈다는 소문에 내게까지 들렸습니다.

누나를 만나러 이발소 앞으로 갔습니다. 들마루는 아직 추녀 밑에 세워져 있었고, 둘이 얘기를 나눌 마땅한 장소가 생각나지 않았습니다. 누나와 시어머니가 이발소 앞에 나와서 봄볕에 몸을 말리고 있는데 말을 붙일 수가 없었습니다.

신작로를 향해 걸어갔지요. 누나가 따라올 것이라는 확신을 안고 콘크리트 통로 안에서 기다렸습니다. 가장 어두운 통로 중간지점에서 누나를 기다렸습니다.

콘크리트 통로 저쪽에 버스가 서고 마을 사람들이 내렸습니다. 그들이 두런두런 지나가도 누나는 오지 않았습니다.

마을로 다시 나갈 수도, 그렇다고 다리를 건너 버스를 탈 수도 없었습니다. 누나라는 끈에 붙들려 스스로 통로에 갇힌 것이었지요.

누나가 뒤따라 올 것이라는 확신에 금이 가기 시작하더군요. 버스가 세 대나 정차했다가 떠났습니다. 정차 간격이 이십 분 정도였으니 한 시간이 지난 것입니다.

마음까지 갈라지더군요. 통로에서 나와 이발소로 갈 것인가. 통로를 나가 다리를 건너 버스를 타고 학교로 갈 것인가. 버스를 타는 순간 누나는 나를 용서치 않을 것이며 그렇게 된다면 누나와 나 사이가 끝장난다는 생각을 했습니다. 그렇다고 시어머니와 이발사가 함께 있는 이발소로 가서 감히 누나와 마주 설 용기가 나지 않았습니다.

통로 중간에서 의식의 시소를 벌이고 있는데 누나가 통로로 걸어 들어왔습니다.

"아이… 어떡하실… 거예요?"

"뭐를 어떡해?"

시침을 뗀다는 말 평소에 들어보았나요? 나를 쳐다보는 누나의 시선이 그랬습니다. 내게 해주었던 모든 것. 들마루에 앉았을 때 찬물을 주고, 고구마에 체했을 때의 까스명수를 먹였던 일, 그리고 작달비가 쏟아지던 칠월 그 날에 있었던 일들. 누나와 나 사이에 얽혀 있었던 것을 일순간에 거두어 가는 그 냉랭한 눈빛. 내 안에 있던 누나의 모든 것을 외면하는 그 짧은 순간에 가슴이 철렁 내려앉는 슬픔을 느껴야만 했습니다.

콘크리트 통로 중간의 가장 어두운 지점에서 누나를 기다린 것이 잘 못이었습니다. 누나는 어둠에다 자신을 감추고 있는 것이었습니다.

"우리 아이."

"낳을 거야."

고개마저 홱 돌리더군요. 나를 바라볼 용기가 없어진 것입니다.

"그…그럼."

"낳아야 해. 그리고…이 아인 내 아이야."

"우린 어떻게 되는 거지요?"

"아무런 일도 없어. 우리 사이에 아무런 일도 없었던 것처럼. 아이를 낳는다 해도 어떻게 되는 거 하나도 없어."

"차라리 낳지 마셔요."

"낳아야 해. 남편과 나 사이에, 아니 시어머니에게 아이가 있어야 해. 그리고 무엇보다도… 네가 좋아."

무엇보다도 네가 좋아. 누나는 자신을 완벽하게 감추지 못하였습니다.

"여기 왜 왔어요?"

엷어진 누나의 가슴에 작은 공깃돌을 던지듯 얼른 물었습니다.

"네가 이발소로 다시 찾아올 것 같아서. 버스 놓치지 말고 어서 학교로 가."

누나가 등을 돌려 걸어갔습니다.

"죽을 때까지 누나와… 우리 아이 잊지 않을 거야."

누나의 등에다 소리를 쳤습니다. 누나가 조금의 동요도 없이 통로를 걸어 나갔습니다. 누나가 통로를 나가 골목으로 돌아서는 그 짧은 순간. 내 존재가 깨알만 하게 작아지는데 가슴 밑바닥에서 모래알이 서걱거리는 슬픔이 철렁철렁 고이더군요.

누나의 모습이 사라졌습니다. 통로에다 슬픔과 그리움의 여운을 잔뜩 채워 놓고 걸어간 길바닥마저 거두며 사라졌습니다.

매일처럼 일어나는 일상의 행동과 습관이 자신을 감추는 도구일 수 있다는 것을 누나의 돌변한 모습으로부터 깨달았습니다.

주말마다 기숙사에서 집으로 왔습니다. 이발소 앞을 지나기 위해서였죠. 아니 누나를 보기 위해서입니다. 점점 불러가는 누나의 배를 보러 오는 것입니다. 누나에게서 확신을 얻고 싶었습니다. 무엇보다도 내가 좋아서 아이를 낳으려는 누나. 그 누나에게서 나의 존재를 확인하고 싶은 것이었지요.

누나는 일부러 이발소 앞 들마루에 나와 있더군요.

토요일 오후. 나를 태운 버스의 정차시각을 아는 누나는 나를 기다리기나 한 듯 들마루에 나와 있었습니다. 그런데 이발사와 함께였지요. 이발사의 어깨에 머리를 기대고 있기도 하였고, 부른 배에다 이발사의 손을 가져다 만지작거리기도 하였습니다.

태연스럽게 걸음을 걷고 말을 하고 부엌에서 밥상을 내오며 이발소에서 일상을 사는 누나. 그런 누나가 몹시 서운해지더니 나중에는 얄미워지기까지 하더군요. 누나가 왜 다른 여자들처럼 평범해지는 지를 이해할 수가 없었습니다. 누나는 다른 임산부와 다르다는 생각을 지워낼 수가 없었습니다. 누나는 남편의 아이가 아닌, 내 아이를 임신한 여자인데. 내게 저렇게 태연할 수가 있을까요?

요사채 마당으로 성자가 걸어가고 있었습니다.

남은 것이 이렇게

경내를 돌아보며 성자를 찾으려 했는데 낮은 담장에 귀를 대본 것이 잘못이었습니다. 바라보는 눈의 높이가 낮아지면 정말 마음의 폭이 넓어질까. 자세를 낮추고 담장에 귀를 대 보았습니다.

아무 소리도 들리지 않더군요. 몸을 낮추었다고, 높은 산에 올라 기지개를 켠다고 쩌억 갈라지듯 가슴이 열리는 것은 아니었습니다.

절에 가서 운판 소리를 들어본 적이 있나요?

땅, 땅, 따앙, 땅, 땅… 날짐승과 허공을 헤매며 떠도는 영혼을 구제하기 위한 구름의 울음소리, 운판 소리를 들어 본 적이 있나요?

낮은 담장에 몸을 숨기듯 허리를 구부리고 있는데 따앙— 소리가 느닷없이 들리더군요. 상체를 일으켜 소리 나는 곳을 살폈습니다. 종각에 달린 범종 소리도 아니고, 물고기처럼 항상 눈을 깨어 있으라는 투박하고 구성진 목어 소리도 더더욱 아니었지요. 사방을 아무리 둘러봐도 소리 나는 곳을 찾을 수가 없었습니다. 운판을 두드리는 소리마저 뚝 끊겼습니다.

내가 왜 성자를 찾아 왔을까.

운판 두드리는 소리가 따앙— 가슴을 때리더군요. 가슴에 두 팔을 가위질러 얹고 소리 나는 곳을 찾는데 성자가 요사채 마당을 걷고 있는 것이 아닌가요.

"서…성자."

나도 모르게 말이 튀어나왔는데 혼잣말이어서 듣는 사람이 아무도 없었습니다. 성자가 뒤뚱거리며 요사채로 바삐 걷고 있습니다. 성자가 요사채로 들어가기 전에 불러 세워야 한다는 급한 생각이 들었지요. 요사채 마당으로 뛰어갔습니다. 따앙— 운판을 때리는 소리가 또 났습니다. 댓돌에 발을 놀려 놓던 성자의 몸이 휘청하더군요. 마당 가운데까지 뛰어가 성자를 불렀습니다. 성자가 고개를 돌렸습니다. 그런데 성자의 표정이 심상치 않습니다. 두려움에 질린 표정이었습니다.

"선생님."

성자가 댓돌에 서 있기가 힘이 들었는지 무거운 몸을 마루에 놓았습니다.

"너를 보러 왔다."

따앙— 운판 소리가 또 났습니다. 성자가 손바닥으로 두 귀를 막더니 눈을 질끈 감았습니다.

"오빠는… 갔어요?"

운판 소리가 멈추자 성자가 물었습니다.

"오늘 간다고 들었는데 갔는지 모르겠다. 얘기 좀 할 수 있니?"

"지금요?"

"그래. 곧 어두워지기 전에 돌아가야 하니까."

"지금은 안 돼요. 방으로 들어갈래요."

"방에서 무슨 할 일이 있니?"

"아니요. 저 소리가 싫어요."

성자의 말이 떨어지기 무섭게 운판이 또 따앙— 두들겨졌다. 성자는 정암사 경내 어딘가에 있다가 운판 두들기는 소리가 나자 급히 요사채 방으로 들어가는 길이었습니다.

"오빠를 피해서 여기 온 게지?"

담장에 귀를 대고 있다가 운판 소리에 가슴을 두들겨 맞아서일까요? 나조차 예상하지 않은 잔인한 질문이었습니다. 운판 소리를 피해 요사채로 도망을 온 성자의 심장에 송곳날을 들이댄 것입니다. 성자가 눈을 동그랗게 뜨더니 나를 노려보듯 하더군요. 오히려 내 심장에 송곳날이 박힌 듯 뜨끔하더군요.

"성구가 휴가를 온 날 밤에 집을 나와서 성구가 돌아가기만을 기다리고 있지?"

"아녀요."

막대기를 뚝 분지르는 말투였습니다. 운판이 따앙- 두들겨졌습니다. 성자가 꿈적도 하지 않더군요. 나를 노려보는 눈알이 까만 조약돌처럼 반들거렸습니다.

"혹시. 아이 아버지가 성구…아니니?"

성자가 입을 딱 벌리면서 기가 찬 듯 멍해졌다가 펄쩍 뛰며 부인할 줄 알았습니다. 성자가 입술을 깨물었습니다. 내 물음에 답할 가치가 없다는 의미일까요? 아니면 사실을 긍정하기 싫어서일까요?

"아이 아버지는 성구가 맞아."

운판 소리가 때맞춰 한 차례 더 들리기를 원하였습니다. 성자를 막다른 골목에 세워두고 윽박지르는 기분이었지요.

"선생님."

성자가 또 눈을 똥그랗게 뜨더군요

"그래. 진실을 말해."

성자의 흡뜬 눈에 돌멩이를 던지듯 다그쳤습니다.

"진실…요?"

"생명의 진실."

너는 진실을 말할 수밖에 없어. 네 배가 터질 듯이 들어앉은 아이의 아버지가 친오빠인 성구라는 것을 네 입으로 실토할 수밖에 없어.

성자가 진실을 털어놓을 수밖에 없을 것이라는 확신이 강하게 서더군요. 어깨가 저절로 으쓱거렸고 성자의 눈을 들여다보는 시선에 힘까지 차더군요. 성자처럼 온순한 아이가 생명의 진실을 속일 수는 없다는 단정을 지었기 때문입니다. 만삭이 된 어머니의 입에서 아이를 두고 거짓말을 할 수는 없다고 판단했습니다.

그래. 어서 말해. 너와 성구 사이에 아이가 생겼다고 말을 하란 말이야.

성자의 홉뜬 눈을 바라보며 중얼거렸습니다.

그때. 따앙— 운판이 또 두들겨졌습니다. 성자가 홉뜬 눈을 질끈 감더군요.

그래. 어서 말해. 가슴을 때리는 저 소리조차 감당하지 못하는 네가 거짓말을 할 수는 없어.

"돌아가세요."

성자가 눈을 다시 부릅떴습니다. 따앙— 자신만만하게 단정을 짓고 있던 내 가슴팍을 쩌억 가르는 소리였습니다. 성자가 무거운 몸을 뒤뚱 일으키더니 요사채 방문을 열고 들어갔습니다.

성자가 문에다 등을 기댄 채 흐느끼고 있을 것이라는 생각을 했습니다. 성자를 저렇게 내버려두고 돌아갈 수는 없었습니다.

"생명의 진실을 외면할 수는 없어."

엷어진 감정의 막에다 공깃돌을 던지듯 말했습니다. 성자의 대답도, 운판 소리도 더 들리지 않았습니다. 방문의 흔들림과 들릴 듯 말 듯 성자의 흐느끼는 소리를 듣고 서 있는 사이, 어둠의 자태가 확연해졌습니다.

상황을 즐기고 있는 나를 발견합니다. 내가 떠나기 전까지는 괴로운 몸을 방문에 기대고 흐느껴야만 할 것이라는 자만이랄까요? 그런데 그게 나를 옭아매는 덫이 되더군요. 어둠이 정암사를 어느덧 장악하듯 성자에 대한 연민이 내게 들어차는 것이었습니다. 운판 소리에도 괴로워하는 성자를 자극하여 확답을 얻으려고 버티고 서있었는데, 이젠 성자를 달래주어야 한다는 생각이 생긴 것입니다. 가곡으로 돌아가야 하는데 몸이 돌아서질 않습니다.

"그래요. 맞아요. 이제 속이 시원하세요? 그만 돌아가세요."

성자가 덫에서 나를 꺼내주었습니다. 방 문은 더 흔들리지 않았고 흐느낌도 멈추었습니다. 요사채를 나올 수 있었지만 굵은 모래알이 서걱거리듯 가슴이 아프더군요.

작달비

산이 울고 있습니다. 소백산 큰 덩치가 울고 앞 강물도 따라 흐느끼고 있습니다. 굵직하고 억세게 퍼붓는 비, 작달비가 쏟아지고 있습니다. 큰일이 나고야 말 것이라는 공포가 거실에 가득 들어찼습니다. 도와줄 사람도 없습니다. 이발소도 안채도 불이 모두 꺼져 있습니다. 안마당을 후려치며 우르릉거리는 빗줄기를 헤쳐 가는 사람 아무도 없습니다.

누군가 이발소 안채 마루에 컴컴하게 앉아 있습니다.

처음에는 쌀을 담은 자루인 줄 알았는데, 침침하게 놓인 덩어리가 희미하게 움직이는 것이 포착되었습니다. 으르렁거리며 쏟아지는 큰비에 놀란 검둥개가 쌀자루에 앉아 있구나 짐작했지요. 그런데 어느 순간에, 움직이는 모습이 검둥개가 아니라는 것을 깨달았습니다. 빗줄기는 여전히 굵었지요. 간간이 몰아치는 바람에 빗줄기가 허리를 꺾이며 울부짖는 굉음까지 들리는 상황이었습니다.

허리가 꺾이며 휘청거리는 빗줄기 때문에 잘못 본 것이라 생각하면서 그 덩어리를 관찰하기 시작했습니다. 자세히 바라보았더니 그 덩어리의 실체가 조금씩 드러나는 것이었어요. 그 덩어리를 감추고 있던 어둠이 내 시선의 빗질에 점점 벗겨지는 것이었습니다. 물체는 검둥개가 아니었고, 쌀자루는 더더욱 아니었으며 분명히 사람이었습니다.

물체가, 아니 사람이 일어섰습니다. 마루 밑에서 검둥개가 나와 댓돌에 서는군요. 댓돌로 내려서는 동작이 둔하네요. 배가 부른… 아, 성자가 돌아온 것입니다. 어제 정암사 요사채에서 만났던 성자가 마침내 이발소 안마당에 다시 나타난 것입니다.

그런데 이빨을 으르렁거리듯 성자를 찾던 성구는 부대로 귀가한 뒤였습니다.

소파에서 일어나 창으로 걸어갔습니다. 빗물이 손바닥을 간질이듯 유리를 타고 흘러내리고, 흐르는 물에 실루엣처럼 흐물거리는 성자의 모습이 뒤뚱 움직입니다.

성자가 마당으로 내려섰습니다. 작달비가 성자의 몸으로 사정없이 들이닥칩니다.

무슨 일이 생긴 것일까요? 깊은 밤, 작달비가 세상을 끝장낼 듯 쏟아지고 있는데. 만삭의 몸으로 마당 가운데로 걸어와 비를 맞고 있습니다.

형벌을 내리는 것일까요? 작달비가 더욱 거세집니다. 저렇게 비를 맞다가는 무슨 일이 일어날 것만 같은 불길한 예감이 휘감아옵니다.

수돗가에 놓였던 세숫대야가 바람에 밀려 금속음을 냅니다. 아마 물이 들지 않게 엎어놓았던 모양이지요? 엎어져서 빗물을 고스란히 피하고 있는 세숫대야가 맘에 들지 않았는지 바람이 불어 기어코 뒤집어놓는군요. 따다다다… 세숫대야에 빗물 떨어지는 소리 조금 들리다 사라집니다. 이제 세숫대야도 형벌을 가득 감내해야 합니다.

여전히 성자는 부른 배를 내밀고 비를 맞고 있습니다. 내 손바닥에 땀이 흥건하게 젖네요. 이발사와 여자가 잠든 방은 여전히 불이 꺼져있습니다. 저대로 두었다간 무슨 일이 날 것만 같네요. 아무래도 안방에 소리를 넣어 이발사 내외를 깨워야 할 것 같네요. 비를 맞는 성자는 분명 제정신이 아닐 테니까요.

그런데 성자가 다가오고 있습니다. 수돗가로 오는 것일까요? 무거운 몸을 천천히 움직여 내가 있는 거실 쪽으로 오고 있습니다. 댓돌에 섰던 검둥개가 성자에게 왔습니다. 지금 상황에서 성자를 위로해줄 자는 검둥개밖에 없네요. 검둥개가 성자의 젖은 다리에서 무엇인가를 찾는 듯 혀를 늘이고 코를 벌름거립니다.

혹시… 아이를 낳으려고 저러는 것은 아닌가?

밤중에 찾아온 산통을 참다가 마루에 나왔는데 양수가 터진 것은 아닐까? 터진 양수가 다리를 타고 흘러내리자 비를 맞고 있는 것은 아닐까? 성자의 다리를 핥으려는 듯 혀를 빼고 있는 검둥개의 모습으로 보아 억측이 아닐 수도 있다는 판단이 섭니다.

그렇다면 성자를 저대로 방치하면 더더욱 안 되는 것이지요. 아무래도 이발소 안마당으로 가야 할 것 같습니다.

그런데, 수돗가에 선 성자가 나를 바라보고 있는 것이 아닌가요? 아니, 나를 바라보고 있는 것이 아니라 내가 조급하게 서 있는 거실을 바라보고 있는 것이겠지요. 잠에 빠진 내가 깨어나 자신을 발견해주기를 바라는 몸짓일지도 모릅니다. 성자의 눈에는 거실에 깨어 있는 내가 보이지 않을 테니까요. 어쨌든 안마당으로 가야만 하는 상황이 틀림없습니다. 판단은 명확한데 선뜻 움직이기가 망설여집니다.

다행히 성자가 등을 돌려 걸어가네요. 안방으로 가서 이발사 내외를 깨우려나 봅니다. 검둥개도 따라가는군요. 안방으로 향하던 성자가 방향을 바꾸었습니다. 절룩거리지 않고, 걷다가 아랫배를 틀어쥐며 상체를 웅크리지도 않고 무거운 몸을 가벼운 듯 옮겨가는 것으로 보아 진통은 아니라는 판단이 섰습니다.

무슨 일을 결심한 것일까요? 성자가 대문으로 나갔습니다. 성자가 보이지 않자 어떻게 해야 할지 막막해졌습니다. 작달비를 맞으며 성자에게 가야 하는 것인지, 성자가 이발소 안마당으로 다시 들어오는 것을 기다렸다가 잠자리에 누워야 하는 것인지, 아예 모른 척 방으로 들어가 잠을 청해야 하는지. 참 우유부단한 놈이라는 것을 절실하게 깨닫는 순간이 흘러갔습니다.

방으로 들어가 이불을 뒤집어쓴다 해도 성자의 모습을 다시 보기 전에는 잠을 이룰 수가 없음이 분명합니다. 거실을 한 바퀴 돌고, 신발을 내려다보고, 현관에 세워둔 우산을 쥐었다 놓고 또 거실을 한 바퀴 돌고서 이발소 안마당을 내려다보았습니다. 성자는 보이지 않습니다.

가슴에 돌덩이가 얹힌 듯 답답해졌습니다. 빗물은 여전히 유리창에 흘러 시야를 가립니다. 창유리를 손바닥으로 문질렀지만 답답해지는 가슴을 어찌할 수가 없습니다. 성자도 검둥개도 이발소 안마당에 없습니다.

똑. 똑.

거실 출입문을 두드리는 소리가 들렸습니다. 성자가 온 것일까? 귀를 곤두세우고 거실을 바라보았지요. 작달비가 후려친 소리였는지 잠잠하더군요. 잘못 들었구나. 중얼거리며 안마당으로 시선을 돌렸습니다.

그런데, 똑… 똑. 두드리는 소리가 확실히 들렸습니다. 성자가 왔구나. 일부러 소리를 내며 걸어가 출입문을 열었습니다.

성자가 와 있었습니다. 작달비에 젖은 성자의 배가 위태로울 정도로 불러 보였습니다.

"들어가도 돼요?"

성자는 울고 있었습니다. 성자의 치마 아래로 드러난 다리를 보았습니다. 부른 배를 안고 늘 그늘에만 앉아 있던 성자의 하얀 다리에는 내가 염려했던 양수의 흔적이 없었습니다.

성자는 소파가 젖을까 한사코 앉으려 하지 않았지만, 기어코 성자를 앉게 했습니다.

"선생님. 제가 거짓말을 했어요."

캄캄한 거실이었기에 더욱 새까맣게 빛을 쏘아 내는 성자의 눈을 비로소 바라보았습니다. 머리칼 몇 올이 얼굴을 덮고 있었는데 호롱불 심지처럼 성자의 심정을 끄집어내는 내면의 가닥처럼 보였습니다.

"어떡하면 좋아요. 무서워요. 선생님에게도 거짓말을 했어요. 아기

어쩌면 좋아요. 아기가 나오려는지 옆구리가 자꾸 아파 오는데 전 어떻게 하면 좋아요."

머리칼이 성자의 내면에서 끄집어 올린 것은 두려움이었습니다.

"정암사에서 돌아왔구나."

내게 무슨 거짓말을 했는지 묻고 싶었지요. 그럴 수가 없더군요. 비에 젖고 훌쩍이는 성자가 어찌하면 좋은지 말을 해 주어야 하는데. 아무런 의미도 없는 말을 던졌습니다.

"성구 오빠가 갔으니까요."

뼈가 있는 성자의 대답이었습니다. 성구가 와서 집을 나가 정암사 요사채에 숨어 있었다는 것을 토로한 것입니다. '닷새 전에 성자는 충주 외가에 갔다.' 태연스럽게 거짓말을 하던 여자의 칼날 같은 눈빛이 떠오릅니다.

불길한 상상이 엄습해왔습니다. 설마. 아냐. 그렇지 않아. 아닐 거야. 성구와 성자가 그랬을 리가 없어. 불길해지는 상상을 떨쳐버리려 했지요. 그런데 비에 함빡 젖은 성자의 모습이 허락하질 않더군요.

"뱃속에 이…아인…."

그만. 그만. 성자의 입을 틀어막고 싶은 심정이었습니다. 성자가 손으로 입을 막고 흐느낍니다. 그 순간에 나는 고개를 돌려 청첩장을 바라보았습니다. 청첩장이 성자의 엄청난 실토를 듣고 있었습니다.

"엄마도 다 알아요."

우연의 일치일까요? 작달비를 쏟아 붓던 검은 하늘에서 소백산을 두 동강 낼 번개가 칩니다. 번쩍이는 섬광이 하늘을 두 조각내고 사라졌습니다.

오백 년 수령의 고목이 우지끈 부러지는 천둥소리가 후렴으로 들립니다. 소백산이 느닷없이 터뜨린 고함일까요? 성자의 눈자위가 한 차례 휘번득거렸습니다.

　"잠을 잘 수가 없어요. 선생님이랑 억지로 들었던 그 소리…. 날아다니는 짐승을 위해 두드린다는… 운판이라고 했지요? 누워 잠을 청하면 땅, 따앙− 소리가 가슴을 때려요. 비가 저렇게 굵게 쏟아지는데 빗소리는 하나도 안 들리고 운판 때리는 소리만 들렸어요.

　"그렇다고 비를 맞고 서 있었니?"

　"굵은 빗소리를 들으려고 나왔어요. 마루에 앉았는데 운판 때리는 소리가 멈추질 않아요. 비를 맞으면 빗소리가 들릴까 봐 비를 맞았어요."

　성자의 눈초리가 겁에 잔뜩 질려 있습니다.

　"여기 앉아 있으니까 운판 소리가 안 들려요. 여기 좀 앉아 있어도 괜찮지요?"

　성자가 엉덩이를 조금 들어 이발소 안마당을 바라봅니다. 그런데 작달비가 쏟아지는 안마당이 선명하게 보이는 것이었습니다. 갑자기 찾아낸 비밀의 정원처럼 보이는 안마당을 성자가 내 앞에서 바라보고 있습니다. 숨겨둔 내 가슴속을 들여다보는 듯 얼굴이 화끈거립니다. 큰 잘못을 들켜버린 듯 부끄러워집니다. 아니 가슴에 은근한 불씨가 지펴진 듯합니다.

　"성구 오빠는 아녀요."

　그런데 성자가 머릿속을 온통 뒤집는 소리를 했습니다. 작달비가 뇌리로 우두둑 떨어지는 혼돈이었습니다.

남천계곡

산다는 것은 긴 협곡을 지나는 것이 아닐까요?

한 번의 우연한 만남이 엄청난 결과를 몰고 왔을 때, 긴 협곡을 걸어 왔다는 생각이 저절로 듭니다. 협곡을 다 나왔다고 생각을 했는데 둘러보니 아직 협곡의 깊은 수렁을 걷고 있었습니다. 성자는 그 협곡에서 걸어 나오는 것을 두려워하고 있는 것이 분명합니다. 아무리 버둥거려도 협곡을 벗어날 수 없음을 알아버린 것일까요?

나는 이미 오래전에 협곡을 벗어난 줄 알았는데 청첩장을 받고서 협곡에 아직 갇혀 있음을 깨달았습니다.

금요일. 퇴근을 해서 곧장 남천 계곡으로 차를 몰았습니다. 내일은 누나를 만나러 가야 합니다. 누나의 딸, 그 아이가 성년이 되어 시집을 가는 날입니다.

팔월이라 어두워지기까지는 세 시간의 여유가 있었습니다. 설사 계곡에 어둠이 일찍 온다 해도 이차선 아스팔트 도로에다 헤드라이트를 늘이고 돌아오면 그만입니다.

학교에서 영월방면의 남천계곡까지는 규정 속도로 운전을 한다면 삼십 분 거리밖에 되지 않습니다. 남천계곡에는 천태종의 총본산인 구인사가 있습니다.

계곡 입구로 접어들어서 주차시킬 만한 공터를 찾기 시작했습니다. 차가 주차될 만한 공간은 더러 있었습니다. 그런데 차를 주차해야 할 곳을 결정할 수 없었습니다. 주차 공간이 이렇게 많지만 않았어도 고민을 하지는 않았겠지요. 주차할 공간이 여기저기 산재해서 고민입니다.

길가에 차를 세우는 것도 사람 사는 것과 똑같다는 생각을 합니다. 주차할 곳이 생각보다 너무 많아 차를 세우지 못하고 계곡을 내려오고야 말았습니다.

"당신, 집으로 올 거지?"

아내에게서 전화가 왔습니다.

마음이 갈래갈래 흐트러집니다.

남한강을 오른쪽에 낀 내리막길을 내려오는데 마치 에스컬레이터 손잡이에 오른손을 얹고서 백화점 옥상을 뚫고 허공으로 날아오르는 기분이었습니다.

내일은 그 아이가 성년이 되어 결혼을 하는 날입니다.

이발소가 심상치 않습니다.

여자가 부리나케 안마당을 휘젓고 다닙니다. 이발사가 저토록 허둥대는 것은 처음 봅니다. 가곡으로 오고서부터 육 개월 동안에 이발사의 말소리를 들어본 적이 채 열 번도 되지 않는데 오늘은 무슨 말을 마구 쏟아낼 듯 허둥대고 있습니다. 검둥개의 눈빛조차 예사롭지 않네요.

누군가 성자의 몸뚱이를 마구 비트는 신음이 안방에서 들렸습니다. 아이를 낳으려나 봅니다.

"독한 년. 몸이나 풀고 약을 처먹지."

약을 먹어? 성자가? 뒤통수를 아찔하게 얻어맞은 기분이었습니다.

여자의 눈에는 마당에 서 있는 내가 보이지 않습니다. 안방에서 들고 나온 것들이 수돗가 대야에 팽개쳐졌습니다. 수돗물이 주르르 쏟아지자 대야에 뻘건 물이 고였습니다. 이발사가 휘적휘적 걸어와 대야에 담긴 것들을 헹구는 사이 여자가 안방으로 들어가고, 성자야, 성자야, 맨살 어딘가를 찰싹 때리는 소리가 들려왔습니다.

산통의 신음을 쏟던 성자의 소리도 멈추고, 맨살을 때리던 소리도 멈추고. 수도꼭지에서 물 떨어지는 소리도 멈추고, 마당 가운데에 섰던 검둥개의 귀가 곤두서고 이발사의 퀭한 눈빛이 안방으로 향했습니다.

스피커가 고장 난 영사기, 영사기 돌아가는 소리조차 들리지 않는 숨 막히는 고요. 괴괴한 고요에 휘감겨 몸부림을 치듯 이발사가 안방으로 걸어갔습니다.

"그래, 성자야. 눈 크게 뜨고 정신 좀 차려."

여자가 다시 울먹이고 성자의 끊겼던 신음이 다시 들립니다. 댓돌에 선 이발사가 손바닥을 바지에 문지릅니다. 아, 검둥개가 꼬리를 흔듭니다. 텃밭 푸성귀를 건드리는 바람의 흔적도 보였습니다. 숨 막히는 정적이 깨지면서 아주 미세하나마 움직이는 것들이 살아납니다.

"그렇지. 이를 악물고 힘을 줘봐. 악을 쓰란 말이야."

성자의 신음 소리가 뚝 끊겼습니다. 또 아주 잠깐의 정적이 흐릅니다. 이발사가 마당으로 가로질러 급히 가더니 낫을 손에 쥐었습니다.

"성자야. 성자야."

여자가 또 성자의 몸을 흔들며 울부짖습니다. 성자의 신음 소리 간신히 이어집니다. 아이를 낳는 고통스런 신음이 아니라 어렴풋이 꺼져가는 숨소리. 이발사가 흐엉흐엉 울기 시작합니다. 이발사의 손에 바투 쥐어진 낫이 부르르 떱니다.

"이년아. 몹쓸 년아. 네 새끼는 내놓고 가야 할 거 아녀."

여자가 방바닥을 치며 통곡을 합니다. 눈물이 흥건하여 충혈된 이발사의 눈이 검둥개를 노려봅니다. 검둥개가 흠칫 놀라 텃밭으로 뒷걸음을 칩니다.

여자가 마루로 나와 쓰러집니다. 여자가 쓰러진 상체를 일으키며 마루에다 주먹질하는 것을 본 이발사가 낫을 들고 검둥개에게로 천천히 걸어갑니다. 검둥개가 엉덩이를 낮추고 이발사를 바라봅니다. 아, 저놈이 이발사의 속을 읽고 있는 것일까요. 이발사가 낫을 쥐고 걸어오는 것을 피하지 않고 바라보고만 있는 저놈의 눈빛.

이발사의 낫에 순순히 목숨을 내놓은 저놈도 알고 있는 것일까요? 아무리 버둥거려도 협곡을 벗어날 수 없음을 깨달은 것일까요?

숨이 끊어진 개보다 더한 절망으로 이발사가 자신을 향해 낫을 쳐들었습니다.

"죽어라 죽어. 개 목숨만도 못한 인간아."

마루에 널브러진 여자의 울부짖음이 지나가고, '성구 오빠는 아녀요, 엄마는 다 알아요.' 작달비가 귓속으로 파고드는 환청에 휘청거려야 했습니다.

세상이 온통 협곡입니다. 협곡을 벗어나는 순간은 어느 쯤에 있기나 한 것일까요. 소백산 잔등에 닿은 푸른 하늘도 남한강 물줄기에 탁 트여나간 강변도 인간을 그럴듯하게 감싸 안은 깊은 수렁입니다. 이발사가 가슴에 낫을 꽂고 쓰러지고, 여자가 피를 토하듯 울부짖어도 수렁은 평화롭게만 보입니다.

7

죽음의 문

아무렇지도 않은 표정으로 아내와 아침을 먹는다. 나를 통제하는 능력이 탁월해졌음을 자각한다. 오징어포 무침을 입에 가득 넣고 잘근잘근 씹는다. 요도가 따끔거리고 방광이 쓰라리다. 씀바귀 무침을 입에 넣으면서 나를 통제하고 싶지 않았던 시절도 생각한다. 내 주변 내 또래 아이들이 누릴 수 있는 조건들을 결코 가지지 못하리라는 체념의 항거. 참나무 숯불로 내 안에 타오르는, 작은 돌부리나 제비꽃잎을 보며 삭이던 울분을 생각한다.

아침을 먹으면서 이를 닦는 욕실까지 따라와서 현관까지 배웅하면서,

"여보. 비가 이렇게 많이 오는데… 더구나 집도 아니고 산엘…?"

내일이 아버지의 제사라는 것을 아내는 알고 있었다.

집에서 나왔다. 빗줄기로 거리가 후줄근하다. 하체의 쓰라림은 조금은 나아졌다. 요도와 방광 염증이 재발한 것이다. 쉽사리 그칠 비가 아니다. 하체를 겅중거리며 출근했다. 아내로부터 전화가 왔다.

아향에 피어가 있다

"비가 그칠 것 같지가 않아 여보."

나는 수화기를 자리에 놓았다. 또 벨이 울린다.

하체가 욱신거리기 시작한다. 요도에서 항문으로 쓰라림이 개미떼로 오간다. 비가 쉼 없이 뜯어지는 하늘과 검게 누운 한강이 보인다. 강 건너 둑길로 소리 없이 차들이 달린다. 간격과 속도가 일정해서 흡사 모양이 비슷한 나무를 심어 놓은 모습이다.

폭이 작은 물의 흐름이 있었다. 절벽이 있고 맞은편에 미루나무가 초병처럼 서 있는 강이었다. 강을 따라 마을로 가는 길이 있다. 강이 한 번 굽이치면 길도 굽이쳤다. 굽이치는 곳에는 절벽이 있고 절벽의 맞은편에는 백사장이 있다. 마을을 앞에 두고 물이 또 한 번 굽이치는 곳에 봇둑이 있다. 소나무를 잘라서 말뚝을 박고 울타리처럼 가로댄 후 돌을 쌓아 수위를 높였다. 깊어진 물심과 깎아지른 절벽에는 무섬증이 응고되어 있다. 절벽에는 날쌘 날개와 곡괭이처럼 꼬부라진 부리를 가진 매들이 살고 있다. 아이들은 섣불리 그곳에 가지 못한다. 봇물에는 사람이 자주 죽는다. 여름마다 피서를 온 사람들이 절벽의 맞은편 백사장 미루나무 그늘에다 텐트를 치곤 했다. 그중 한 명은 뽑기나 사다리 타기를 한 것처럼 물에 빠져 죽었다. 절벽으로 굽이치는 물살의 양이 달라질 때마다 모래를 침식하거나 퇴적하는 정도가 달랐기 때문에 봇물도 자신의 깊이를 모르는 곳이다. 물속의 모래톱이 아침과 저녁에 다르다. 물속의 흐름이 모래톱의 위치를 시시로 바꾸므로 함정이 만들어진다. 절벽 쪽의 수심이 갑자기 깊어짐을 모르고 물속으로 들어갔기 때문이다. 오월이니까 봇둑이 새로이 수리가 되었을 성싶다. 마을 앞의 논으로 물을 대기 위한 봇도랑도 혈맥처럼 뚫려 있을 것이다. 그 마을,

강천으로 내일 가야 한다.

"점심 안 드셔?"

직원들이 사무실로 들어서면서 말했다. 복도에서 방금 뽑은 일회용 종이컵을 들고 있었다. 시계는 점심시간을 거의 지워 내고 있었다. 배뇨감이 왔다. 화장실로 가서 변기와 마주 섰다. 통증을 담고 있는 거기의 끝이 발갛게 부어 있었다. 배뇨감은 방광에 들어차 있다. 오줌은 섣불리 요도로 향하지 않는다. 끄으응— 몇 번의 용을 쓰고서야 요도를 지나온 오줌이 발등으로 쪼르륵 떨어졌다. 그리고는 그만이었다. 으으으— 요도를 긁는 통증으로 신음이 저절로 새어나왔다. 통증을 참기 위해 허벅지가 돌덩이처럼 딱해지도록 힘을 주었다. 통증은 기분 나쁘게 아랫배를 쥐어짜기 시작했고 방광의 이물감은 여전했다.

퇴근 무렵에 비는 그쳐 있었다. 하늘은 비의 잔재를 완전히 비운 모습이 아니다. 강 건너 둑으로 차들은 여전히 지나갔다. 사물을 정리하고 밖으로 나왔다. 비는 그 흔적을 도처에 흩어 놓고 있었다. 젖은 신문, 늘어진 플라타너스 잎, 축축한 보도블록. 쓰라렸던 여운이 남아 있는 아래, 통증이 멎은 그곳에 구멍이 난 느낌이다. 하체의 중심에 구멍이 뚫려선지 걸음걸이가 흔들렸다. 내 몸에서 이탈한 다리를 끌고 가는 느낌이다. 비에 생기를 잃었던 사람들의 발걸음은 살아나고 있었다. 하늘은 땅 가까이 내려와 하얗게 마르는 건물을 껴안고 있었다.

물과 하늘은 한몸이었다. 봇물 가에 키 큰 미루나무들이 바람에 한사코 흔들릴 때 하늘은 물에 잠겨있었다. 또 물은 하늘에 닿아 있었다. 하늘과 물의 경계선에서 미루나무가 초병처럼 서 있었다. 나는 미루나무처럼 보의 수면을 거꾸로 걸어 다녔다. 절벽에 둥지를 튼 매도 물속에서 내 머리 위를 맴돌곤 했다. 절벽에서 일구어낸 바람이 미루나무 잎을 와르르 흔들면 논배미의 벼들이 뱀의 비늘무늬를 그리려 고개를 비틀었다.

강처럼 집으로 간다. 기쁘게 진통하면서 서두르지 않으며 물과 물이, 냇물과 도랑물이, 강과 강이 결코 불협화음일 수 없듯이 나는 길에 합일된다. 걸음을 옮길수록 나는 길이 된다. 발 밑 어디엔가, 보도블록 어디에선가, 형광빛을 뿜기 시작하는 건물의 어느 층에선가. 분출구를 찾는 물줄기의 꿈틀거림이 발등을 타고 오른다. 하늘은 어느새 땅에 내려와 먹빛 유령이 되어 움직이는 것들을 집어삼키고 있다. 그런데 길도 누운 장벽일 수 있음을 생각한다. 이끼 서린 고려 시대쯤의 성곽을 넘어 사람들은 어디론가로 바삐 사라진다. 장벽을 모두 헤치고 아내 앞에 선 나는 수면처럼 침묵할 수 있을까? 나는 물일 수가 없는가? 나와 대면하는 자의 생각을 침잠시킬 수는 없는가.

"여보. 일기예보가 반복되는데 비는 내일까지 올 거래요."

아내는 나를 기다린 것이 아니라 비 소식을 내게 말해 주려는 시점을 한사코 기다린 듯싶다. 입속에 물고 있는 빗물이 자신의 숨통을 조이는 줄도 모르고.

"밥 좀 줘 배고파."

"점심 무얼 먹었는데?"

"안 먹었어."

"왜? 비가 와서?"

잊고 있던 하복부가 다시 허전해진다. 통증이 빠져나가 구멍이 횅한 느낌인 몸을 식탁에 앉혔다. 물통을 들고 마셨다. 아내의 눈꼬리가 일그러진다. 여름이 오는 우기에 접근을 하면 습관적으로 목이 마르다. 컵에다 물을 따라 마시고, 주스도 마시고. 욕실에서 정수리에 물을 쏟고, 우유 따위를 수시로 마셔도 갈증을 시원하게 해결해 본 적이 없다. 다만 냉장고에서 막 꺼낸 맥주는 목부터 배꼽까지 강인한 밧줄을 내리며 시원함을 가져다준다. 하지만 그 차가웠던 줄기가 화끈화끈 달아오르면 더한 갈증이 오곤 했다.

아내가 식탁에 저녁거리를 차리며 싱크대 쪽으로 돌아섰을 때 나는 재빨리 물통을 입에 댄다. 뱃속으로 단숨에 내려간 물이 위에 고이지 못하고 어느 틈새로 실종되는 느낌. 통증이 가신 자리가 미궁 같아진 나의 하체. 강물에 생각을 던져 넣듯 물을 자꾸 들이부어도 갈증은 끝나지 않는다.

부수고 으깨고 짓밟아 주고 작대기로 내려치고픈 내 안의 성향. 크고 견고하고 나를 중압하는 것들에 나는 반감한다. 집어던질 수 있는 것, 깨어 버릴 수 있는 것을 아내가 식탁에 배열한다. 김치 두부찌개를 식탁의 중앙에 놓고 본차이나 그릇에 찬을 담아 차례로 내 앞에 배열한다. 사실은 식탁에 놓인 것들, 스스로 걸어서 움직이지 않는 것들, 스스로 걸어가서 어떤 일을 저지를 가능성이 없는 것들은 나를 중압하는 것들이 아니다. 아내는 식탁을 차리다 말고 화장실로 들어갈 수 있으며, 안방으로 들어가 내가 배고픔으로 바닥에 엎어져 신음을 해도 나오지 않을 수 있는, 그럴 가능성이 약간이라도 있는 개체이다. 입술에다 립스틱을 바르면서 센 입심으로 나를 궁지에 몰아넣고는 현관문을 열고 나가 영영 돌아오지 않을 수도 있는… 여자. 의식의 다리를 가진 여자를 생각하면 목이 마른 것일까. 아내가 식탁을 채우고 내 쪽을 향해 앉는다. 나는 문득 아내의 머리칼을 주시한다. 아내의 앉음 동작은 머리칼을 날리지 않았다. 나는 비로소 안심을 하고 수저를 놀린다.

보릿잎이 수런거리는 흔들림, 손톱보다 작은 찔레꽃잎들의 우수수 떨어짐. 이런 것들은 애초에 싱싱하던 것들이었다. 이들이 바람이나 자신의 여문 무게에 의해 흔들릴 때, 이파리가 흔들릴 때, 꽃다지가 이제는 다 피었다고 꽃잎을 마구 떨어낼 때…. 오월은 사람이 죽기에 너무 황홀한 시기이다. 보리밭에서 젖은 휴지처럼 걸어 나온 어머니가 미루나무 밑을 지나 백사장을 지나 봇물속으로 천천히 걸어 들어갔다. 오월의 호사한 하늘로 걸어 들어갔다. 어머니가 물에다 첫발을 디딜 때 나는 찔레꽃 덤불에다 오줌을 누고 있었다. 아버지는 밭에 없었다. 동생은 쇠금파리에다 풀잎을 짓이겨 찬을 만들고 마른 흙을 곱게 부수어 밥을 짓고 있었다. 물의 깊이가 어머니의 가슴까지 재어졌을 때, 나는 오줌 줄기를 끊고 봇물 쪽으로 달리기 시작했다. 보리 이삭에 얼굴이 찔리고, 길에 내려서면서 아버지가 요 며칠 집에 들어오지 않았음이 불길하게 뇌리를 스쳐 다녔고, 미루나무 밑에서 고꾸라졌다가 고개를 들었을 때 어머니의 머리칼이 수면에 흩어졌다.

죽음의 담벼락은 그렇게 높은 것이 아니었다. 내가 보고 있는 것, 내 앞에 흔들리고 있는 것들. 그런 것들의 틈바귀 어디쯤의, 나와 아주 가까운 곳에 죽음의 문이 있다는 것을 나는 똑똑히 보았다. 그때 내 나이 열한 살. 눈에 보이지 않는 그 담벼락을 곁에 두고 곡예사처럼 우리가 사는 것이다.

어머니가 깨트린 삶의 울타리 높이는 어머니의 머리칼을 흩트릴 수 있는 정도였다. 나는 그 담벼락에 기댄 채 목이 찢어져라 울었다. 절벽도 함께 울었다. 사람들이 몰려왔다. 청년이 물속으로 들어갔다. 내가 가리켜 준 지점을 삼십 분 동안 자맥질하다가 지쳐 백사장에 누웠을 때, 노인이 봇둑에 걸린 어머니를 찾아냈다.

오월은 사람이 죽기에 알맞은 계절이다. 어머니가 묻힌 산으로 오르는 길섶에는 찔레 꽃다지와 초가집만 한 싸리 꽃 덤불숲이 지독한 향을 뿜었다. 제비 꽃잎도 있었다. 부드러운 흙의 살을 열어 어머니를 묻는데 미루나무는 영영 죽지 않을 듯 그 작은 잎을 일제히 팔랑거리고 있었다.

드라마에서 남자 주인공이 친구에게 말하고 있었다. 주인공은 귀공자였고 그의 친구는 재능이 엿보였다. 주인공은 여자를 그의 친구에게 말하면서, 그 여자를 되새김질한다. 그의 눈빛에는 여자를 회의하고 있음이 역력하다. 여자가 다시 생각나는 모양이다. 그에게 여자의 뒷모습이 보이기 시작한 모양이다. 친구는 그의 심정을 모른 채 주인공을 부럽게만 여긴다. 그는 맥주를 마시는 모습도 우아하다. 친구는 개성이 있다. 그는 재벌의 외아들이었고 친구는 그를 돕는 참모였기 때문에 그의 어떠한 사건이나 기쁜 일, 심지어 슬프고 언짢은 일까지 부러울 터였다. 그가 친구에게 말했다. '너랑 독일 유학 중에 두 주일쯤 아프리카에 갔다 온 적이 있었지. 기린의 목이 이정표처럼 여기저기 서 있는 초원을 지나다가 길을 잃었어. 애초에 길이 없었던 거야 사막이니까. 길이 아닌 곳에 선 그때의 그 막막함 지금도 돌이키면 무서워. 이 길이 아니다 싶은데 더 나아갈 수도 없고 그렇다고 되돌아가는 길도 안 보이고, 그대로 서 있자니 그건 더 나를 곤혹스럽게 만들었어.' 친구가 그에게 말한다. '그랬지만 너는 거기를 벗어났으니 이렇게 나와 술을 마시는 거 아니니?' 그는 담배를 피우면서 맥주를 마신다. '내가 지금 사막에 선 기분이야.'

  야영을 간 적이 있다. 강가였다. 강은 깊지 않은 듯 여울 소리를 냈다. 우리는 강둑 아래 모래에다 텐트를 쳤다. 댐에서 얼마 되지 않는 하류였기 때문에 강물에 가까이 텐트를 치지 말라는 경고문이 있었다. 일행은 다섯이었다. 리더인 오십 중반의 부서장과 사십 초반의 중간 책임자 그리고 나, 또 여직원 둘이었다. 그때 나는 서른셋의 총각이었고 여직원은 둘 다 서른이었다. 미스 정은 처녀였고 미스 한은 사내아이 둘을 낳은 기혼녀였다. 공교롭게도 두 여직원은 같은 대학 같은 학과를 졸업하고 같은 사무실에서 책상을 맞대고 근무하는 중이었다.
  댐의 방류를 알리는 방송이 두 시간 정도의 터울을 두고 흘러나왔다. 밤이 되었다. 저녁부터 고스톱이 벌어졌다. 여직원 둘이 마뜩한 표정이 아니어서 자정 무렵에 판을 접었다. 술을 마시는 것 외에는 마땅히 할 일이 없어 보였다. 여름 더위도 수그러들고 강에서 안개가 하얗게 일어서 있었다. 방류량을 늘렸는지 물도 꽤나 차올랐다. 수면이 기슭을 핥는 소리를 들으면서, 강 쪽에서 몰려오는 안개를 콧속으로 흡흡 거리면서 소주를 마셨다. 부서장과 중간 책임자는 쉽게 술에 취했다. 두 시쯤이 되었을까. 사방이 칠흑같이 어두웠다. 술에 취한은 둘은 텐트로 들어갔다. 남은 것은 두 여자와 나였다. 서울에서는 어림없는 별과 강 안개에 두 여자가 감탄하고 있는 그 순간에 나는 두 여자의 배꼽을 생각하고 있었다. 처녀의 배꼽은 한두 번 본 것이 아니다. 아이를 둘이나 낳은 유부녀의 배꼽이 머리에 담겨 있었다. 저녁에 쌀을 씻기 위해 그녀가 상체를 뒤트는 잠깐 사이에 보고야 만 배꼽이다. 배꼽티를 곧잘 있던 처녀의 배꼽에는 감흥이 일지 않던 나였다. 그런데 아이를 둘이나 잉태했던 여인의 숭숭한 배꼽에 나는 왜 온 정신의 약탈을 당하고 있는가. 처녀의 배꼽이 막 만들어 낸 초인종이라면 그녀의 배꼽은 그렇지가 못했다. 십여 년 전쯤에 임대되었던 아파트의 초인종. 손톱자국이나 아이들이 열쇠로 마구 긁은 흔적이 있는 그런 모습이었다. 튼 살의 흔적이 남은, 털이 가로 방향으로 드문드문 누운 모습이었다. 그녀들이 하늘을 바라보다 강 안개를 바라보다 하는 것을 보면서 나는 소주잔을 입에 털어 넣으면서 눈을 꾹 감았다. 밭고랑에서 막 걸어 나오는, 땟물이 번져 있는 촌부의, 어머니의 하복부. 때가 꼬질꼬질한 복부에 뺨을 대고 젖을 빠는 포만에 빠져들었다. 헤아릴 수 없는 얼마쯤의 시간이 흐른 뒤 눈을 떴을 때, 처녀는 텐트로 들어가 있었고 그녀는 내 앞에 남아 있었다. 고개를 꼿꼿이 든 채 감긴 내 눈을 응시하고 있었다. 내 머릿속의 출렁이는 생각의 실마리를 꺼내는 표정으로. 나는 몹시 부끄러웠다.

물안개 쪽으로 걸어갔다. 그녀도 따라오고 있었다. 가슴 부분까지 물안개에 잠겼을 때, 찰랑거리는 물소리가 들렸다. 댐 물의 방류를 줄이고 있는 듯 바닥이 드러나고 있었다. 나는 물을 향해 유령처럼 걸어갔다. 그녀를 유인하는 유령. 그녀가 따라올 것이라는 갈망을 입에 물고 안개 속으로 걸어 들어갔다. 그녀가 두어 걸음 따라오더니 신발이 빠지는 늪에 이르자 멈췄다. 나는 마음이 조급해졌다. 안개 속, 어둠 속 일 미터, 이 미터, 그쯤에서 물이 찰랑거렸다. 그 순간에 나는 그녀의 손을 아주 정성스럽게 씻겨 주고픈 충동에 사로잡혔다. 그러나 그녀가 뒷걸음질을 하고 있었다. 나는 얼른 그녀에게로 갔다. 그녀에게 무슨 말인가를 하려고 혀를 놀렸으나 입안이 말라 있었다. 목젖까지 바삭 마르는 갈증이었다. 침을 짜내려 목젖을 꿀떡거렸으나 침은 나오지 않았다. 목 안을 죄는 갈증이었다. 나는 마른 혀와 입을 놀려 목쉰 소리로 그녀를 그동안 좋아하게 됐다고 말했다. 그녀로서는 기상천외한 말이었을 성싶다. 그녀가 '그래요?' 웃었다. 나는 더욱 용기를 내어 분명히 그랬었노라고 말했다. 그러자 그녀가 언제부터냐고 물었다. 나는 그녀가 이런 물음을 하는 것으로부터 어떤 자신감을 얻기 시작했다. 처음 보았을 때부터라고 자신 있게 말했는데 그것은 거짓말이었다. 그녀를 좋아하게 된 감정의 샘물이 내 안에 고이기 시작한 것은 한 달 전쯤부터였다. 그녀가 잠깐 섰더니 텐트로 돌아가려 했다. 나는 그 자리에 꺼지는 엄청난 실망감에 신음하면서 나 좀 한 번만 안아줘요, 말했다. 그녀는 황급히 텐트로 돌아갔다. 그녀가 텐트의 지퍼를 내리는 소리에 나는 털썩 주저앉고 말았다. 안개 속에 내가 묻혔다. 내 몸 속으로 까닭 없는 슬픔이 방류하는 물처럼 차올랐다. 갑자기 나 자신이 노여워지기 시작했다. 날이 밝을 때까지 그렇게 앉아서, 안개 속에 묻혀서, 강물이 차오르면 강물에 잠기면서 나를 자학하기로 했다. 물소리에 흔들리며 고양이 울음처럼 흐느끼는데 여전히 목 안은 말라서 퀙퀙 헛것을 토해야 했다.

이튿날 그녀의 남편이 알칼리 음료를 사들고 왔다. 아침을 함께 먹고 얼마 있다가 남편이 돌아가기 위해서 차를 세워 놓은 곳으로 갔다. 어젯밤의 그녀를 옆구리에 꿰어 안고서.

잠 중에 깨어있으려는 성향. 수면을 쟁취한다는 것, 안식을 내 안에 끌어들인다는 것. 나를 온전히 자리에 눕힌다는 것에 나는 자신이 없다. 육체를 땅에 뉘어도 정신은 눕지 않는다. 몸과 마음을 합일시키는 것에 대한 확신이 없다. 누군가 있는 곳에 어서 가고픈, 어서 데려다 놓고픈 갈망. 정녕 나는 물같이 고요하고 유연한 사랑을 할 수는 없는 것인가?

아내가 샤워를 마치고 안방으로 들어갔다. 곧 아내는 내가 있는 거실로 걸어 나올 터였다. 나는 내 앞에 누군가가 자꾸 지나다니는 걸 싫어한다. 한자리에 오래 붙어 있는 나를 아내는 못마땅해한다. '좀 움직여.' 자리에 붙으면 엉덩이를 떼지 않는 내게 아내는 이렇게 몇 번 말했다. '남자가 뭐 그래?' 톤을 높이기 시작하더니 요즘은 그런 내게 거침없이 미련스럽다, 라고 말한다.

아내로부터 그런 말과 눈총을 맞을 때마다 나는 내 몸에다 사슬을 칭칭 감는다. 아내는 마취된 동물 같은 나를 흔들어 보다가 물러서서 씨근거린다. 움직임을 거부하는 내 눈빛이 살아 있으므로 아내는 분노를 느끼는 것이다. 나는 아내의 눈초리를 본다. 남편을 바라보는 눈빛에서 울안에 갇힌 곰을 바라보는 눈초리로의 변화를 나는 넉넉히 감지한다. 그러면 내 주위에는 어느새 쇠창살이 빼곡히 박힌다. 아내는 쇠창살 틈으로 나를 노려보다가 현관문을 꽝 닫고 나간다. 옆집이나 단지 내의 공원이나 슈퍼에 서서 수다를 떨러 가는 것이다. 아내가 나간 거실에서 나는 아내를 기다린다. 누군가 물속에서 걸어 나오듯 현관문으로 들어설 아내를 기다린다. 아내는 모른다. 우리를 벗어나면 즉시 총에 맞을 동물원의 맹수 같은 신세라는 자학이 오히려 위로가 되고 있음을… 은둔이 차라리 도망임을.

생모가 죽자 남매는 밤마다 콩새처럼 울었다. 낮에도 울기는 마찬가지였다. 아버지는 운다고 주먹질을 일삼았다. 베개가 흥건히 젖을 때 '엄마는 왜 물로 걸어 들어갔을까. 왜 나와 동생을 두고 죽음의 담장을 넘었을까.'를 생각했다. 그것에 대한 해답은 없었다. 가슴만 맷돌로 눌린 것처럼 저릿저릿했다. 서모가 들어오고서야 나는 그 해답의 언저리를 더듬기 시작했다. 중학생이 되어서, 읍내를 매일 다니게 되면서, 친구를 알면서, 알파벳을 외우고 일차방정식을 풀면서 그 해답이 극명하게 나타났다.

이튿날 토요일. 나는 잠에서 깨어나기 전에 자리에 누운 채로 비가 그쳤음을 알았다. 새벽 다섯 시였다. 붉게 커튼 자락이 물드는 것을 생시인 듯 꿈에서도 보았기 때문이다. 나는 누운 채로 환희에 휩싸였다. 환희에 휩싸인 채로 꿈에서 생시로 돌아와 보니 아─ 흰 망사 커튼이 발간빛을 걸고 있었다. 망사에 걸리지 않은 빛이 내 몸 위로 내려앉고 있었다. 실눈으로 빛 알갱이가 통과하는 커튼을 본다. 하얀 레이스에 빛 알갱이가 부서진다. 그물에 걸린 참붕어의 금빛 비늘과 끔벅이는 눈알도 보인다. 생물책과 국사책과 세계지리를 외우면서 밤을 꼴딱 새웠을 때의 그, 독서실 창에 붉게 타오르던 빛에 재회하고 있는 것이다. 나는 누운 채로 아내가 잠에서 돌아올 때까지 그 환희를 내 몸에서 털어 내고 싶지가 않았다. 이 환희를 누림은 종종 있는 일이다. 아내는 늦잠이 많으므로 그 환희는 온통 내 것이다. 물론 아내가 일어나면서 커튼에 걸리던 환희의 그물이 일시에 걷혀지곤 했지만. 그 걷힘도 생동감으로 받아들이면서 비로소 잠에서 일어난 듯 부산하게 움직이곤 했다. 아내가 화장실에 들렀다가 부엌에서 아침을 짓는 동안, 나는 누운 채 수동적으로 느끼던 그 환희를 만지러 간다. 단지의 가운데에는 놀이터가 있다. 놀이터에는 벤치도 있고 나무도 푸르다. 나무가 푸르러서, 잎이 촘촘히 키대고 있어서 햇살은 재빠른 걸음으로 내게 온다.

비가 온 다음의 단지는 호수 같은 정갈함이 있다. 벤치가 어디 다녀온 듯 제자리에 와 있었고. 나뭇잎들은 숨구멍을 연다. 나는 그 숨구멍으로 걸어 들어가듯 나무에게로 가서 벤치에 앉는다. 키 낮춘 내게 곤드라져 보이던 사물들이 제 모습으로 선다. 단지가 햇살이 관통하는 물속에 가라앉아 있다.

취학 전인 어린 남매가 놀이터로 온다. 손에는 아이스크림이 하나씩 들려 있다. 참새 한 마리 알겯는 소리를 쥐똥나무 뿌리에다 묻다가 저리로 포르륵 날아간다. 오빠의 손에 들렸던 아이스크림은 나무 심지만 남아 있다. 동생의 아이스크림은 반이나 살이 붙어 있다. 오빠가 서슴지 않고 아이스크림을 탐내기 시작한다. 순순히 내놓지 않자 빼앗으려는 오빠, 지키려는 동생. 나는 그때 남매에게서 폭행을 예감했다. 오빠는 살 토막이 남은 아이스크림을 요구했고 동생은 등 뒤로 감추었다.

실랑이 때문에 빨아먹지 못한 녹은 아이스크림이 땅에 떨어진다. 오빠의 눈에는 그것마저도 아쉬워 입맛을 다신다. 말로는 순순히 한입 베어 물 수 없음을 간파한 오빠가 폭력적인 손놀림으로 아이스크림을 마침내 움켜쥔다. 동생은 빼앗기지 않으려 앙탈을 부린다. 예감대로 녀석의 손이 동생의 옆구리를 쥐어박는다. 여자아이의 울음소리로 단지에 강 안개처럼 일어섰던 고요와 아침의 생기가 일시에 걷힌다. 애상스런 마음이 나를 일시에 감싸오는 것을 피하지 못한다. 저, 어린 인간에게 근친 폭행을 가르쳐 준 자 누구인가.

아버지가 우는 것을 보았을 때, 부품이 빠져나간 기계를 떠올렸다. 생모가 물에 들어간 지 두 시간도 못되어 주검으로 아버지 앞에 누웠을 때, 눈물은커녕 걷어찰 듯 씨근덕거리던 아버지는… 눈물이 없는 줄 알았다.

아버지의 얼굴에서 눈물을 확인한 것은 아니었다. 밤중에 크엉크엉 소리 죽여 우는 뒷모습을 보고서 아마 눈물도 흘렸을 것이라는 생각을 했다. 만일 눈물을 흘리지 않고 그렇게 울었다면 아버지는 짐승이 틀림없다.

오월에 생모가 죽고 여름이 왔을 때 아버지의 울음을 목격했다. 토굴 같은 부엌에서 차린 저녁상을 물리면 윗목에 아버지가 눕고 나와 연주는 아랫목에 누웠다. 아버지는 이불에 눕기 전에 대접에다 소주를 찰찰 부어 들이킨다. 김치 쪼가리 한쪽도 술의 뒷맛으로 입 안에 넣지 않고 수도승 같은 자세로 대접을 머리맡에 놓고 술이 아직 남은 대두병의 뚜껑을 엄지손가락으로 꾹 눌러 닫는다. 아랫목에 누운 우리는 숨을 죽인다. 눈을 감고 반듯하게 누워 당신의 목전에 아주 평화롭게 잠들어 있음을 시늉한다. 생각은 펄펄 살아 방 안 곳곳과 아버지의 상기되어 가는 모습을 더듬고 있었다. 콧잔등과 볼과 눈으로 기어오르는 붉은 술기. 오래지 않아 숨소리가 커지면서 아버지는 쓰러지듯 잠자리에 눕는다. 곧이어 아버지의 코고는 소리가 방안에 으르렁거리면서 우리는 눈을 뜬다. 긴장의 터널에서 헤어나온 것이다. 아버지의 잠든 소리 요란하고 우리는 갑자기 허전해 오는 심정으로 허우적거리다가 연주가 훌쩍거리기 시작한다. 잠깐이라도 합세해서 콩새처럼 울어야 했다. 공허를 채우기 위해서. 연주가 울음을 시작하지 않았다면 내 가슴은 밤마다 새까맣게 타버렸을지도 모른다. 음식도 목구멍으로 넘기지 못했을 것이다. 그래서 먹지 못해 뼈만 드러내다가, 해골만 커지다가 죽은 송아지 새끼처럼 땅바닥에 영영 엎으러졌을지도 모른다. 울음을 참으면 가슴이 막혀 실컷 울고 나서 연주의 옆구리를 쥐어박곤 했다. 그대로 두면 밤새 울 것 같아서 그 묘목 같은 몸에다 주먹질을 했다.

몹시 무더웠던 여름날. 잠에서 깨어난 아버지가 마루에 앉아서 울고 있는 뒷모습을 본 것이다. 동물의 울음소리를 들은 듯 잠에서 깨었다가 아버지의 웅크린 뒷모습을 보고 당신의 울음으로 알아차렸다. 시계란 것도 없었기 때문에 몇 시나 됐는지 알 수가 없었다. 뜨겁던 지온이 식어서 문지방을 넘어오는 바람에 비릿한 냄새가 풍겼다. 문지방을 넘기 전에 아버지의 몸을 거쳐서 온 그 비릿함은 아버지의 냄새가 아니었을까. 방문을 당신의 몸으로 막으려는 자세로 짐승 같은 울음소리를 내고 있었다. 지하수를 퍼 올리듯, 펌프질을 반복하듯 몸을 크엉거리고 있었다. 나는 갑자기 무섬증에 가위눌렸다. 연주는 깊은 잠에 빠져 있다. 섬뜩한 고요의 늪에 아버지의 울음이 음산하게 깔리고 있었다. 먹이를 쫓는 다람쥐 어깨처럼 옹송그린 아버지의 뒷모습을 보면서 나는 부품이 빠진 기계를 떠올렸다. 볼트나 아니면 중요 부분을 연결하는 부속이 헐거워진, 쉰 소음이 나는 기계. 덜컹거리는 기계의 소음이 깔리는 방안에 누워 잠을 청하는데 하늘에서 별들이 일제히 낙하하는 여울 물살 소리가 새로이 들리기 시작했다.

퇴근해 보니 아내는 서모에게 가는 채비를 갖추어 놓고 있었다. 비가 더는 올 기미가 없기 때문에 아내는 군소리 없이 자신의 차에다 채비를 했다. 성묘에 필요한 제물과 서모에게 줄 고기와 아내 자신을 위한 의류와 소모품을 차에다 실어놓고 있었다.

서울을 벗어나자 들판이 정갈해지기 시작했다. 성남을 벗어나 광주로 향하는 국도에 접어들자 나무들이 세수를 마친 듯 싱그러웠다. 포장도로도 빛을 하늘로 되쏘고 있었다. 아내는 씻긴 자연에 흥분까지 했다. 씻긴 자연. 자연의 본래 모습을 이제야 깨닫는 것이다.

"산과 나무들이 이렇게 깨끗한 줄 몰랐어."

비가 와서 씻긴 것일까. 아내가 중얼거리며 자연으로 차를 몰아갔다. 나는 나뭇잎에 묻어 있던 먼지를 생각했다. 빗물에 먼지가 씻겼기 때문에 저렇게 싱그러운 것만은 아닐 것이다.

"여보 의붓어머니… 나이 들어서 노인네 되면 우리가 책임져야 하는 거 아냐?"

"!……"

"당신의 의붓어머니 말이야."

당신의 의붓어머니. 나는 아내가 방금 내게 던진 말을 발음해 보았다. 그것은 분명 어떤 의미를 포함하고 있었다. 당신의 의붓어머니. 어머니 앞에 '의붓'이라는 단어가 붙었고, 거기에다 '당신'이라는 단어도 껍데기처럼 붙어 있다. 내게 생존해 있는 어머니에게는 포장지가 쌓여 있는 것이다. 나의 생모가 아닌 서모에게.

엄마가 물에 들어간 지 이 년이 못돼서 아버지는 새엄마를 들였다. 연주는 고집스럽게 새엄마를 엄마라 부르지 않았다. 아버지의 굵어 터져 나올 것 같은 눈총에 주눅이 들면서도 '엄마'라는 말을 하지 않았다. 밤마다 울게 했던 엄마가 따로 있었기 때문이다. 서모는 서운한 눈빛을 보였다. 내게로 시선을 주면서 그 서운함을 보상받으려 했지만 나는 당차게 고개를 돌렸다. 서모는 소문처럼 악독한 계모가 아니었다. 그렇지만 나와 연주가 서모에게 접근하지 않았던 연유는 아버지의 서모에 대한 돌변한 태도 때문인 듯싶다. 아버지에 대한 항거로 서모의 가슴을 서늘하게 하지 않았나 싶다.

오월의 햇살이 따갑다. 아내는 반사되는 태양 빛을 선글라스로 차단했다. 아내가 운전을 할 때 습관적으로 선글라스를 눈앞에 거는 것을 보면서 나는 문화적인 벽을 생각한다. 아무리 볕이 강렬해도 나는 선글라스를 써 본 적이 없다. 문화적이기에 대한 이유 없는 반감인 듯싶다. 아내의 몸에서도 나는 가끔씩 문화적인 차이가 쌓아놓은 벽에 맞닥뜨릴 때가 있다. 이를테면, 아내의 허연 허벅지살도 한 예이다. 아내보다 먼저 눈을 떴을 때, 커튼을 통해 들어온 빛이 아내의 허연 허벅살로 내려앉아 새로운 빛 알갱이로 되살아나는 황홀한 현상을 보면서 아내의 다리가 참 예쁘다는 생각을 했다. 아내의 다리를 살피면서 빛 알갱이가 새로운 빛으로 되살아나고 있음은 아내가 미인이 아니라 피부가 곱기 때문이라는 것을 알았다. 털이 스멀스멀하고 돌부리에 찧고 서툰 낫질로 흉터가 즐비한 내 다리를 보면서 나는 '문화적 벽'을 생각했다. 아내의 윤기 풍부한 희뿌연 피부를 부러워해서가 아니라 아내와 나 사이에 가로놓인 문화적인 벽을 떠올린 것이다.

내가 도경계선을 넘어 이웃 도시의 고등학교로 진학을 하자 연주가 학업을 포기했다. 연주는 자발적인 결정이었다고 괴로워하는 내게 말했다. 내가 담벼락을 붙들고 고개를 도리질하며 울음을 터트렸을 때, 연주는 나를 돌이켜 세우며 웃었다. 그때를 생각할 때마다 나는 가슴이 아프다. 그때 중학생인 나이로 어른스럽게 웃음을 짓던 연주의 모습이 나를 슬프게 한다. 그토록 인위적으로 어른스러워야 했던 상황이 가슴을 친다.

나는 연주의 웃음을 보면서 더한 눈물을 쏟았다. 생모가 물에 걸어 들어갔을 때의 그날처럼 울었다. 서모와 한 살림을 차린 아버지에게 더 기대서는 안 된다는 이유와 그렇게 하자면 나의 학비를 벌어야 한다는 이유로 학교를 그만두어야겠다고 말했지만, 나는 연주의 속을 넉넉히 알고 있었다. 아버지가 생모에게 하듯이 서모를 대했다면 나는 졸업을 할 때까지 아버지에게 학비를 달라고 손을 내밀었을 것이다.

그런 일이 있은 후, 연주가 집에서 없어졌다. 교복을 벗어서 가지런히 걸어 두고 옷가지를 챙겨서 집을 나갔다. 그때 서모는 무척 괴로워했다. 아버지는 배은망덕한 년이라는 소리만 반복했다. 곧 학교로 편지가 왔다. 취직이 됐다는 내용과 연락처를 적어 보내 왔다. 편지에는 아버지에게 비밀로 해 달라는 얘기는 없었다. 하지만 나는 그 후로 가출한 연주를 아버지에게 얘기한 적이 없다. 월급을 십만 원 받아서 오만원은 적금을 들고 오만 원은 내게 매월 보내 왔다.

고등학교 이 학년 여름방학에 영등포역에 내가 내렸다. 연주가 나를 붙잡고 눈물을 쏟았다. 나는 연주에게 웃음을 주었다. 엉엉 우는 가슴으로 웃음을 짓기란 가능성이 있는 행위가 아니었다. 기숙사로 가는 길목에서 찐빵을 한 봉지 샀다.

"오빠. 이다음에 도시 여자랑 결혼해."

"도시 여자?"

"농사짓는 집은 동굴에서 사는 거랑 같다는 생각이 들어. 우리나라에는 사람들이 두 층으로 나뉘어 살고 있다는 생각이 들어. 지하층과 진짜 세상. 농사를 짓거나 나처럼 공장에 다니면서 사는 사람은 말짱 지하층에서 캄캄하고 침침하고 음울하게 갇혀 살고 도시에서 사는 사람만이 진짜 세상에서 사는 것 같아. 하늘도 먹은 맘 없이 볼 수 있고 가고 싶은 곳이 있으면 자가용 타고 어디로든 갈 수 있잖아. 우리는 맘 먹고 가려 해도 노선버스가 가는 곳만 갈 수 있어.

"너도 도시인처럼 살아야 해."

"난 하늘만 보면 슬픈 감정이 생겨."

"……."

"아무리 생각을 뒤집어 봐도 하늘이 안 보여. 지금 갇혀 있는 동굴에서 벗어나지 못할 것 같은 예감이 들어."

한숨을 참으며 자리에 누웠으나 동굴이 너무 캄캄하고 벌레가 기어 다녀서 잠을 이룰 수가 없었다. '나 때문에 너의 출구가 점점 막히고 있어.' 찌는 밤을 생각에 사로잡혔다. 이튿날 하늘을 보았다. 그곳에는 슬픔이 걸려 있었다.

빛 알갱이를 받아서 새로운 빛을 만들어 낼 수 있는 피부와, 피곤에 지치고 모기에 깨물린 자국이 수두룩한 피부와의 벽을 생각하면서, 문화적이기에 대한 맹목적인 반감의 이유는 무엇일까, 골몰한 적이 있다. 그 답은 잡힐 듯 아주 가까이 있으면서 꼬집어 말할 수가 없었다. 웅성거리는 안개나 먹구름과도 같은 형체랄까. 자세한 색깔을 선택할 수 없는 불공평의 실체. 그 반감의 실체를 확인하고픈 의도는 사실 엷을 수밖에 없었다. 반감의 뿌리는 결국 내 안에서 곪고 있는 것이기 때문에 그 상처를 흔들어 통증을 유발하기가 싫었다. 열등했던 자만이 갖는 맹목적인 반항심 같은 것이랄까. 그런 쪽으로 생각을 접으면 얇은 막의 물주머니 같은 느낌이 들어 건들고 싶은 생각이 없어진다.

장호원을 지나 앙성까지 왔다. 충주로 가는 국도에서 벗어나 강원도 귀래로 가는 길로 접어들었다. 작은 산모퉁이 중턱에 중학교가 있고 그 산모퉁이를 지나 낮은 고개를 넘어서 십 분쯤 가면 충북과 강원도의 경계선인 교량이 있다. 그 교량 아래로 남한강이 흐른다. 강천은 교량으로부터 상류 쪽의 강가에 있다. 산모퉁이를 돌아 낮은 고개를 넘고 교량 쪽으로 가다가 우측의 소로로 진입하면 미루나무가 초병처럼 서 있는 강천의 입구로 진입할 터였다. 나는 차창 밖으로 눈을 돌렸다. 눈알을 콕콕 찌르는 햇살이 도처에 흩어지고 있었다.

"혼자 몸이니 곪지는 않으시겠지."

고개를 넘으면서 아내가 말했다. 고개를 넘으면서 이제는 꼼짝없이 서모의 집으로 가야 한다는 불안을 가슴에 심은 것일까. 아내는 내려가는 길에 차가 억지로 미끄러지는 듯 천천히 차를 몰았다. 땅이 조금 있다. 아버지가 남겨 두고 간 논 천 평과 밭 이천 평이 있다. 지금은 그것들이 얼마에 팔릴 수 있는지 나는 모른다. 내가 어렸을 때는 그것들이 한 식구의 허기를 책임질 수 땅으로는 부족한 감이 있다는 기억이 있다. 앙성과 귀래를 잇는 도로가 뚫리고 강가로 골프장이 들어서면서 서울 사람들의 왕래가 빈번해졌다는 소리를 들었다. 예전의 곡식만을 피워 내는 땅이 아니라는 소식도 들려 왔다. 아버지가 세상을 뜨고 서모가 혼자 추스르고 있는 땅이다.

"농사를 짓겠지?"

아내가 또 묻는다. 아내의 물음에 답하지 않을 생각이다. 땅이 얼마만 한 평수이고 시가로 따지면 얼마쯤에 해당하는지를 아내와 셈하기가 싫다. 강천에서의 기억에 발목을 잡히고 싶지도 않다. 아스팔트 포장의 국도에서 강천으로 향하기 위해 콘크리트 농로로 회전을 하였다. 먼지들이 차 유리로 달려 들었다. 아내는 눈살을 찌푸리면서 차창을 닫는다. 작은 고개를 넘으면 강이 가로누워 있고 강의 건너에는 절벽이 있고 맞은편에 집들이 게딱지처럼 붙어 있는 곳이 강천이다. 미루나무는 철마다 색다른 느낌을 발산했다. 오월과 여름의 미루나무는 그 큰 키를 지탱하기 위한 잎의 요란한 몸 떨림소리가 집회장에 모인 광신도들의 주절거림처럼 들렸다. 가을로 접어들면 잎들이 새총 맞은 콩새처럼 핑그르르 떨어져서 논 구렁으로 수북이 쌓였다. 겨울의 미루나무는 잘 생각나지 않는다. 절벽에 한바탕 부딪힌 칼바람이 흠씬 멍이 든 채 미루나무를 따라 강천으로 줄달음치곤 했다. 강천에서 큰 도로로 나오는 농로에서는 미루나무를 생각할 여유가 없었다. 볼을 사정없이 후려치는 칼바람에 얼굴을 감추기 급급한 행로였기 때문인 듯싶다. 높은 시야로 죽음을 수없이 지켜본, 사무침이 많은 귀신들의 행렬이 아니었나 싶다.

아내가 미루나무 밑에 차를 세웠다. 해는 기울어져서 그 빛을 절벽에다 부딪고 있었다. 미루나무 이파리가 간간이 부는 바람에 순응하는 소리를 냈다. 하늘을 찌르는 큰 키에 애기손만 한 잎이라니. 칼바람에 살아남기 위한 자신에의 단절이 아닌가 싶다. 생모는 미루나무처럼 자신의 일부를 단절하지 않고 생존을 일시에 포기해야만 했는가. 아버지의 폭력은 의미가 없는 것이었다. 그런데도 수시로 폭력이 자행되었다. 자다가 깨어보면 생모의 울음소리가 들렸다. 아버지는 생모가 말을 할 때마다 입을 막듯이 주먹질을 했다. 폭행은 밥상머리에서도 이루어졌고 들밭에 나가 일을 하다가도 이루어졌다. 생모가 잘못한 것은 무엇일까. 아버지가 잘한 것은 무엇이라서 아버지는 주인처럼 때리기만 했고 생모는 노예처럼 맞아야만 했었는가.

아내가 차에서 내렸다. 절벽에 부딪고 반사되는 빛이 모래톱으로 스며들었다. 그때의 봇물은 흔적이 없다. 충주댐이 건설되고 마을 앞의 논들을 위한 배수 시설이 설치되면서 없어졌다. 건너편의 절벽과 이쪽의 백사장은 예전의 그 모습 그대로였다.

"어머! 물이 저렇게 깨끗할 수가 있어?"

하얗게 씻긴 백사장과 그 앞에 파랗게 흐르는 강의 수면으로 절벽에 암벽 타는 앉은뱅이 소나무가 떠 있고, 구름도 하얀 조각으로 비쳐 있는 강물에 아내가 감탄을 연발한다.

"그만 가지."

길을 재촉했다. 사실 나도 길을 재촉하고픈 마음이 없다. 다만 아내의 호들갑스러움에 거부감이 약간 왔기 때문이다. 그 거부감이 더 커지기 전에 이곳을 떠나고 싶었다. 아내가 감탄하는 저 물속으로 생모가 걸어 들어가 죽었다는 얘기를 들었을 때 아내의 저 호들갑은 어떻게 멎은 모습일까. 아내는 여전히 강에서 시선을 거두지 않는다. 그대로 두었다간 모래톱으로 걸어 내려갈 참이었다. 잠깐 사이에 절벽에 부딪는 빛이 붉은 기를 띠기 시작했다. 햇덩이가 산마루에다 머리를 풀고 있음이다. 기어코 아내가 둑을 내려갔다. 나는 시동을 끄고 차에서 내렸다. 차로 곧 돌아올 아내가 아니라는 생각에서였다. 아내는 늘 그랬다. 아내는 자신이 생각하고 있는 행위에 내 의중은 아랑곳하지 않는다. 아내는 아내의 의중대로 하려는 소신이 강한 것이다. 아내의 그 소신 있는 행동이 내게는 반감을 싹 틔우려 한다. 그런데 그 반감은 어디까지나 내 안에서의 반감이다. 노골적으로 아내에게 토로하는 정도의 반감은 아니다. 내가 싫다고 한 번쯤은 말했던 숏 바지를 거리낌 없이 입는다. 직장 동료와 함께하는 자리에서 그렇게 입은 적이 있다. 그날 내 가슴에는 반감이 불만의 덩어리로 뭉치고 있었다. 동료와 헤어지고 나서 그 덩어리를 내 안에다 잘게 부수었다. 내게도 문제가 없는 것은 아니다. 이를테면, 일요일과 같은 휴일에 아내는 밖으로 함께 나갈 것을 요구한다. 나는 아내의 요구를 받아 주지 않는다. 일요일은 폐쇄적이고 싶은 욕망이 나를 물처럼 적신다. 월요일부터 토요일까지 대책 없이 노출된 나를 일요일 하루만은 감아 들이고 싶은 욕망이다. 달팽

두려움에 닿기 연습

두려움에 닿기 연습

두려움에 닿기 연습

두려움에 닿기 연습

이처럼 소파에 웅크린다든가, 침대에서 아예 나오질 않던가. 어떤 날은 욕조에다 물을 채워 놓고 나를 침수한다. 아내는 월요일부터 토요일까지 폐쇄되었던 심신을 열어야 하겠다는 것이다. 나는 아내로부터의 피난처를 물색한다. 그것은 아내와 반하는 논리를 찾아내는 것이다. 직장이 없이 집에서 살림을 하는 사람 모두가 주중에는 폐쇄적이란 말인가. 아내는 집에서 살림한다고 자신을 폐쇄시킬 여자가 아니다, 라는 생각을 만들다 보면 아내에게 반하는 감정이 생긴다. 내가 계속 달팽이 껍질 속으로 웅크리면 아내는 나를 두고 밖으로 나간다. 나는 그러는 아내를 못마땅해하거나 어떤 색다른 감정은 갖지 않는다. 그러나 아내는 나의 의중과 생각에는 걸맞지 않은 행동을 소유한 여자임에는 분명하다는 생각을 가진다. 이것도 일종의 아내와의 벽임에는 틀림이 없다. 아내도 내게로의 이런 종류의 벽을 생각하고 있을까. 종국에 나는 아내를 포용한다. 아내의 아픔을 알고 있기 때문이다. 아내의 그런 행위에 대해 언쟁을 하지 않는다. 아내와의 언쟁은 아내를 내 안에서 지우기 위한 시초가 될 수 있음을 자각하기 때문이다. 내 안에서 지워지면 아내는 세상에서 가장 초라한 여자가 될 것이 분명하다. 그런 연유가 있다.

그새 아내가 하이힐을 벗어 손에 들고 백사장을 학의 걸음으로 걷고 있다. 백사장이 있고, 푸른 물이 있고, 푸른 물을 펌프질해낼 듯 절벽이 있는 아주 정밀한 구도의 풍경에 이끌린 듯 나는 서 있다. 그러나 그 풍경 속으로 아내처럼 걸어 들어갈 마음은 없다. 그곳에는 어린 나의 감정과 생각을 송두리째 짓뭉갠 물의 높이가 있다. 생모의 죽음이 아직 살아 있는 곳이다. 미루나무가 아직 건재하게 살아 있고,

물 또한 제 깊이를 잃지 않았고, 절벽도 무너져 내릴 기색이 어디에도 없으므로.

아내가 물에다 손을 씻는다. 아내에게는 아무 일도 없을 것이다. 아내는 손을 씻으면서 절벽을 올려다본다. 절벽은 가족을 잃은 울음만 선택적으로 되돌려 주곤 했다. 아내는 물을 두려워할 사람도 아니다. 물도 낯선 이방인에게 관심을 둘리 없을 터였다. 절벽도 아내의 시선을 받고 아무것도 되돌려 주지 않는다.

서모의 집으로 들어섰을 때 어둠은 이미 후미진 곳에 와 있었다. 연주와 그의 남편인 황동출이 이미 와 있었다. 서모는 저녁을 지어 놓고 내가 오기를 기다린 듯싶었다. 상이 놓였다.

"건강들은 좋으냐?"

저녁상을 둘러앉은 자리에서 서모가 말했다. 그 대상이 나일 수도 있고 아내일 수 있고 연주 내외일 수도 있는 막연한 질문이다. 막연한 물음. 어른이 된 우리 남매에게 던지곤 하던 서모의 말이다. 자식 중 누구를 지칭해서 함부로 말하지 않던, 심정을 헤아리기 힘든 눈빛이 실려 오는 서모의 말 습관이다.

"저희야 그렇지만 어머닌?"

내가 그렇게 말하자 서모는

"나야 뭐 근심할 게 있나."

반색을 하며 눈길을 준다. 입가에 미소도 흘린다. 그 미소가 입가에 오래 머물지 못함을 나는 본다. 늘 서모의 입가에 웃음이 그리 많지는 않았지만, 오늘따라 어두운 기미가 덮여 있음이 보인다. 열두 시가 가까워지면 아버지의 제를 올려야 했기에 서모가 차린 음식을 반도 치우지 못했다. 저녁상을 물리고 서모는 냉장고에서 무슨 알약병을 꺼내서 세 알을 먹었다. 무슨 약인지 궁금했지만 누구도 묻는 사람이 없다. 서모가 준비해 둔 제사음식거리를 연주가 앞장을 서서 부치고 지지기 시작했다. 아내는 뒷전으로 밀려나기만 하면서 냉장고 문을 열었다 닫았다 한다. 싱크대 쪽으로 썩 내키지 않는 행동이다. 아내가 싱크대에 서서 음식을 조리하고 설거지를 하는데 게을리하거나 탐탁해하지 않는 성격이 아니다. 그런데 아내는 연주 곁에 섣불리 서지 않는다. 연주는 아내의 그런 행동에 한 번도 탓을 한 적이 없다. 연주는 오빠인 나를 아버지보다 더한 존재로 여기고 있음이다. 이 때문에 아내는 단순한 올케언니가 아니라는 생각을 연주는 늘 담고 있다. 부엌을 입식으로 개조해서 싱크대를 놓고 찬장을 그 위에 얹고 가스레인지를 새로 들여놨다지만 신식을 담아내지 못한 때깔이랄까. 아무튼, 촌스러워 보이는 부엌 꾸밈이다. 서모는 연주의 뒤에 섰다가 연주의 손놀림을 보면서 광으로 오갔다. 미처 가져다 놓지 못한 무나 시금치나물이나 동태포 등을 적시에 가져다주기 위해서였다.

"형님 잘 오셨어요."

황동출이 불빛이 미치지 않는 담 밑에 서서 담배를 피우며 말했다.

"이렇게 와 줘서 내가 오히려 고맙네."

"당연히 와야지요. 장인도 부몬데."

담배를 빨아들이는 황동출의 입술 주변이 도드라지게 밝았다가 어두워진다. 밝은 곳에서 그를 마주하는 것에, 그의 얼굴을 보는 것에 어색한 걸 느낀다. 그는 나와 마주하면 나를 똑바로 응시하는 습관이 있다. 나는 그의 눈빛을 맞으면 초점을 잃어버린다. 아내도 나를 정면으로 보면서 말하는 습관이 있다. 아내는 살을 섞는 아내라서 잠깐은 마주 볼 수 있다. 하지만 황동출에게는 단 일초도 마주 보고 싶지가 않다. 말도 투박하고 직선적이다.

"형님도 아직 소식이 없지요?"

담배를 비벼 끈 그가 말했다. 그의 얼굴은 담뱃불로 다시 밝아지지 않는다.

"글쎄."

"글쎄라뇨? 부부 쌍방이 토옹 신경을 쓰지 않는구먼요."

그가 돌멩이를 찼다. 대문간에 매어 둔 개가 푸드득 일어났다가 푸시시 주저앉는다. 내가 돌멩이를 찼을 때도 저 개가 푸시시 주저앉을까. 생각을 하는 중에 그가 내 쪽으로 두어 걸음 걸어온다. 나는 개처럼 쪼그리고 앉는다.

"큰일 났어요. 이대로 가다간 우리 엄마가 가만히 안 있을 텐데."

나는 할 말이 없다. 내게도 그렇지만 연주 내외도 아직 자식이 없다. 절차도 없이 둘이 만나서 산 지가 벌써 육 년을 넘었다. 삼 년을 함께 산 나와 아내 사이에 자식이 없는 것처럼 연주 내외에게도 태기가 없었다. 삼 년이니 육 년이니 기간이 문제가 아니라 아이가 한 번쯤은 잉태되었을 시기가 훌쩍 넘기고 있는 상황이다. 내가 쪼그려 앉은 채로 대답을 주지 않자 그가 문을 나선다. 마을의 어느 골목이라도 돌아보고 올 모양이었다. 나는 그가 오랫동안 골목을 돌다 오기를 고대하는 눈초리로 그의 뒷모습을 밀어낸다.

"느덜 집에 기저귀 너풀거리겠다."

서모가 우리 집에 들어왔을 때 사람들이 한마디씩 했다. 그럴 때마다 연주가 자리에 쪼그리고 앉아 울었다. 나는 연주의 엉덩이를 발로 툭툭 차다가 그래도 일어나지 않으면 등짝에다 주먹질을 했다. 사실 나는 아침마다 마당을 횡단한 빨랫줄을 먼저 보곤 했다. 빨랫줄에 기저귀가 하얗게 걸려 바람에 나풀거리는 꿈도 꾼 적이 있다. 오래지 않아 우리는 그럴 염려가 없음을 알았다. 서모는 아이를 낳지 못해 소박을 맞은 여자였다.

연주가 황동출을 데리고 강천으로 왔다. 나는 대학을 졸업하고 영장을 받아 놓은 상태에서 입대 날짜를 기다리며 아버지와 서모의 틈에 아주 어줍게 끼어 있는 시기였다. 연주의 귀향을 알아차린 것은 강천 사람들이 먼저였다. 황동출을 뒤에다 짐처럼 끌고서 미루나무 밑을 걸어오는 연주를 사람들은 일제히 주시했다. 우리 집에 무슨 일인가가 터질 것이라는 눈초리를 들고서 연주보다는 황동출에게 시선을 더 주고 있었다. 나는 연주가 누군가를 사귀기 시작했다는 것을 알고는 있었지만 황동출을 맞대면하기는 처음이었다. 황동출은 문을 들어서다 말고 마루에 앉은 나를 보고 머뭇거렸다. 연주가 '오빠—.' 하고 불렀을 때 황동출이 그 큰 어깨를 흔들면서 다가와 손을 내밀었다. 우악스러운 손아귀에 잡혀 그의 눈을 보았다. 그는 나를 똑바로 주시하고 있었다. 나는 그의 눈빛에 질려 그만 손아귀를 빼내고 먼 산을 바라보았다. 단번에 본 그의 얼굴은 믿음이라든가 온화함 같은 느낌과는 거리가 먼 인상이었다. 극단적으로 생각을 돌리면 그의 얼굴에는 등쳐먹기, 빼앗기, 속이기와 같은 낱말들이 먼저 떠오르는 상이었다. 아버지가 들밭에서 오고 서모가 집에 들어섰다. 강천 사람들이 우리 집에다 눈과 귀를 레이더망처럼 집중시키고 있었다. 아버지는 연주를 보자 들어서던 걸음을 멈추었다. 지게를 진 채로.

연주가 '아버지—.' 신음하듯 불렀다. 아버지는 여전히 지게를 진 채로 연주를 노려보았다. 뒤따라 들어온 서모가 연주를 부둥켜안았다. 아마 서모가 연주를 안아 주지 않았더라면 연주는 그 자리에 쓰러지고 말았을 것이다. 연주가 울음을 터뜨리고, 황동출이 아직 지게를 벗어 놓지 않고 있는 아버지에다 꾸벅 고개를 숙일 때까지 아버지는 연주에게서 눈초리를 거두지 않았다. 사실 아버지는 나처럼 황동출의 시선을 피하는 수단으로 그렇게 하지 않았나 싶기도 했다.

서모가 부엌에서 점심상을 준비하는 동안 연주는 서모와 함께 있었고, 황동출과 나는 마루에 앉은 채로 지고 온 지게에서 풀을 내려 외양간에 넣어 주는 아버지의 움직임을 지키고 있었다. 아버지는 예전과 조금도 다르지 않게 움직였다. 펌프 물을 퍽퍽 퍼 올려 당신의 몸을 벅벅 닦았다. 황동출이 벌떡 일어나더니 문밖으로 나가서 담배를 피웠다. 나는 아버지의 행동이 마음에 없는 행동임을 감지했다. 아버지는 연주의 귀향으로 인한 반가움을 달래고 있는 것이었다. 더구나 황동출을 단번에 불신해 버린 속을 다스리는 행동이기도 했다.

점심상이 나왔다. 아버지는 섣불리 밥상에 오지 않으려는 듯 외양간을 기웃거렸다. 소의 잔등을 쓸면서 풀을 하나씩 들어 소의 입에다 넣어 주고 있었다. 서모가 아버지를 점잖은 목소리로 불렀고 연주가 아버지의 곁에 가서 기웃거렸다. 아버지가 여전히 소에게서 떠나올 기색이 보이지 않자 황동출이 "식사하시지요." 불렀다. 아버지는 황동출을 한 번 바라보더니 마루에 올랐다. 아버지가 수저를 들자 모두 밥을 먹기 시작했다. 아버지는 평소대로 쌈과 풋고추만으로 밥그릇을 비웠다. 황동출도 쌈이 맛있는 듯 밥그릇을 비웠다. 나는 반쯤을, 서모와 연주는 두어 술 뜨다가 먹기를 그만두었다. 아버지가 밥상에서 한마디만이라도 말을 했더라면 분위기는 아주 달라졌을 상황이었다. 연주와 서모는 아버지의 말 한마디를 기다리다 밥맛을 잃어버린 것이었다. 수저를 놓은 아버지가 들에 나갈 채비를 하기 시작했다. 서모가 아버지의 옷소매를 끌었다. 아버지는 기어이 지게를 세우고 윗세장에다 삽을 얹고 허리세장에다 호미를 꽂았다.

"연주는 제 겁니다."

황동출이 갑자기 선언을 하듯 말했다. 아버지가 낫날을 지게의 탕개줄에다 끼는 순간이었다. 아버지가 지게의 새고자리를 한 손에 쥔 채, 한 손에는 낫을 쥐고 움직임을 멈추었다. 나는 가슴이 순간적으로 뜨끔해서 케액 터져 나오는 헛것을 가까스로 참았다. 아버지가 한 손으로 낫을 든 채로 멈춘 기계처럼 잠시 서 있자,

"연주는 누가 뭐래도 제가 데리고 살 겁니다."

황동출이 말하더니 담배를 꺼내서 입에다 물려다가 연주의 눈짓을 받고 다시 거두어들였다. 서모가 잰걸음으로 가서 낫을 빼앗아 들었다. 아버지는 서모를 노려보더니 낫을 빼앗아 탕개줄에 날을 끼었다. 그러자 황동출이 벌떡 일어나 문 쪽으로 걸어갔다. 연주가 황동출에게 애원을 하듯 매달렸다. 그래도 아버지의 움직임에 누그러짐이 없자 황동출이 문밖으로 나섰다.

"다음에 또 찾아뵙겠습니다만, 연주는 저와 한평생을 살 겁니다."

그렇게 말을 던져 놓고 황동출이 사라졌다. 연주는 황동출이 사라진 문 쪽과 아버지를 번갈아 보면서 어쩌지를 못했다.

"그만 올라가거라."

아버지가 말했다. 연주가 아버지에게 고개를 숙인 후 밖으로 나갔다. 서모도 따라 나갔다. 아버지가 지게를 제자리에 도로 놓는 것을 보면서 내가 밖으로 나섰을 때, 황동출은 백여 미터나 걸어가서 연주가 오기를 기다리고 있었다. 서모와 연주는 길바닥에 서서 무언가를 주고받듯 말을 나누고 있었다. 아버지는 그날 들녘에 나가지 않았다.

"당신도 너무하구려. 십 년만에 돌아온 딸이 서방이라고 데려왔는데 어찌 그럴 수 있소."

서모가 펌프 물을 푸면서 아버지에게 말했다. 나는 서모가 아버지에게 힘주어 말하는 것을 처음 보았다. 서모는 아버지에게 던지는 말의 마디에는 물론 펌프질을 하는 자신의 몸에도 힘을 잔뜩 주고 있었다. 불만의 강한 몸짓이었다.

"십 년만에 돌아온 딸인데 어찌 그리 무정하셨소? 당신이야 당신의 피붙이기 때문에 그렇게 매정할 수 있다지만 나는 연주가 집을 나간 순간부터 이날까지 죄를 진 사람처럼 가슴을 뜯기면서 살아왔소. 내가 연주의 서모인 게 이날 이때껏 한이 되어서 살아왔는데… 제 발로 걸어 들어온 연주를 어찌 그리 박대할 수 있소?"

서모는 아버지에게 돌을 던지듯 말했다. 아버지는 여전히 말이 없었다. 마루에 앉아서 하늘을 올려다보는 눈빛. 나는 그 눈빛에서 가슴이 딱 한 계단쯤 내려앉는 섬뜩함을 감지했다. 생모가 어른거리는 눈빛. 폭력. 함정을 보는 듯한, 무섬증을 캐내는 눈빛. 서모는 계속 아버지를 나무랐다.

"정식으로 혼인은 시켜 주지 못할망정 데리고 온 사람이라도 반갑게 맞아줘야 할 거 아뇨? 당신이 그러면 그 행패 다 어디로 쏟아지겠소?"

서모는 아버지를 힐난하는 투였다. 나는 그 상황에서 위태로움을 읽어 내고 있었다. 생모를 쥐어박고 발길질하던 아버지의 몸이 벌떡 일어서는 것이 상상됐다. 아버지는 서모의 나무람을 듣다가 천천히 걸어 나갔다. 십 분쯤 후, 아버지의 손에는 막걸리가 들려져 있었다. 아버지는 막걸리 한 주전자를 놓고 해가 저물 때까지 무려 네 시간 동안이나 침묵으로 술을 마셨다. 그것은 술을 마시는 게 아니라 술 모금으로 갈증을 달래는 것이었다. 서모도 한잔 거들었다.

그날 밤에 잠자리에 누웠으나 잠이 쉽사리 내게 정박하지 않았다. 밖으로 나와 서성이다가 잠자리에 누웠다가 반복을 하면서 밤을 지새웠다. 황동출이 다시는 강천에 오지 않았으면 좋겠다는 생각을 했다. 울음 가득한 눈빛으로 문을 나서던 연주가 가슴에 박힌 채로 나를 놓아주지 않아서였다. 아버지의 모습이 떠오르기도 했다. 한밤중에 웅크리고 앉아 부품 빠진 기계처럼 울던 아버지의 뒷모습이.

내가 대학을 졸업함으로써 연주에게도 자신의 삶에 여유가 생긴 것일까. 연주에게 황동출이 생긴 것이다. 군에 입대를 했다. 아버지와 서모에게 늘여졌을 촉수를 거두어들이듯 연주도 나의 관심 밖으로 밀려나고 있었다. 내가 무섭다는 생각이 들기도 했다. 틀에 박힌 생활과 수시로 반복되는 사고의 단일화 교육의 힘을 빌어 나는 어렵지 않게 그런 나를 무마시킬 수 있었다. 아버지를 잊고 서모를 잊고 연주마저 잊는 생활을 해가기 시작했다. 비로소 나도 나의 자유로운 시간을 누리고 있다는 생각을 통제집단 속에서 할 수 있었다. 이따금 연주에게서 편지가 왔다. 나의 건강을 염려하고 자신은 그럭저럭 살아 있다는 얘기와 어렸을 적의 기억을 들추면서 그래도 대학을 졸업한 오빠라고 부추기면서, 혹여 내가 자신이나 생모 때문에 병영에서 이탈하든가 자폭적인 행위를 생각하는지에 대한 근심을 늘어놓기도 하다가 말미에는 황동출과의 근황을 잊지 않았다. 나는 편지에서 황동출의 눈빛을 떠올렸다. 그 커다란 눈 주위가 멍이 시퍼렇게 든 연주의 모습을 상상하기도 했다. 나는 답장에서 황동출 때문에 어렵게 살지 말라는 답장을 썼다. 황동출이 없는 동안에도 어렵게만 살아온 네가 황동출 때문에 또 다른 어려움에 휩싸인다면 나는 참을 수 없을 것이라는 답장을 섰다. 그 후론 황동출에 대한 언급이 없었다. 제대 후, 마장동 터미널에서 만났을 때 황동출이 그녀의 뒤에 서 있었다. 저승사자처럼. 미루나무처럼 연주의 배경을 이루고 있었다. 나는 가슴이 탁 막히는 신음을 흘리면서 연주를 그에게로 되돌려 보냈다. 비로소 찾은 나의 자유스러움에 이물질이 껴드는 것을 두려워해서였을까. 황동출이 내게로 다가오는 것이 싫었고, 때문에 연주와도 거리감이 생기기 시작했다.

아내가 밖으로 나왔다. 나는 아내가 나오리라 짐작을 하고 있었다. 연주와 서모와 한물처럼 합일될 수 있는 여자가 아니니까. 이건 내 생각이기도 전에 아내 스스로 그렇게 여기고 있음이 틀림없을 성싶다. 서모나 연주도 그런 의중을 갖고 아내가 어떻게 행동을 하든 괘념치 않을 것도 분명하다.

"시누이가 아이가 없어서…."

안에서도 여자들끼리 방금 황동출과 주고받던 얘기를 나눈 모양이었다.

"그래서?"

"시가 어른들 보기가 곤혹스럽대요."

매제가 남기고 나간 말이 되살아난다. '큰일 났어요. 이대로 가다간 울 엄니가 가만히 있지 않을 텐데…' 그는 문을 나가 골목 어디쯤에 있겠지만 그가 남기고 간 말은 집 안에 남아 있었다. 나는 아내에게 아이에 대한 얘기를 하고픈 충동을 느꼈다. 언젠가는 한 번쯤 해야 할 말이었다. 그러나 심도 있게 말할 분위기와 장소가 되지 못했다.

'아이를 낳아야 할 텐데.' 나는 속으로 한 번 중얼거린다. 시선을 둘 곳은 어둠밖에 없다. 바람이 이따금씩 불어왔다. 밤꽃 냄새가 물씬 풍겨 온다. 냄새가 너무 진해서 처음에는 속을 확 뒤집어 내는 역겨움이 있다. 그러나 냄새에 대해 긍정적인 자세로 심호흡을 하면 정신을 아득하게 마비시키는 효능이 있다. 나는 나무 냄새, 흙 냄새, 꽃 냄새를 좋아한다. 꽃만이 향기가 있음은 아닐 성싶다.

"이게 무슨 냄새야?"

아내가 비칠거리는 목소리로 말했다. 나는 그게 구체적으로 무슨 냄새인지를 말해주지 않는다. 콧속으로 스며들어 정신 깊숙이 혼미하게 나를 점령하는 밤꽃향이 분명했지만. 도시에서 자란 아내에게 밤꽃향을 알게 하고 싶지가 않다. 역겨우면서도 속을 아릿하게 마비시키는 이런 냄새는 시골사람에게나 어울리는 것이라는 생각이 있어서다.

황동출이 문으로 들어서고 있었다. 담배를 물고 있다. 담배를 빨아들일 때 그의 얼굴에서 빨간빛이 잠깐 살아난다. 열 시를 넘어서고 있다. 풀벌레 울음소리가 곳곳에서 끊일 듯 끊이지 않고 들려온다. 마을은 고요했다. 농번기의 지친 육신이 집집이 깊은 잠으로 빠진 듯싶다. 집집이 밀린 농사 거리를 걱정하는 눈초리 같은 백열등이 하나씩 켜져 있었다.

서모와 연주도 밖으로 나왔다. 제사음식 준비가 모두 된 모양이다. 나오는 그들에게서 냄새가 발산되고 있었다. 냄새는 그 둘을 하나로 묶고 있었다. 참으로 고소한 냄새다. 열두 시가 가까워지면 아버지의 제를 올리고 깊은 잠에 빠졌다가 해가 돋으면 아버지의 묘를 찾을 참이다. 아버지의 묘역에는 생모도 잠들어 있다.

"오빠."

연주가 황동출의 옆구리에 몸을 기대면서 나를 불렀다. 황동출은 또 담배를 꺼내어 문다. 서모는 아내의 구두를 손바닥으로 닦는 중이다. 서모의 그런 행위에 아무런 반응도 없이 자신의 발을 맡기고 있는 아내의 면전을 보다가 서모의 얼굴로 시선을 옮겼다. 작년보다는 훨씬 노쇠한 모습이다. 쉰일곱인 서모의 귀밑으로 내려앉은 노인 반점이 보인다. 몸도 썩 가늘어져서 피부가 검게 보인다. 아내의 구두 콧이 윤이 나도록 문지르는 손도 앙상하다. 저녁을 마치고 서모가 냉장고에서 꺼내어 먹던 알약이 생각났다. 잊고 있던 밤꽃향이 혼미하게 풍겨 왔다.

"어이쿠. 냄새도 독해라."

서모가 말했다. 그 목소리는 평소의 음색이 아니다. 나는 서모를 다시 찬찬히 바라본다. 무슨 비장한 일을 기다리는 사람처럼 서모의 표정이 예사롭지 않음을 예감한다. 의도된 태연, 무언가를 속에다 감추고 있는 눈빛, 어딘가 어줍은 자세.

"오빠."

연주가 다시 나를 불렀다. 나는 연주 쪽으로 고개를 돌렸다.

"내일 가시죠?"

나는 고개를 끄덕인다.

"그럼요. 회사에 출근을 해야 되거든."

아내가 껴든다. 연주와 나 사이에 무거운 교감이 오간다.

"닷새 후면 어머니 제일이잖아요…. 내일 올라갔다가 또 내려오기도 그럴 텐데…. 더구나 일요일도 아니고."

연주가 한숨을 쉰다. 나는 연주의 의도를 생각한다. 연주는 내게 말하는 것이 아니라 아내가 들어주었으면 하는 바람으로 얘기를 꺼낸 것이다.

'회사로 전화가 왔을 때, 황동출이 낳지 못하는 아이 때문에 연주에게 무슨 행패라도 부렸는가.' 하는 짐작이 삽시간에 들었다. 연주는 아버지의 제사에 갈 수 있는지 넌지시 물었다. 아내의 안부를 묻더니 생모의 제사를 말했다. 나는 그 순간에 가슴으로 느닷없이 눌려 오는 중량감으로 끄응 신음을 흘렸다. 연주가 생모의 제사를 들먹거리지 않더라도 생각날 때마다 엄청나게 큰 산더미에 눌려 있는 심정이곤 했다. 언젠가는 넘어야 하는 장애물을 숙제로 두고 옆으로만 사는 기분이었다. 연주는 '생모의 제사를 내가 모셨으면 어떻…겠냐.'는 소리를 했다. '당연히 그래야지. …그랬어야지.' 그렇게 말해 놓고도 나의 머릿속은 옆걸음질치고 있었다.

연주가 말을 띄엄띄엄한 말로, '…서모에게 생모의 제사를 맡기는 것도 그렇고… 그래. …아버지 제사야 서모가 살아 있는 동안에 지금처럼 한다지만… 그래 맞아. …생모는 아들인 오빠가….' '알았어. 알았어.'

통화가 끝나고 아내한테 말하지 못했다. 아내의 면전에서 연주와의 통화 내용을 떠올리면 과거의 기억이 장벽으로 내 앞에 일어나는 것이었다. 나는 가슴이 답답해져서 옆걸음질치듯 아내를 바라보면 아내는 내 편이 아닌 듯싶다. 말을 꺼냈다가는 아내마저 장벽에 걸터앉아 압박을 가중시킬 예감이 들었다. 연주는 그 통화가 어떤 결론을 유도했는지 알고 싶은 것이다. 서모도 있고 황동출도 특히 아내가 있는 모두 모인 자리에서 쐐기를 박고 싶은 것이다. 나는 결정적인 말을 꺼내지 못한다. 아내도 입을 열지 않는다. 눈초리는 까맣게 번득거리면서.

"가신 양반이 살아계실 적에는 가신 양반의 체면 때문에서가 아니라 마땅한 도리로 진수성찬은 아니더라도 밥 한 그릇은 빼놓지 않고 올렸지만, 그 양반도 가시고… 해서 내가 살아 있는 동안은 가신 양반이야 내가 책임을 지겠지만, 생모는 마땅히… 아들이…."

서모가 말을 끊었다. 침묵이 무겁게 어둠을 타고 내린다.

"그렇게 해야지요."

내가 이렇게 말함으로써 무거운 침묵이 걷힐 줄 알았으나 그렇지가 않았다. 나는 아내를 일부러 바라보지 않는다. 등을 잔뜩 꼬부린 채로 침묵을 각자의 몫으로 분배해서 껴안은 듯싶었다. 밤꽃향이 침묵의 사이를 비집고 독하게 흘러와 끄응 숨을 토해 내게 했다. 또 벌레가 운다. 유년의 기억 속으로 내가 함몰된다. 바둥거려도 헤어나올 수 없음을 자각한다. 쪼그려 앉은 자세인데 방광과 요도 쪽으로 감각이 몰린다. 아물었던 통증이 도지려나, 이슬에 젖은 한기가 오르는 땅에 엉덩이를 오래 대고 앉았던 탓이리라.

물로 몸이 걸어 들어가고 있다. 물은 저항하지 않는다. 물은 순응의 결정체이므로. 몸 덩어리가 물의 살을 찢어 그물을 친다. 눈이 오는 새벽이다. 알몸으로 물에 걸어 들어간다. 발이 시리다. 무릎이 시리다. 허리까지 시리다. 상체가 비틀리는 고통으로 머리가 달달 떨린다. 물에 잠긴 하체는 이미 나의 것이 아니다.

그물을 물속에 두고 물의 상처를 닫아주듯 밖으로 나오면 물은 결코 찢어져 있지 않았다. 몸은 다시 물에 들어갈 용기가 나지 않는다. 언젠가는 물속으로 들어가야 한다. 내가 이물질처럼 삽입해 놓은 그물이 물속에 있으므로. 허리 아래가 시리다. 엉덩이가 뻐근하게 아프다. 더이상 서 있을 아픔이 아니다. 자갈에 눕는다. 가까스로 표면이 가려졌던 눈이 몸에서 녹고 눈은 다시 몸 위로 난분분 내려앉는다. 누군가 걸어와서 내 코에다 하얀 휴지를 잔뜩 밀어넣고는 나를 흔들고 있다. 나는 깨어나려 안간힘을 쓴다. 물에 잠긴 것처럼 몸뚱이는 움직일 수 없고 팔다리만 허우적거린다. 몸이 점점 밑으로 꺼져 내려간다. 몸의 끝에 있던 것들이 뇌리로 몰려든다. 죽음을 용인하기 위해 모여든다. 뇌리에서는 단 한 차례의 언성도 없이 죽음을 받아들이기로 한다. 나는 나를 평안한 주검으로 자리 눕힌다. 이젠 정말 죽는구나. 물살 속에 모래알 굴러가는 소리를 들으면서, 조금 전에 놓은 그물에 참붕어가 지느러미를 치는 소리를 들으면서 죽음을 자청한다. 강둑에서 저승사자들이 걸어온다. 미루나무 잔 이파리 철렁거리면서 줄줄이 걸어온다.

"애비야."

잠 중에 누가 날 흔들어 깨우고 있었다. 꿈을 꾸고 있었다. 제를 올리고 약간의 음식과 술을 마시고 막 잠이 든 나를 흔들고 있었다. 혼곤해지려는 잠의 나락에서 헤엄쳐 나오듯 눈을 떴다. 서모였다.

"할 말이 좀 있다."

서모가 그렇게 말해 놓고 밖으로 나간다. 아내는 옆에서 곤히 잠들어 있다. 새벽이 아직 멀리 있는 두 시 반이다. 서모는 초저녁부터 둘러앉았던 돗자리에 앉아 있었다.

"땅 말이다."

땅? 버릇처럼 중얼거렸다. 서모가 듣지 못하는 소리로.

"급작스레 팔아도 사천은 되는가 보더라."

안개가 일어서 있었다. 나는 아무런 말도 하지 않았다. 서모는 내게 왜 이런 말을 하는 걸까. 사방은 괴괴하게 고요했다. 서모의 의중을 떠볼 어떤 시도도 필요 없는, 숨소리까지 들리는 고요했다. 서모는 아주 낮은 숨소리를 내고 있었다. 서모는 초저녁부터 이 말을 속에다 담고 있음이 분명했다. 서모의 더욱 검은 얼굴에 처연한 표정이 스쳐지나 갔다. '나는 서모가 왜 이런 말을 하고 있을까.'의 생각도 지웠다. 나는 할 말이 아무것도 없으므로.

"사위가 요즘 나를 찾아오네."

"황 서방이요?"

살기가 어려운 모양이야 더구나 연주한테 아이가 없는지도 육 년이나 됐고. 그래서 땅을 처분했으면 싶다.

"황 서방이 돈을 좀 달랍니까?"

"그건 아니지만 어떻게 해야 하는지 아들인 너와 의논을 하는 거다."

"땅을 처분하면…."

"난 괜찮다. 어차피 오래 살 몸도 아니고."

서모가 한숨을 쏟는다. '오래 살 몸이 아니다?' 나는 방금 서모의 말을 곱씹는다. 서모의 삶? 사실 나는 서모가 어떻게 살고 있는지 마음이 조금도 가 있지 않은데 서모의 삶에까지 닿을 관심의 촉수가 내 안에 어찌 있으랴. 그 순간에 그렇게 살아온 내가 무섭다는 생각이 스치듯 지나갔다. 옆에 늙은 개처럼 앉아 있는 서모가 안쓰러워지는 것을 억지로 걷어내려 애를 쓴다.

연주는 나의 바람과 아버지의 무언의 시위에도 아랑곳하지 않고 황동출과 기어이 삶을 시작했다. 제대 후 취직이 된 내게 연주는 전화를 했다. 황동출 몰래 만나기도 했다. 사실 아버지가 세상을 하직하고 난 후부터 황동출은 서모와 나를 만나기 시작했다. 생모가 아버지에게 짓눌려 살 듯 연주도 황동출에게 압박당한 채 살고 있었다. 연주를 보면 어머니가 내게 보여주었던 이승과 저승의 담벼락이 문득문득 떠오르기도 했다. 언젠가는 연주도 생모처럼 담벼락을 넘고 말 것이라는 생각을 하면서도 연주에게 어떻게 해주지 못하는 나였다. 나는 벌써 연주에게도 서모에게처럼 무관심해지고 있는 것이었다.

서모는 아버지의 후처로 들어와서 나에게나 연주에게 해코지를 한 적이 없다. 그런데도 나와 연주는 서모를 가까이 둘 수 없는 가슴을 만들어 살아온 것이다. 어쩌면 남매는 가족을 등지고, 사랑을 등지고 살아온 것일지도 모른다. 자신을 폐쇄시키려고만 다독거려 온 몸뚱이가 아닐까. 자존심 같은 것은 자꾸만 폐쇄되어 좁쌀만 해지고 대신에 남을 곁눈질하는 촉수만 유연하게 흐느적거리는 몸뚱이. 그 몸뚱이 하나를 붙들고 서모가 땅을 팔면 어떻겠냐는 소리를 하고 있다. 새벽 세시가 가까워지는 고요의 늪에서.

"네 아버지가 살아계실 적에 가끔 했던 말도 있었네…. 그 말을 유언처럼 여기고 실천하고 싶구나."

"유언?"

"그분은 아들보다는 연주를 더 안타깝게 여기셨어. 아들이야 대학까지 마쳤고 어엿한 각시까지 얻었으니 이젠 되었다 싶었던 모양이다. 연주는 계모인 내…가 싫…었던지…. 오빠의 학비를 댈라구 했던 건지 중학교도 끝을 못 맺구 객지에서 고생만 하다가 데려온 황 서방이 산적 같은 흉물이니… 그 양반 가슴이 많이 상했댔어. 입버릇처럼 말하곤 했는데… 많진 않지만 남겨 놓은 전답은 연주 차지여야 한다고."

"……!"

"그 양반이 자식들에게 애비 노릇은 못했어도… 속은… 깊다."

발길질이나 뺨을 맞아 보지 않은 서모는 아버지가 속이 깊다고 여길 성도 싶다. 아버지는 빨갱이가 자유 투사로 사상을 전향하듯 변했다. 생모와 살 때 아버지는 폭군이었다. 생모가 봇물로 걸어 들어가서 주검으로 다시 나왔을 때도 아버지는 생모의 주검조차도 발길질을 할 듯 고래고래 소리를 질렀다. 생모가 죽어서 가끔 울음질 놓는 우리의 작은 뺨에다 그 우악스런 손바닥이 후려쳐지곤 했다. 그런데 서모가 집 안에 들고부터 아버지는 단 한 차례의 발길질이나 손을 휘두르지 않았다. 술도 거짓말처럼 끊기 시작했고 해 저물면 서모와 안방으로 들어가 방문을 질끈 닫았고 날 새면 서모와 나란히 들밭으로 나갔다. 서모가 마력을 가진 것은 아닐까. 가끔 맹수처럼 성을 내는 아버지의 팔다리를 옴짝달싹 못 하게 붙들어 매는 주술 같은 것을 외웠던 것은 아닐까.

"앞으로 새엄마랑 살아야 한다."

밤마다 콩새처럼 울어서 가슴이 진창인 남매에게 아버지가 말했다. 나는 아버지의 얼굴을 정면으로 바라보았다. 연주가 내 등 뒤로 숨었다. 서모는 부드럽게 웃으면서 쪼그려 앉아 연주를 안으려 했다. 연주가 내 목을 꽉 끌어안고 있다가 문밖으로 뛰어 나갔다. 아버지의 눈총을 맞은 것이다. 연주가 밖에서 울 것이라는 직감이 빠르게 뇌리에 흐르자 내 눈에서도 눈물이 나왔다. 그런 눈으로 아버지를 똑바로 바라봤다. 바로 어제 같으면 또 운다고 귀 뺨따귀를 때렸을 아버지였다.

"엄마라고 불러라."

아버지가 서모를 데리고 방으로 들어갔다. 연주와 강으로 내려가서 해가 지도록 놀았다. 어두워져서 길이 잘 분간이 안 될 때 집으로 들어갔다. 서모가 아까처럼 웃으면서 우리를 맞이했다. 서모는 늘 그런 표정으로 우리를 안으려 했다. 그렇지만 서모의 웃음에 같이 웃어준 적은 없다. 계모라서, 우리를 못살게 굴어서, 언젠가는 계모의 본색이 드러날 것이라는 생각에서 서모에게 차갑게 한 것은 아닐 성싶다. 순전히 아버지 때문이다. 생모와 살 때의 아버지가 참모습일까? 아니면 서모와 다감하게 살 때가 아버지의 참모습일까. 대답은 없다. 다만 가슴만 미어진다. 아버지에게 당신의 가면은 무엇이고 당신의 위선은 어디까지가 한계인가를 묻고 싶다. 서모를 데려왔을 때의 그 눈알을 들고. 그러나 지금 아버지는 없다. 서모도 웃음을 잃었다.

"자식 낳고 잘살게."

우리는 자식을 낳을 수 없습니다. 하마터면 그렇게 말할 뻔했다. 대화를 할   나는 상대방의 말을 다시 읊조리거나 속을 냉소적으로 털어내는 습성이 있다. 내가 왜 이럴까 생각해본 적이 있다. 상대방의 말을 다시 읊조리는 것은 그를 내게 합일시키지 못하는, 내 안의 무조건적인 거부에서 오는 확인과정일 성싶다. 순간적으로 냉소적인 속을 쏟아 내는 것은 그, 또는 그가 말하는 내용에 대한 반감의 덩어리가 우박처럼 예고 없이 떨어지는 듯하다. 사람을 믿고 가슴을 열어야 고칠 수 있는 병이라는 해결책은 알아냈으나 좀처럼 고칠 수 없는 습성이다.

야영 갔다가 유부녀에게 사랑을 고백한 후, 한 달이 못되어 그 회사를 그만두었다. '좋아했습니다. 당신의 손을 강물에다 저의 두 손으로 정성스럽게 씻겨 드리고 싶습니다.' 고백에 이어, '나를 안아 주세요.'라고 말했던 여자와 한 사무실에서 얼굴을 맞댄다는 것은 형벌이었다. 내 안에 나는 없고 온통 그녀였다. 부서지고 찢어지는 것은 나였다. 그녀는 태연했다. 술을 마신 뒤 있을 수 있는 해프닝쯤으로 여기고 있는 것이다. 남편의 전화를 받으면서 행복스럽게 웃었고, 이따금 남편이 기다리다가 태워 가곤 했다. 그녀와 함께 있을 권한이 내게는 없었다. 그러나 내 안에는 그녀가 통째로 들어와 있었다. 내 안에 내가 없으므로, 내 안에 그녀를 몰아내기 위해 그 회사를 그만두었다.

"애비한테 잘할 필요 없다. 너 자신에게 잘해라."

회사를 그만두고 내려왔을 때 아버지가 말했다.

"자네는 사람들을 너무 힘겹게 여겨. 그러면 자신도 힘겹게 되는 게야."

서모가 말했다.

"너를… 너를 위해서 살아라."

아버지가 결론을 짓듯 말했다. 실직을 하고 온 내게 아버지가 왜 그렇게 말했을까. 내가 사회에 적응하지 못하는 것으로 판단한 것일까. 아버지의 눈에 나를 옭아맨 쇠사슬이라도 보인 것일까. 깨알만 하게 오그라든 삶의 방식이라도 보인 것…일까. 한때는 폭군이었던 당신의 눈에.

아버지와 서모의 그 말이 출구를 지목하지 않았는가 싶다. 나는 동굴에 갇혀 사는 느낌인 걸 알게 되었다. 출구. '남을 힘겹게 여기지 않는 곳'으로의, '나를 위해'로의 출구. 그 출구의 상판에 네온사인처럼, 야영지에서의 화이어레터처럼 활활 타오르고 있었던 것은… 사랑…. 그래 나도 사랑을 해야겠다는 것이었다. 누군가의 손을 아주 정성스럽게 씻겨 주고픈 욕망이 몸에 차오르기 시작했다. 따뜻한 손으로 누군가의 손을 씻겨 주고 싶었다.

바다에 갔다. 바다는 역시 광활했다. 파도 앞에 섰다. 파도가 왜 이제서 왔느냐는 질문을 반복했다. 나는 바다 앞에 두 시간을 버티지 못했다. 태백산맥을 넘어 돌아왔다. 바다는 물이 아니었다. 바다는 드넓고 광활했지만, 내게 맞는 사유를 줄 수 있는 물이 아니라는 생각이 들었다. 바다는 그 깊이를 갖고도 강물만큼의 사유를 주지 못했다. 강에서 사유하던 그 가슴으로는 바다의 뜻을 읽어 낼 수가 없었다.

따뜻한 손을 필요로 한 것은 나였다. 사랑을 받고 싶었다. 누군가를 내 안에 가득 채우고 싶었다. 길을 잘못 드는 경우가 있더라도, 기린의 목이 이정표가 될 수 없는 사막에 선다 해도 그곳에 사랑이 있다면 달려가고 싶었다. 어서 빨리 누군가를 찾아내고 싶었다. 아아, 내 몸에 성난 홍수처럼 차오르던 사랑에의, 사랑하고파 달리고픈 욕망.

그런데 나는 누군가와 뭉쳐 사는 방법을 터득하지 못하고 있었다. 야 영장에서의 그녀 때문에 내가 열린 것일 뿐이었다. 강천을 걸어 나오는 데 미루나무 잎이 몸에 떨어졌다. 가슴이 파르르 떨렸다. 누구든 기대 오면 함몰될 가슴이었다. 공깃돌 하나도 견디지 못하고 찢어질 표피에 간신히 감추어져 있었다.

아내는 그 막을 박차고 들어온 여자다. 아니, 아내가 내 앞에 섰을 때 나는 기꺼이 가슴을 열었다. 처음 아내를 보았을 때 내게는 걸맞지 않은 여자라는 생각이 들었다. 그녀는 나와는 외모에서 풍기는 감이 달랐다. 문화적인 혜택의 정도가 그녀의 몸에는 충만해 보였고, 내 몸 은 문화적인 혜택이 거의 없는 빈껍데기와도 같은 생김이었다. 그런데 그녀가 아주 어려운 고백을 내게 했다.

고백을 듣고 그녀를 사랑하기로 했다. 그녀와 결혼을 하리라 결심을 했다. 젊은 날 누구나 한 번쯤은 사랑 때문에 아픔과 방황을 경험했을 것이다. 그러나 그녀가 고백을 하기 전에는 어떠한 아픔이나 설렘이나 방황 같은 것은 그녀의 몸에서 읽을 수 없었다. 새로이 취직이 된 직장 에서의 동료인 그녀는 한눈에도 미녀였다. 훤칠한 키에 길게 뻗어 내린 하체와 길고 검은 머리가 폭포수 같은, 알맞은 크기의 눈을 소유한 여 자였다. 그런데, 서른셋. 그녀는 혼기를 넘어서 있었다. 회사 내의 적지 않은 총각들이 한 번쯤은 그녀와의 부부 생활을 꿈꾸었을 외모를 가 진 그녀가 고백한 것은 사랑 때문에 얻은 방황도 아픔도 아니었다. 그녀의 경험은 남들처럼 과거를 회상하는 묘미를 갖는 정도가 아니라, 과거에 크게 갈라졌다가 간신히 동여맨 상처를 다시 갈라 자신의 시뻘건 속살을 드러내는 정도였다. 그날도 그녀는 내게 고백하는 말의 마디 끝마다 통증을 못 이기는 환자처럼 신음했다.

그녀는 왜 내게 그런 고백을 했을까. 내게 항복을 하듯 말했을까. 비록 혼인 적령기를 훨씬 넘어섰다 해도 회사뿐만 아니라 스쳐 지나가는 남자들이 한 번쯤은 더 돌아보았을 미모와 심성이 내비치는 그녀가.

고백하기 전에 그녀는 고백의 연유를 '동질성'이라는 단어에 함축시켰다. 나와 동질감 같은 것을 느낀다는 것이다. 그 말은 내가 그녀에게 편안해질 수 있다는 뜻으로 정리를 할 수가 있었다. 그런데 나는 그녀 앞에서 황당하지 않을 수 없었다. 그녀와 나는 생김새로나 문화적인 배경으로나 엄청난 차이가 있음을 나 스스로 감지하고 있던 상황이었다.

그녀는 자신 속에 숨겨져 있는 것들이 내 안에도 들어 있을 것이라는 생각을 해 왔다고 말했다. 그것이 구체적으로 무엇이냐고 물었을 때 그녀는 대답을 하지 못하면서 막연하게 그냥 동질감 같은 것이라고 얼버무렸다.

나는 그때. 내 안에 잃어버렸던 나를 대신하여 들어앉을 사람, 사랑을 갈구하고 있었다. 사랑 없이는 어느 곳에든 안주할 수 없는 흔들림의 상태였다. 그녀는 갑자기 내게 고백을 해 왔고 나는 더욱 비칠거렸다. 그녀는 눈물을 흘리면서 오래전에 자신에게 닥쳤던 사고를 말했다. 나는 그녀의 고백을 접하면서 위로의 말을 즉각 해주지 못했다. 단지 내 속도 아파서 눈물을 적셨다. 카타르시스를 느낀 것이다. 그녀에게서 카타르시스를 느끼면서 그녀가 말한 동질성을 이해했다. 그녀는 내게 항복을 하듯 말해 놓고 나의 처분을 기다리는 듯 침묵을 지켰다.

그녀에게 미안한 감정이 생기기 시작했다. 미안한 감정은 사랑의 시초였다. 나는 결혼을 제의했다. 그녀는 그 아름다운 눈으로 나를 담아 갈 듯 두 시간 동안이나 나를 응시하다가 허락을 했다.

아내는 몸이 채 이루어지기도 전인 초등학교 시절에 집단 성폭행을 당했다. 나는 아내의 훤칠한 몸매가 빚은 불가항력적 사건이라고 정리했다. 이 때문에 아내의 몸을 아무런 거부감 없이 받아들일 수 있었다. 그때의 충격으로 아내의 몸도 일찍이 파손되어 있었으며, 의술을 빌리지 않고는 아이를 가질 수 없다는 것은 나중에 알았다. 사글세방을 찾아 전전할 때, 아내가 열쇠를 내게 주었다. 아파트 열쇠였다. 한사코 거절을 하는 내게 아내가 말했다…. 자신을 받아들이는 고마움의 표시이며… 또… 이 열쇠는 자신의 몸이 부서진 대가로 존재하는 것이기 때문에…. 자신을 거두어 주는 내가 이제부터는 그것의 주인이라고….

서모의 얼굴은 검었다. 아침 햇살이 지저귀는 새 울음에 더욱 신명스러운데 서모는 검어지고 작아진 육신으로 부산히 채비를 했다. 아내의 팔다리와 얼굴에서 하얀빛이 돌았다.

"오월 볕도 뜨겁더라. 해 더 커지기 전에 얼른 갔다 오자."

서모는 몸도 마음도 급했다.

"에이 손자라도 있어야 저승에 계신 장인어른 흡족해하실 텐데."

황동출이 탄식조로 말했다. 집 안이 삽시간에 조용해졌다. 연주가 보자기로 보퉁이를 만들고 서모가 또 풀러 확인을 한다. 아내는 그늘에 서서 손 부채질을 한다. 껌을 씹느라 쫑알거리는 입술에 발라진 루즈가 새빨갛다. 성묘를 가는 입술이 그 모양이어서 쓰겠냐고 한마디 질러 주고 싶지만 꾸욱 누른다. 황동출도 잔잔한 기분이 아니다. 탄탄한 돌멩이가 여럿 모여 구르고 있는데 알전구가 끼인 느낌이다. 무언가가 와장창 깨질까 연주가 조바심하는 눈치이다.

집을 나섰다. 묘에 이르는 길은 차가 갈 곳이 아니다. 서모가 모시 한복을 입고 앞장을 섰다. 풍성하게 꼿꼿해진 모시 한복 속에서 서모의 육신이 움직였다. 작년에 보았던 그 몸이 아니라는 것을 금방 알 수 있다. 몹시 여위어 있었다. 땅을 팔아야 하겠다, 고 저 몸으로 땅을 주체할 수 없어서 말했을까. '당신의 의붓어머니 노인네 되면 우리가 맡아야 하는 거 아냐?' 아내는 서모의 쇠락해진 육신을 예감하고 그렇게 말했을까. 서모의 비칠거림이 내 몸으로 감전이 된다.

묘는 강물이 굽이치는 언덕에 있다. 남향으로 방향을 잡아서 양질의 볕은 많이 받는다. 양지바른 곳이다. 그러나 사람들이 섣불리 묘를 쓰지 않는, 경사가 가파른 곳이다. 생모가 익사했을 때, 예기치 않게 필요해진 묏자리를 구하지 못해 넋을 놓고 있을 때 마을에서 내어 준 땅이다. 그 땅의 옆을 헤집고 아버지의 무덤을 만들었다. 묘에 이르려면 강을 끼고 하류로 산모퉁이를 두 굽이 내려가다가 세 번째 모퉁이의 시작점 중턱에까지 소로를 가야 한다.

열 시가 조금 지나서 묘에 이르렀다. 묘로 오르는 길은 경사가 심했다. 오월의 아침 햇살이 부드러운 살을 산허리에다 비비고 있었지만 우리는 이마에 땀을 송골송골 뿜어내야 했다. 묘에 다다랐을 때 일제히 아래를 내려다봤다. 마을을 지나는 물이 지나치면서 완만한 흐름 탓인지 수면의 폭이 오십 미터는 족히 넘었다. 바람이 강을 따라 살며시 불어왔다. 바람은 절벽에도 휘감긴다. 바람이 수면을 쓸 때마다 수면이 은비늘처럼 일렁인다.

　강은 예전의 강이 아니다. 스티로폼 조각, 부탄가스 깡통, 폐비닐, 폐타이어, 농약병들이 기슭으로 쌓여 있었다. 강의 속이 아무리 깊다 한들 도저히 소화해 낼 수 없는 것들이었다. 어제보다 더욱 낮게 구부리면서 휘어지는 허리, 세월의 앙금이 쌓이고 쌓여 더 이상 품을 자식이 없는 황폐한 자궁. 생모의 삶이 잠겨 있는 곳. 내게 사유를 주던 강이 이제는 아니다.

　“한 번 와야 쓰겄다.”

　서모가 서울로 전화를 했을 때 나는 아버지의 종말을 직감했다. 아버지는 폐가 극히 나빠져 있었다. 폐에 종양이 생겼다는 의사의 말을 들었을 때는 죽음의 그림자가 온몸에 끼얹혀 있었다. 두 달이라는 여분의 삶을 의사가 말해주었을 때부터 아버지는 들밭에 나가지 않고 마당 구석에 있는 텃밭에다 소일거리로 상추를 심었다. 상추는 실하게 자라기 시작했다. 아버지는 틈틈이 상추밭에 잡초를 뽑고 물을 주고 심한 기침으로 통증을 이기지 못하여 상추고랑에 쓰러지기도 했다고 서모는 전화로 알려 왔다. 상추가 자라서 수확을 해야겠다는 것이다. 상추를 수확하기 위해 내려오라는 서모의 말을 납득할 수가 없었다. 아버지가 죽음에 임박했음을 그렇게 알리는 것이라고 이해를 했다. 담 안에는 상추 잎이 발갛게 자라 있었다. 사람이 들어갈 수 있는 길만 터놓고 마당을 일궈서 상추씨를 뿌린 것이다. 서모와 나는 아버지가 마루에서 거친 숨을 불규칙하게 몰아쉬는 소리를 들으면서 상추를 모두 뽑았다. 상추는 리어카에 실려서 시장으로 나갔다. 택시를 불러서 아버지도 함께 시장으로 나갔다. 서모가 자리를 깔아서 상추를 진열해놓고 상추를 파는 동안 나는 아버지와 가로수 밑에 있었다. 상추는 잘 팔리지 않았다. 종일 자리를 지키고 앉아 있어 봤자 절반도 팔릴 것 같지가 않았다. 서모가 아버지를 모시고 어디 다방이라도 가 있으라는 말을 했다. 나는 애써 가꾼 상추가 팔려 나가는 것을 보지 못하게 하는 서모가 이해되지 않았다. 아버지를 다방의 소파에 앉혀 놓고 수시로 서모에게로 갔다. 상추는 리어카에 얹혀서 시들어 가고 있었다. 안타깝기 그지없는 심정이었다. 서모는 거의 거저로 상추를 남에게 주기 시작했다. 한 다발을 사면 두 다발을 얹어 주었다. 그렇게 해서 아버지가 기른 상추는 모두 팔렸다. 아버지가 두 달 동안 기른 상춧값은 이만 이천 원. 돈을 세어 보던 서모가 금은방으로 들어갔다. 나는 진열장 밖에서 서모를 지켜봤다. 서모는 손가락에 끼고 있던 금가락지를 꺼내더니 주인을 주고 얼마의 돈을 받았다. 가락지를 판 것이다. 서모는 다방으로 가서 아버지에게 돈을 내밀었다. '여보. 당신이 기른 상추가 모두 팔렸어요. 여기 이게 그 돈이요.' 아버지는 서모가 건네주는 돈을 세 번이나 세어 보고 그것도 모자라 한참이나 만지작거렸다. 아버지는 그 돈에 서모의 가락지를 판 돈이 있다는 것을 모른 채 서모에게 되돌려 줬다. 나는 서모를 훔쳐보면서 뭉치는 가슴을 자꾸 쓸어내려야 했다. 시장에서 돌아온 후, 자신이 기른 상추를 모두 내다 판 이틀 후에 아버지는 세상을 마감했다.

두 개의 봉분. 내 눈에는 이물질이 서로 등을 대고 있는 느낌이다. 아버지가 세상을 하직했을 때, 이곳에 생모와 함께 묻히고 싶다는 말을 했다는 소리는 들리지 않았다. 생모가 익사했을 때처럼 아버지도 갈 곳이 없어 이곳에 안장한 것이다. 가파른 산의 허리를 질러 봉분을 만들다 보니 터가 좁았다. 사람들이 합장을 말했다. 나는 단번에 그러지 말라고 했다. 생모의 유골을 다시 헤집으면서 아버지를 그 옆에 가까이 두고 싶은 마음이 없었다. 설사 아버지를 생모 옆에 안장한다 해도 생모는 육신이 썩어 남은 뼈만이라도 반대쪽으로 돌아눕고야 말 것이라는 얼토당토않은 생각이 들었다. 또한, 서모가 있기 때문에 그러기 싫었다.

예를 마친 우리는 나무 그늘에다 자리를 깔았다. 아버지의 오른편으로 생모가 있고… 왼쪽의 지형이 자꾸 눈에 들어온다. 서모는 강물로 시선을 박은 채 미동도 않는다. 왼쪽에는 봉분을 만들 여지가 아무리 보아도 없다. 이끼를 뒤집어쓴 바위가 있고, 바위를 깨부순다 해도 경사가 갑자기 가파르기 때문에 지금 있는 봉분마저 흘러내릴 예감이 든다.

"내 죽거들랑 땅에다 묻지 말고 화장을 해줬으면 좋겠다."

나는 섬뜩해지는 가슴 때문에 손이 부르르 떨렸다. 서모는 어떤 마력 같은 것을 소유한 것일까. 아버지의 폭행을 잠재우는 마력, 내 속을 꿰뚫어 보는 마력.

"장모님 그런 소리 마십시오. 더 사시다가 손주 불알도 만져 보고 그러셔야죠."

황동출이 나섰다. 소주를 병째로 들고 마시는 눈가로 술기운이 얼룩지고 있었다. 연주는 아내와 붙어 앉은 채로 속닥거리다가 말을 멈춘다.

"형님도 지체 말고 자식을 가져야죠. 우리야 뭐 허리가 뒤틀어지도록 용을 써도 안돼서 이러구 있지만."

"고모부 누구는 뭐 낳기 싫어서 안 낳는 줄 알아요?"

아내가 나선다. 연주가 아내의 손을 감아쥔다.

"에이 자식 없는 설움 씨팔 친구 새끼들이 날 고자로 알고 떠들어대지만, 난 멀쩡한데 애가 안 생기는 겁니다. 병원에 가서 검사를 했는데 둘 다 이상이 없다 이겁니다. 그러니까 더 환장을 하는 거죠."

황동출이 또 술나발을 분다. 소주병 안에서 소주가 출렁거린다.

"여보 그만 좀 마셔요 취하겠어요."

연주가 나선다.

"술맛이 확확 도지니까 마시지!"

황동출이 연주 쪽에다 소리를 질렀다.

"그만들 못하겠니?"

서모가 돌아앉았다. 아무것도 읽어 낼 수 없는 텅 빈 얼굴이다. 삽시간에 조용해졌다. 알을 쫓는 산새가 포르륵 묘를 횡단한다.

"여름까지는 땅을 팔아놓을 테니까 한 번 더 내려오너라."

"땅을 팔아요?"

동시에 세 명의 입에서 같은 소리가 터져 나왔다. 나는 강 쪽에다 눈을 감았다.

"아버지 유언이다."

서모가 못을 박듯 덧붙였다.

"오빠."

"여보."

"아범과는 얘기가 다 됐다."

황동출이 술병을 숲에다 뿌리치듯 던지고 비칠비칠 걸어오는 기척이

들린다. 눈을 더 꼭 감고 싶은 욕망이 온몸을 긴장시킨다. 그가 아주 가까이 왔음을 등덜미로 느끼면서

"그건 연주 몫이네."

내가 이렇게 말하자

"형님."

그가 감격해 하는 음색으로 나를 불렀다.

"아버님의 유언이네."

서모가 다시 말했다. 연주가 흐느껴 울기 시작하고 황동출이 저쪽으로 걸어가 담배를 뻑뻑 피웠다. 연주는 담배처럼 황동출의 입 속으로 야금야금 타들어 가고 있다는 생각이 불현듯 들었다. 황동출은 마땅한 직장이 없이 연주에게 붙어 있는 실정이다. 때문에 연주는 가출 이후 다니기 시작한 공장에서 발을 떼지 못하는 실정이다. 연주가 말한 동굴에서 아직 벗어나지 못하고 있는 것이며, 황동출이 함께있는 한 그 동굴로부터의 탈출이란 그 가능성이 희박한 것이다. 땅이 팔리면 사천만 원이 과연 연주의 손에 들릴 것인가. 인간이 돈 사천만 원에 태도가 달라지면 더욱 슬픈 일이다. 연주가 그 슬픔을 곧 맛보아야 할 것임은 의심의 여지가 없다. 연주는 황동출의 손아귀에서 꽁초처럼 타들어 가며, 무기력해지면서 이따금씩 바르작거리며 살 뿐이다. 생모처럼. 하늘은 푸르고 산새 자유로운데 가슴에 무거운 슬픔이 차오른다.

서모는 강으로 시선을 돌렸다. 흘끔 건네 본 아내는 아무런 동요도 없다. 연주가 울고, 황동출이 속을 태우듯 담배를 물고, 서모가 강을 보는 상황에 갈피를 잃은 표정이다. 아내는 늙어 가는 서모의 존재를 벌레처럼 생각해 온 여자다. 갑자기 불거져 나온 땅에 욕심을 낼 준비

가 없을 성싶었다.

한동안 침묵이 흘렀다. 서모는 여전히 강물에다 시선을 두고 있다. 연주는 훌쩍거림을 멈추고 먼 데를 본다. 황동출은 또 담배로 속을 뻑뻑 피워 내고 나는 땅에다 시선을 박고 있다. 아내는 낯설게 끼어든 자처럼 굵은 눈알만 연신 굴린다. 간간이 상류 쪽에서, 응답을 하듯 하류 쪽에서 바람이 불어오면 수면이 은비늘처럼 반짝거렸다.

희망, 좌절, 미래, 과거. 이런 단어들을 떠올리면 물 냄새가 난다. 물은 물로만 그 본질을 말할 수 없다. 흔들림이 있고, 움직임이 있고, 생각이 있는 것들이 일구어낸 산물이다. 슬플 때만 눈물이 나오는 것이 아니라 감격과 환희에서도 눈물이 거침없이 나오기 때문에. 물은 단순한 입자가 아니다. 생모는 목숨을 물에다 두고 주검으로 나타났다. 그 목숨에는 아버지가 일삼던 폭행과 남매를 끌어안고 기적처럼 뿜어내던 한숨이 있었다.

물은 희망의 입자가 되고, 좌절의 물방울이 되고, 미래의 알갱이도 되고, 과거의 바닥 물도 된다. 희망의 물과 좌절의 물과 미래의 물과 과거의 물이 한 몸으로, 분리해 낼 수 없는 한몸으로 엉겨서 낮은 곳으로 흐른다. 생모는 좌절을 안고 강물로 갔을까? 새로운 희망을 갈구하며 강물에 합류한 것일까. 물로 합류를 함으로써 생모는 과거를 청산한 것인가? 아니면 악몽 같은 현실을 탈피하고 당신의 미래를 열어젖힌 것일까. 아버지를 청산한 것인가? 현재의 탁류에다 남매를 두고 그 어디로 간 것인가. 해답이 없다. 해답이 있을 수 없다. 인생은 희망, 좌절, 미래, 과거의 어느 한 조각만으로는 빚을 수 없는 것이니까.

나는 물을 찢곤 했다. 물을 찢을 수 있는 방법은 내가 물로 걸어 들어가는 것이다. 내 몸이 칼날이 되는 것이다. 학교에서 돌아오면 집에는 늘 아무도 없다. 아무도 없는 것이 아니다. 아버지가 있었고, 서모가 있었다. 아버지가 마루에서 밥상을 마주하고 서모는 펌프 물을 펙펙 퍼 올리는 집 안은 사실 내게 아무것도 없는 것이다. 아버지에게는 서모가 있고 서모에게는 아버지가 있는 집이다. 펌프 쇠고리가 제 살을 깎으면서 내는 삐익삐익 소리만이 빈 집 안에 귀신처럼 울고 있는 것이다. 아버지는 굳은 표정으로 말문을 연다.

"그물 좀 놔라."

그물 좀 놔라, 는 그물을 들고 밖으로 갈 테면 가라, 그 뜻이다. 나는 집을 나서 물에서 오래 있을 수 있어 좋다. 서모는 표정없는 시선을 회피하지 않아도 된다. 아버지는 당신이 좋아하는 참붕어, 갈겨니, 피라미, 모래무지를 먹을 수 있어 좋다.

아버지가 준 도구, 그물을 들고 나는 물을 찢으러 간다. 강은 네가 오는 것에 거부도 환영도 않는다. 물은 독특한 표정이 없다. 과거와 미래와 고통과 환희가 어우러진 모습이기 때문이다. 다만 목숨이 있는 듯 갈길 거칠면 쿨렁거리는 소리를 낸다.

노을이 검은 부스러기로 내려앉을 때를 기다린다. 신발 꼭지를 물에 잠그고 문지른다. 송사리 떼가 몰려온다. 송사리는 무리를 이탈하지 않는다. 송사리는 그물에 걸리지 않는다. 그물코보다 작기 때문이기도 하지만 무리를 지어 살기 때문에, 무리를 이탈하는 놈을 제외하고는 그물에 걸리지 않는다. 그물도 물 흐름처럼 깊은 곳이 벗어나는 곳에 흐름의 방향과 나란하게 놓는다. 고기는 왜 밤에만 모험을 하는 걸까.

큰 고기들이 밤에만 나오는 것은 모험이 아닐지 모른다. 그 큰 덩치 때문에 낮에는 바위나 풀숲에 숨었다가 어두워졌을 때 나온다는 것이 그물에 걸리는 것이다. 고기가 그물에 걸리는 이유는 무리지어 다니지 않기 때문일 성싶다. 낮에는 서로 모일 수 없기 때문에, 폐쇄적인 삶이기 때문에 무리지을 수가 없는 것이다. 폐쇄적이다가 한 번쯤 찾는 자유의 행로에 함정이 있는 것이다.

"자식에 너무 연연하지 말어."

서모가 말했다. 황동출은 수그러든 자세로 서모를 직시한다. 수그러든 자세. 거칠고 곰 같은 몸을 누구려 양처럼 앉아 있다.

"황 서방 자네도 맨날 그렇게 살 수만은 없는 거 아닌가. 백지장도 맞들면 낫다는 말이 있듯 자네도 이젠 직장을 가져야지. 입맛에 쏙 맞는 일이란 사실 이 세상에 없는 것이라네. 세상은 아주 오래전에 이미 만들어졌고 많은 사람이 세상일을 만들어왔으니까, 자네도 세상일에 맞추어 살아야지 달리 무슨 도리가 있겠는가."

아버지의 유언과 땅과 사천만 원의 돈 때문에 갑자기 온순해진 황동출이 야수처럼 느껴진다. 연주는 눈이 크다. 땅을 팔면 먼저 돈의 일부를 떼어 연주의 눈을 수술해 주고 싶다. 늘 흡떠진 눈을 휴식의 눈으로, 겁이 가득 담긴 눈을 얄궂은 기미가 좀 있는 눈으로 성형해 주고 싶다.

"옆집 영범네에 이를 참이다."

서모는 뜻을 예감할 수 없는 말의 머리를 꺼내 놓고 뜸을 들인다.

"논에 자라고 있는 벼를 수확하면 쌀 스무 가마는 족히 넘을 게다.

밭에는 콩이 좀 있고… 가을걷이 끝나면 한 번 들러야 할 것이다. 영범이 네가 수확을 해서 반은 갖고 반은 남매에게 공평하게 부쳐 주라고 일러두겠다. …그래도 타작을 할 때는 내려오는 게 옳을 게다."

서모는 지금 무언가를 말하기 위해 주변을 정리하고 있는 것이다. 아무도 서모의 말을 끊지 않았다. 또 서모가 무언가를 속에다 정리하는 눈빛으로 우리를 쳐다본다.

"가을이란다. …여름까지는 농사일을 추스를 것 같은데… 수확은 못 볼 게다."

나는 그때 서모의 몸에 내려앉은 검은 기미를 보고 있었다. 서모는 말을 이었다. 그 말은 혀를 놀려 모음과 자음을 조화시켜 만들어 낸 소리가 아녔다. 몸의 어느 한 곳에 구멍이 뚫려 저절로 새어나오는 소리였다.

"폐… 폐암이란다.…석 달을 못 산다고 의사가 말을 하더라."

순간, 하체가 아릿하게 통증을 몰고 온다. 불현듯 그물에 걸린 참붕어가 떠오른다. 그물코에 아가미와 꼬리지느러미가 걸린 붕어. 저녁에 놓았던 그물을 건지러 새벽이슬을 밟곤 하던, 눈가에 잠이 아직 달려 있는 몸으로 유령처럼 가던, 새벽의 강. 고요의 강. 안개가 살아 있는 강. 잔뜩 서려 있는 안갯속으로 들어가 옷을 벗곤 했다. 안개에 묻힌 강, 새벽의 강은 언제 보아도 정갈하다. 바위에 앉은 이끼도 습기에 젖어 영롱하다.

첫눈이 내리던 날도 알몸으로 물을 찢으며 이물질처럼 내가 삽입해 놓은 그물을 건졌다. 저녁때는 날이 온화해서 쳐 놓은 그물을 건지러 곤두박질친 기온을 헤집고 강으로 걸어가 옷을 벗고 물을 찢었다. 곧 겨울이 오고 물은 절대 찢어지지 않은 채 꽝꽝 얼어서 내 몸이 걸어 들어오는 것을 허락하지 않았다. 이듬해, 볕이 뭉글거리는 봄에 내 몸에 이상이 온 것을 알았다. 그물을 놓는 깊이는 늘 배꼽 언저리였기 때문에 나는 지난 초겨울에 하체에다 냉기를 쏟아 부은 것이다. 자고 일어나면 팬티에 피가 뿜어져 있었다. 허리가 뒤틀리고 오줌을 눌 때 요도가 따끔거렸다. 방광에 염증이 생긴 것이었다. 나는 병을 서모에게 말할 수 없었고 연주가 보내오는 돈의 일부를 쪼개어 약을 사 먹었다. 찬바람만 돌면 허리가 뒤틀렸다. 이제는 여름에도 비만 오면, 습기가 몸을 덮으면 하체가 쓰라리다. 저 물을 찢던 칼날에 녹이 슬고 있다.

바람이 분다. 수면이 뱀의 비늘처럼 쓸린다. 그물이 잠겨 있는 물의 소리를 듣는다. 물이 말하는 소리, 모래알이 구르는 소리, 그물에 걸린 붕어의 끔벅이는 눈, 자갈이 명쾌하게 굴러가는 소리…. 안개에 묻힌 내 안의 실어.

'폐…암이란다. …석 달을 못 산다….'

아득해지는 내 의식이 버둥거리는 사이, 서모의 절망이 강물로 침잠하고 있었다.

서평

강물에 비친 초상- 「죽음의 문」
변명과 문제 제기의 사이에서-「어항에 코이가 없다」

강물에 비친 초상– 「죽음의 문」

장두영(평론가)

　　　　　　김창식의 중편 「죽음의 문」을 읽고 나면 강가에
서 있는 소년이 머릿속에 떠오른다. 어머니가 강 속으로 걸어 들어가
자살하는 장면을 목격한 소년은 성인이 되어서도 심한 자책감에 오랫
동안 괴로워한다. 그 소년은 어머니가 빠져 죽은 바로 그 강에 그물을
던져 고기를 잡는다. 새벽녘 그물을 건져 올리기 위해 강물 속으로 걸
어 들어갈 때마다 아이는 한기를 느끼며 어머니의 죽음을 다시금 목격
했을 것이다. 소년에게 '죽음의 문'이란 바로 그 강이다. 씻을 수 없는
트라우마로 가득 찬 물의 공간이다.

　희망, 좌절, 미래, 과거. 이런 단어들을 떠올리면 물 냄새가 난다.
물은 물로만 그 본질을 말할 수 없다. 흔들림이 있고, 움직임이 있고,
생각이 있는 것들이 일구어낸 산물이다. 슬플 때만 눈물이 나오는
것이 아니라 감격과 환희에서도 눈물이 거침없이 나오기 때문에. 물
은 단순한 입자가 아니다. 생모는 목숨을 물에다 두고 주검으로 나
타났다. 그 목숨에는 아버지가 일삼던 폭행과 남매를 끌어안고 기적
처럼 뿜어내던 한숨이 있었다.

물은 희망의 입자가 되고, 좌절의 물방울이 되고, 미래의 알갱이도 되고, 과거의 바닥 물도 된다. 희망의 물과 좌절의 물과 미래의 물과 과거의 물이 한 몸으로, 분리해 낼 수 없는 한몸으로 엉겨서 낮은 곳으로 흐른다. 생모는 좌절을 안고 강물로 갔을까? 새로운 희망을 갈구하며 강물에 합류한 것일까. 물로 합류를 함으로써 생모는 과거를 청산한 것인가? 아니면 악몽 같은 현실을 탈피하고 당신의 미래를 열어젖힌 것일까. 아버지를 청산한 것인가? 현재의 탁류에다 남매를 두고 그 어디로 간 것인가. 해답이 없다. 해답이 있을 수 없다. 인생은 희망, 좌절, 미래, 과거의 어느 한 조각만으로는 빚을 수 없는 것이니까. (본문 중에서)

이 소설은 관념적인 사색으로 가득하다. 이 소설에서 번번이 언급되는 '물'은 일상적 용법의 물이 아니다. 시에서 즐겨 사용하는 물에 관한 상징과 비유들이 자유롭게 사용된다. 소설의 제목에서 '죽음'을 내걸고 있는 탓에, 죽음과의 연결고리가 훨씬 부각되는 것이 사실이지만, 죽음 외에서 시간이나 인생의 경과, 감격과 환희 또는 반대로 회한과 눈물, 과거와 미래의 동시적인 전개 등 복합적인 의미들이 한꺼번에 떠다니는 진기한 형국을 연출한다. 어쩌면 트라우마로 가득한 소년의 내면을 투사한 것이 강물이고, 어머니의 죽음을 끊임없이 환기하는 것 또한 강물이며, 그럼에도 물결의 넘실거림을 한순간도 멈추지 않은 채 끊임없이 흘러가는 인간 세상에 대한 적합한 비유가 바로 강물이다.

사실 이 소설에서는 이와 같은 관념적 사색들이 장점인 동시에 단점이다. 장점이란 어머니의 죽음을 둘러싼 복잡다기한 생각과 느낌들을 문화적으로 형상화하는 데 큰 기여를 한다는 것이고, 단점은 상당 부분 반복됨으로써 작품의 지배적인 정서를 느슨하게 한다는 것이다. 두 가지 특성은 어쩌면 동전의 양면과도 같다. 장점이 발휘되기 위해서는 단점을 피할 수 없다. 그 결과 소설은 쉽게 읽히지 않는다. 따라 읽기 어렵다. 천천히 어렵게, 그러나 끊임없이 넘실대는 강물처럼 눈물과 사연과 상처를 한꺼번에 끌어안고 흘러가는 듯한 서술적 분위기가 이 소설의 곳곳에서 감지되는 것도 이 때문이다.

죽음의 담벼락은 그렇게 높은 것이 아니었다. 내가 보고 있는 것, 내 앞에 흔들리고 있는 것들. 그런 것들의 틈바귀 어디쯤의, 나와 아주 가까운 곳에 죽음의 문이 있다는 것을 나는 똑똑히 보았다. 그때 내 나이 열한 살. 눈에 보이지 않는 그 담벼락을 곁에 두고 곡예사처럼 우리가 사는 것이다. (본문 중에서)

열한 살 소년의 시절을 회상하는 소설의 서술은 한참을 흘러가 인간 존재의 유한성에 관한 통찰로 이어진다. 죽음의 문이 우리와 아주 가까운 곳에 있다고 소년은 말한다. 바쁜 일상을 살아가면서 자주 잊고 살아가는 바로 그 죽음이다. 소년은 수면 위로 흐트러진 어머니의 머리칼을 회상하며 삶과 죽음을 갈라놓는 울타리가 얼마나 낮은지 처절하게 증언한다. 죽음은 바로 우리 곁에 있다는 사실, 우리의 인생은 먼지와 같은 허무한 것에 불과하다는 사실, 이처럼 이 소설은 마카브르적 상상력으로 연결된다. 단순히 어머니의 죽음을 애달파하는 어린 소년의 한 맺힌 넋두리가 아니라 삶과 죽음에 대한 상당한 통찰을 요구하는 관념소설로서의 면모를 드러내고 있다.

　그런데 이 소설에서는 강물 속으로 스스로 걸어 들어간 생모의 죽음
만 강조되는 것이 아니라 생모가 죽은 후 아버지가 데려온 서모의 죽
음이 겉 이야기처럼 과거의 이야기들을 감싸고 있다. 소설의 시작과 끝
은 바로 이 서모의 죽음에 관한 내용이다. 말기 폐암 선고를 받아 앞
으로 석 달을 못 산다는 말을 터트리는 순간까지, 소설은 그야말로 느
리게 흘러가는 강물 그 자체다. 느릿하게 흘러가면서 생모의 죽음을
이야기하고, 죽은 아버지에 대한 원망이나 두려움도 물결에 같이 흘려
보내고, 자신에게 양보한 누이동생에 대한 미안함과 애처로운 감정도
어루만지는 것이 이 소설이다. 이러한 모든 것이 남아 있는 논밭을 정
리하여 유산으로 남기기 위해 전처소생 두 남매를 시골로 불러들인 서
모에 의해 시작되고 끝난다. 이에 이 소설은 서모의 죽음을 확인하기
위한 느린 물결이라 해석할 수도 있는 것이다.

　강물에 비친 두 어머니의 초상, 생모와 서모의 죽음은 깊이를 알 수
없는 아득한 절망이다. 하나는 과거의 죽음, 또 하나는 현재의 죽음이
라는 차이가 있고, 하나는 자신의 혈육, 다른 하나는 혈육에 못지않게
마음을 써준 존재라는 차이가 있겠지만, 죽음이라는 절망 앞에서 남
아 있는 주인공에게 아득함으로 다가오는 것은 똑같다.

　소설이 전개되는 내내 주인공이 겪는 요도가 따끔거리고 방광이 쓰라
린 통증은 이제 서모의 죽음을 통보받고 절망을 느끼는 순간 또다시 아
릿한 통증으로 엄습한다. 강가에 쳐 놓은 그물을 건져 올리기 위해 물
을 찢고 들어갈 때 아랫도리에 밀려오던 냉기만큼 생생한 감각은 없다.
죽음에 대한 슬픔과 탄식을 요도와 방광에 밀려오는 특이한 통증으로

건져 올리는 소설의 결말이 인상적이다. 한두 마디로 정리하여 설명할수 없는 묵직하고 깊숙한 여운이 그곳에서 계속 솟아나고 있기 때문이다. 이에 「죽음의 문」은 여운의 깊이를 오랫동안 음미해야 할 소설이다.

변명과 문제 제기의 사이에서- 「어항에 코이가 없다」

장두영(평론가)

　　　　　　남들 보기에 무난한 결혼생활을 하고 있는 여자에게 과거의 남자가 다시 나타났다. '우리 한 번쯤 만날 수 있잖아?'라며 과거 정욕에 휩싸였던 그때를 상기시킨다. 여기서 여자는 과거의 남자가 건넨 제안을 받아들여 그 남자를 만나게 될 것인가, 즉 '무난한 일상'에서 잠시 일탈할 것인가 하는 고민은 서사적 긴장을 위한 최소한의 장치일 뿐이다. 그보다는 남자의 등장으로 인해 현재 무미건조한 자신의 결혼생활과 25년이라는 시간의 경과 속에서 변화한 자신을 돌아보는 데서 발생하는 자아성찰성과 관련된 내적 고민이 실질적인 긴장을 연출하고 있기 때문이다.

　"아빠와 엄마는 부부니까 너를 낳아야 할 숙명을 가진 것이고 넌 운명적으로 딸이 된 거야."
　우46은 차분한 목소리로 조합한 말이 서툴고 어줍고 논리적이지 못함을 깨달았다. 서툰 화술이 우46의 세상을 살아온 방식의 전부라는 서글픈 생각도 빠르게 스쳐 갔다…. (본문 중에서)

"아빠와 엄마는 서로에게 배반하는 생각이나 어긋나는 강요에 무디어졌어. 감정이 상하고 자존심이 구겨지는 일이 생겨도 무관심한 상대가 되었어."

신영이 말을 끊었다. 무관심이란 단어를 선택한 자책일까. 무관심해졌다고 서로 사랑하는 것은 아니라고 변명했다. 서로에게 생채기를 만들지 않는 삶의 방식을 터득하였는데 무관심을 가장하고 있다고 변명에 대한 변명을 덧붙였다. 그렇다고 젊은 시절의 관심과 연민과 동정이 없어진 것은 아니라고 했다. 다만 이런 감정이 오래된 볼트의 조임처럼 닳고 헐거워지고 느슨해졌다고 말했다. 그렇기 때문에 다투거나 심지어 이별을 할 열정이 소진되었다고도 거침없이 말했다. (본문 중에서)

딸 신영의 역할은 여자의 현재 상태에 관한 근본적인 의문을 던지고 있기에 중요하다. 한창 젊음을 꽃피울 나이의 아가씨인 신영은 여자에게 현재 결혼생활의 권태에 대해 당돌하게 문제를 제기한다. 여자는 딸의 질문에 대해 답변을 하지 않을 수 없게 된 상황이다. 마치 재판관 앞에서 자신이 결백함을 호소하는 듯한 자세를 취하고 있는 것이 여자의 모습이다. 세상의 딸들은 원래부터 당돌하지 않은가. 대개 엄마처럼 살지 않겠다는 상투적인 선언이 마지막에 따라붙듯 신영은 한참 여자와 대화를 하면서 그녀의 일상이 무료하고 맥이 빠져 있음을 지적한 끝에 '그늘에서만 사는 인생이 되지 마.'라고 마지막 멘트를 날리고 있다.

문제는 여자의 반응이다. 당돌한 딸의 질문에 여자는 시종일관 '변명'으로 대처한다. 그것도 '조잡한 말', '서툰 말', '어쭙잖은 말', '비논리적인 말'이기에 제대로 변명이 될 수 없다. 때로는 현재의 무관심이란 서로에게 익숙해졌기 때문에 생긴 '편안함'의 다른 표현이라고 변명해보기도 한다.

그러나 그러한 변명은 역시 무기력하기는 마찬가지다. 모르긴 해도 과거의 남자가 느닷없이 전화를 걸어와 상기시키는 25년 전의 그때에는 여자 역시 딸 신영처럼 '세상의 당돌한 딸'들 중 하나였을 것이기 때문이다. 정작 딸 앞에서는 온갖 변명을 하지만 기실 25년 전 자신이 가졌던 사랑이나 열정에 대한 동경이 무의식중에라도 살아났기 때문에 딸에게 제대로 변명을 하지 못한 것이 아닐까.

과거에 대한 향수 때문일까 아니면 현재에 대한 불만 때문일까? 남자의 제안대로 만나기 직전까지 갔다가 포기하고 마는 그녀의 모습에서는 현재의 안정된 삶에 대한 불안과 위태로움과 동시에 새로운 변화를 모색하는 계기로 작용할 수 있는 환멸과 회의를 어렵지 않게 발견할 수 있다. 25년 동안 살아왔던 그녀의 권태로운 일상이야말로 작은 어항에서는 손가락 크기만큼, 수족관이나 연못에서는 어른 손 크기만큼, 때로는 강에 방류하면 유치원 아이 키만큼 자란다는 '코이' 물고기의 삶과 다르지 않다는 것은 작품의 곳곳에서 감지된다. 좁은 공간에서 살다 보니 자아의 크기마저 조그맣게 머무르고 말았다는 것은 결국 자신의 상태이다. 그리고 이러한 관념은 「어항에 코이가 없다」는 제목이 암시하듯 자신의 정체성에 대한 근본적인 물음으로 이어지고 있고 나아가 환멸과 회의 쪽으로 기울고 있어 보인다. 그것은 변명을 벗어나 새로운 지향을 추구하는 문제 제기이기에 일정한 발전과 계기가 될 수 있을지도 모른다.

어항 속의 코이 물고기에 관한 비유는 무난한 일상에 갇혀 왜소해진 중년 여성은 물론 현대인 전체에 관한 알레고리로 확장되기에 무리가 없어 보인다. 그리고 그러한 비유는 자아 성찰성을 동력으로 근본적인 문제 제기로 이어지고 있기에 작품의 주제는 상당한 폭을 확보하고 있음을 발견하게 된다.

어항에
코이가
없다

펴 낸 날   2018년 9월 21일

지 은 이   김창식
펴 낸 이   최지숙
편집주간   이기성
편집팀장   이윤숙
기획편집   최유윤, 이민선, 정은지
표지디자인 최유윤
책임마케팅 임용섭
펴 낸 곳   도서출판 생각나눔
출판등록   제 2008-000008호
주   소   서울시 마포구 동교로 18길 41, 한경빌딩 2층
전   화   02-325-5100
팩   스   02-325-5101
홈페이지   www. 생각나눔.kr
이 메 일   bookmain@think-book.com

• 책값은 표지 뒷면에 표기되어 있습니다.
  ISBN 978-89-6489-893-2 03810

• 이 도서의 국립중앙도서관 출판 시 도서목록(CIP)은 서지정보유통지원시스템 홈페이지
  (http://seoji.nl.go.kr)와 국가자료공동목록시스템(http://www.nl.go.kr/kolisnet)에서
  이용하실 수 있습니다(CIP제어번호: CIP2018029120).

이책은 충청북도, 충북문화재단의 후원으로 발간되었습니다.